Layla Winter

Hinter der Denkmalschutzfassade
Ein Winterthurer Thriller

© by Layla Winter
Herstellung und Verlag:
BoD - Books on Demand, Norderstedt

ISBN 9783741290480

Lieber Rolf, danke fürs Korrigieren.

## 1. Die Fassade mit Denkmalschutz

Manchmal übertrumpft die Fiktion die Realität.
Wahre Begebenheiten werden wieder und wieder erzählt, bis sie zu einer Geschichte werden. Diese Story wiederum ist ein Schwamm, der andere Geschichten aufsaugt. So wird ein mutiger Kerl zuerst zum Helden, dann zum Halbgott, dem auch die Taten anderer, längst vergessener Heroen zugeschrieben werden.
Oder denkt euch ein Zimmer, das Anfangs nur der Tatort eines Familiendramas war. Zuerst füllen es die Gerüchte mit soviel schlechter Energie, dass diese von den Esoterikern wahrgenommen werden kann. Danach breitet sich diese Aura jedes Mal aus, wenn Schaulustige die bröckelnde Fassade anstarren, und sie nimmt das ganze Haus in Beschlag, wenn sich die Passanten gegenseitig die Details der Horrorstories in Erinnerung rufen. Der Tatort wird so zum Spukhaus, der baufällige Keller zu dem Ort, wo ganz bestimmt jemand eingesperrt worden ist, und die knarrenden Balken zur Erinnerung an die Schreie der Ermordeten.
Manchmal geraten solche Fiktionen wieder in Vergessenheit. Oder sie verlieren zumindest an Wichtigkeit. Der zum Halbgott hochstilisierte Held wird zum Mythos, zu einem archäologischen Artefakt, und das grelle Licht der Museumsvitrine lässt den numinosen Zauber verpuffen.
Doch dies geschieht nicht immer. Das vorhin erwähnte Spukhaus hat eine prachtvolle, neoklassische Fassade. Diese steht unter Denkmalschutz, und konserviert so die Geschichten, die sich um das Bauwerk ranken.
Die Fassade prangt mit ihren trockengelegten Wasserspeiern malerisch über dem Garten. Wie viele Herrenhäuser war die Villa einst von einem Park umschlossen,

aber den hat sich die Stadt Winterthur unter den Nagel gerissen. Dem Vermieter ist's nur recht, denn nun muss er nur noch für die Pflege des Gartens, nicht aber des ihn umschliessenden Parks zahlen.
Die Parkanlage mit ihren alten Bäumen unterstreicht den schauerromantischen Charakter des Hauses, und die dunkelgrünen Fensterläden knarren im Wind, als wollten sie die Schreie der Ermordeten karikieren. Das Dach wurde inzwischen neu gedeckt – Denkmalschutz hin oder her – und weil der Vermieter einen ausgeprägten Sinn für Ironie hat, hat er beim Gartentor Briefkästen im neubarocken Stil aufstellen lassen. Selbstverständlich sitzt ab und an eine schwarze Katze auf diesen Briefkästen und rundet das Bild ab. Die Katze kümmert das alles nicht, sie schätzt nur den erhöhten Liegeplatz im hellen Sonnenschein. Gefüttert wird die Katze von einer Frau um die Fünfzig, die im Erdgeschoss wohnt. Sie hat übrigens nicht nur diese eine, schwarze Katze, sondern auch noch einen Hund in derselben Farbe – ein imposantes Biest, das aussieht wie die Kreuzung zwischen einem Rottweiler und einem Warg. Das rote Lederhalsband mit den Nieten macht den Anblick des Hundes auch nicht unbedingt netter. Das Halsband war ein Geschenk von einer strenggläubigen Veganerin, und demnach ist es aus Kunstleder. Aber dieses Hintergrundwissen vermag die Wirkung, die der Hund auf die meisten Leute hat, nicht wirklich zu schmälern.
Neben der Hunde- und Katzenhalterin wohnt Isabella.
Isabella ist mindestens fünfundzwanzig Jahre jünger als ihre Nachbarin und in dem Moment, da diese Geschichte beginnt, gerade stinksauer. Grund dafür ist ihr Mitbewohner. Er sitzt auf dem Klo – wohl gemerkt verrichtet er gerade kein Geschäft, sondern raucht einen Joint, aber

das hält ihn nicht davon ab, laut und klangvoll zu furzen. Das ist eines der vielen kleinen Dinge, die Isabella so ärgern. Grundsätzlich stört sie der Grasgeruch nicht allzu sehr, und sie ist tolerant genug, einem Mitbewohner laute Blähungen zu zu gestehen. Aber die Gesamtheit dieser Person, mit der behaarten Wampe, die unter dem fleckigen Pullover hervor hängt, seine unzusammenhängenden Verschwörungstheorien, die er bisweilen vor sich hin monologisiert, und seine Marotte, Bierdosen zusammen zu knüllen und unter den Wohnzimmertisch zu schmeissen, summieren sich, so dass Isabella mittlerweile andauernd vor sich hin brodelt. Ihre Kritik verpackt sie in bissige Bemerkungen und zickige Anweisungen, wobei sie aber nie unhöflich oder laut wird – weswegen ihr Mitbewohner gar nicht merkt, dass er kritisiert worden ist.

Über dieser gespannten Atmosphäre liegt eine weitere Wohnung. Sie ist vollkommen leer. Staub tanzt im Sonnenlicht und legt sich auf die neuen Oberflächen in der Küche. Das Haus mag unter Denkmalschutz stehen, aber dem Vermieter stehen bei den Innenrenovationen durchaus Optionen offen. Und da eine schicke neue Küche gleich mal fünfhundert Franken mehr Miete rechtfertigt, renoviert der Schelm auch fleissig, sobald mal wieder jemand auszieht. Das klingt jetzt vielleicht zynisch, aber wir – und insbesondere Herr Plunkert, der hier wohnen wird – sind da durchaus dankbar. Wäre nie renoviert worden, so würde man jetzt in Herrn Plunkerts zukünftigem Wohnzimmer einen grossen Blutfleck am Boden sehen, und die roten Handabdrücke an den Wänden, zu klein und zu tief unten für ein erwachsenes Opfer.

Herr Plunkert hat sich gut informiert. Er hat zwanzig

Jahre darauf gewartet, dass diese Wohnung frei wird, und sorgfältig Kontakte zum Vermieter geknüpft. Man könnte soweit gehen und sagen, dass Herr Plunkert beinahe einen Mord begangen hätte, um diese Wohnung zu kriegen, aber er ist ein friedlicher, zerstreuter Eierkopf, und solche Leute bringen selten jemanden um.
Also hat sich Herr Plunkert ganz konventionell auf diese Wohnung beworben, kaum dass er erfahren hatte, dass der vorherige Mieter verstorben war. Er hat nicht nur gute Beziehungen, sondern auch den Leumund einer soliden Person. Zusätzlich hat er noch eine rumänischstämmige Dame aus dem spirituellen Gewerbe konsultiert und einen geradezu unanständigen Betrag für die Wunscherfüllung auf den Tisch gelegt, so dass er letzten Endes endlich, endlich diese Wohnung gekriegt hatte – man mag es schieben, worauf man will.
Heute Nachmittag wird er einziehen, und er ist schon ganz aufgeregt!

Über der noch leeren Wohnung lebt ein altes Ehepaar im ausgebauten Dachgeschoss. Diese erhöhte Position ist insbesondere der Frau sehr dienlich, denn sie hat kaum etwas Besseres zu tun, als aus dem Fenster zu starren und sich über das, was sie sieht, aufzuregen. Aber eben, die beiden sind ziemlich alt, und darum können sie durchaus beurteilen, dass früher alles besser war, denn ihr Leben besteht fast nur noch aus ‚früher'.
An dem Tag, da diese Geschichte beginnt, hatte das alte Ehepaar einen friedlichen Morgen hinter den Gardinen verbracht, die natürlich fein genug waren, um einen ungetrübten Blick auf Garten und Strasse zu erlauben. Sie hatten ihre Nachbarin aus dem Parterre dabei beobachtet, wie sie ihren riesigen Hund Gassi geführt hatte, und sich

wie gewohnt über das grosse Tier aufgeregt. Danach hatten sie sich bis zum Mittag in eine nette kleine Wut hinein gesteigert, weil der Vermieter einen lausigen Gärtner angestellt hatte, weswegen man nun nur Rosen und Dahlien, aber keinen Flieder und schon gar keine Hyazinthen im Garten hatte. Während die Ehefrau zum Mittag einen leichten Salat mit Spiegelei zubereitete, sass ihr Gatte vor dem Fernseher und regte sich über das Programm auf. Die WM war zu Ende, und da sonst wenig los war, zeigten die meisten Sender Wiederholungen der Glanzmomente aus Brasilien. Der alte Mann brummelte missmutig vor sich hin, während er auf den Bildschirm starrte – das Wort „Neger" kam in seinem Sermon ziemlich oft vor, oft in Kombination mit Adjektiven wie „dreckig", „verrückt" oder „dumm". Nach dem Essen warf seine Frau einen routinemässigen Blick durch die Gardine und japste auf, als sich zum ersten Mal innert Wochen wirklich etwas ereignete.

„Da steht ein Wagen von einer Umzugsfirma", keuchte sie atemlos. Ihr Mann schlurfte zum Fenster und bestätigte die Beobachtung, indem er anfügte: „Stolzone wird die Wohnung unter uns wieder vermietet haben."

„Ja der Stolzone", meinte seine Frau, „dass der überhaupt noch lebt - wie alt ist er jetzt? Achtundneunzig? Oder schon neunundneunzig?"

„Ich dachte, er hätte erst vor zwei Jahren den Neunzigsten gefeiert", warf der Mann ein, aber seine Frau ignorierte ihn. Bepone Stolzone war älter als sie, und damit ein alter Knacker. „Wer wohl einzieht?", fragte sie und drückte ihre Nase noch näher ans Fenster, so dass sich der Vorhang ausbeulte und gegen die Scheibe presste. „Schau dir nur diese Möbel an", meinte sie nach einem Moment gehässig, „ja das kann ja heiter werden." Ihr Mann spähte nun aufmerksamer durch die Gardinen.

„Das Sofa ist grün", meinte er, als ob Herr Plunkert mit der Farbwahl die ultimative Todsünde begangen hätte.

„Mintgrün", giftete seine Frau, und die beiden tauschten einen entsetzten Blick. „Meinst du, er ist einer von denen, die...." Sie liess den Satz offen. Ihr Mann blickte sie fragend an. „Du weisst schon", zischte sie, „vom andern Ufer." Ihr Mann riss die Augen auf und starrte dann wieder nach unten, wo die letzte Ecke des mintgrünen Sofas gerade im Hauseingang verschwand.

Unter den vier Argusaugen trugen die Mitarbeiter des Umzugsdienstes Kisten und Möbel ins Haus und kümmerten sich nicht darum, dass die Vorhänge im obersten Stock unabhängig vom Wind flatterten.

In der Wohnung unter dem alten Paar rumpelte es, und mehrfach sägte sich das knochenschabende Fräsen einer Bohrmaschine in die Hörgeräte der beiden. Ab und an hörte man im Treppenhaus Stimmen. Während Herr Chämmerli irgendwann vom Fenster weg watschelte und sich wieder in den Fernsehsessel fallen liess, eilte seine Frau zwischen dem Fenster und dem Spion an der Haustür hin und her. Für jemanden, der die siebzig und einen gesunden BMI deutlich überschritten hatte, legte sie dabei ein beachtliches Tempo an den Tag. Sie war gerade wieder am Fenster, als es klingelte. Betont langsam ging sie zur Tür. Es hätte ja sein können, dass man sie gerade bei etwas Wichtigem störte.

Fischaugig verzerrt durch den Spion sah sie einen kleinen, korpulenten Mann mit Halbglatze und einer Brille, die so stark spiegelte, dass man seine Augen nicht sah.

Misstrauisch öffnete Frau Chämmerli die Tür. Nun, da das Licht anders auf das Gesicht des Mannes fiel, blickte sie in zwei babyblaue Augen. Darunter spannte sich ein freundliches Lächeln.

„Guten Tag!", meinte der kleine Kerl vergnügt und streckte ihr dynamisch die Hand entgegen.

Frau Chämmerli schüttelte ihm die Hand, weil sich das so gehörte, und erntete einen kräftigen Händedruck mit einem etwas zu energischen Gerüttel. Herr Plunkert sah aus wie jemand, der ständig unter Strom stand – hätte man 80er Discosound laufen lassen, wäre er im Takt losgehüpft wie ein Gummiball. Er strahlte einen Enthusiasmus aus, der Öl in das Feuer von Frau Chämmerlis Argwohn goss.

„Darf ich mich vorstellen?", fragte der kleine Kerl. „Sebastian Plunkert, ihr neuer Nachbar."

„Frieda Chämmerli", sagte Frieda Chämmerli und setzte automatisch ihr Lächeln auf. Es war nicht gerade täuschend echt, aber gut genug, um Plunkerts gutmütigen Charakter zufrieden zu stellen.

„Es wird noch eine Weile etwas laut sein, bis alle Möbel fertig zusammen gesetzt sind." Just um seine Worte zu untermalen tönte die Bohrmaschine wieder los. „Bitte entschuldigen sie die Unannehmlichkeit!", brüllte Plunkert über den Lärm hinweg. „Und bitte melden sie sich, wenn sie etwas zu beanstanden haben." Er lächelte strahlend über den Krach hinweg. Frau Chämmerli nickte, während das falsche Lächeln immer mehr verkrampfte und zu einer Grimasse wurde. Da der kleine Kerl nicht aufhörte sie anzugrinsen, sah sie sich gezwungen, etwas zu sagen, als der Bohrlärm erstarb.

„Ja, wir haben sie beim Einzug gesehen, als ich zufällig aus dem Fenster geschaut habe. Eine wirklich schöne Couch haben sie." Die Lüge gab dem falschen Lächeln Kraft, und es erstrahlte, wie eine fast vollkommene Travestie echter Freude. „So eine lebendige, unkonventionelle

Farbe!"

„Ja nicht wahr?", meinte Herr Plunkert und hüpfte fast vor Freude bei dem Kompliment. „Ein Geschenk von einem Freund aus London."

Alles klar, dachte Frieda Chämmerli. „Nein, wie schön. Sie kommen aus London?"

Sebastian Plunkert schüttelte den Kopf. „Ursprünglich komme ich aus Uri. Aber ich bin schon von klein an viel gereist."

Frau Chämmerli nickte wissend, obwohl sie streng genommen von kaum was einen Plan hatte.

„Ja dann", sagte Herr Plunkert und streckte nochmals die Hand aus, „auf gut Nachbarschaft."

Frau Chämmerli schüttelte sie energisch und zeigte die ganze dentaltechnische Pracht ihres Gebisses, als sie ihren neuen Nachbarn anlächelte.

„Natürlich, natürlich", flötete sie und machte die Tür gerade sacht genug zu, um sie ihm nicht vor der Nase zu zu knallen.

Sebastian Fidelius Plunkert blinzelte einen Moment lang die Tür an, dann wandte er sich schulterzuckend um, um sich bei den andern Nachbarn vorzustellen.

Er stieg die Treppe hinunter und stand vor der offenen Tür seiner Wohnung. Darin wurde gebohrt, gehämmert und gerumpelt. Plunkert wandte sich der andern Wohnungstür auf seiner Etage zu. Ein Gesteck aus transparentroten Schleifen, gelben Trockenblumen und pseudopeppigen bunten Holzsternen dekorierte die Tür und strahlte etwas familiäres aus. Plunkert klingelte und las dabei den Namen unter dem Klingelknopf – wenigstens versuchte er es. Der Name lautete „Chottopadhyay-Mchedlishvili", aber sein Sprachvermögen streikte nach der dritten Silbe.

Niemand öffnete. Plunkert las den Namen noch einmal, langsam, Buchstabe für Buchstabe. *Das wird man wohl kaum so aussprechen*, dachte er, und ging die Treppe hinunter ins Erdgeschoss, um bei der Tür gleich links von der Treppe zu klingeln.

Auch dort öffnete niemand. Plunkert klingelte noch einmal. Vermutlich bei der Arbeit, schloss er und blickte auf das Schild unter dem Klingelknopf. In der für ein solches Schild vorgesehenen Halterung steckte ein schwarzes Plättchen, auf dem „I. & A. Glitter" stand. An dem Rand der Halterung war mit Klebeband ein Zettel befestigt, auf dem „K. Lahm" stand. Plunkert irrte sich, wenn auch nur teilweise. Tatsächlich war Isabella Glitter jetzt im Coiffeursalon und verpasste einem Bürstenschnitt den letzten Schliff. Ihr Mitbewohner Kurt Lahm jedoch blieb gerade in der Badewanne liegen und hoffte, der Störenfried möge nicht noch ein drittes Mal klingeln.

Sebastian Plunkert wandte sich schulterzuckend ab und stieg die Treppe hinab, um bei der andern Wohnung im Erdgeschoss zu klingeln. Er sollte auch dort kein Glück haben.

Als er wieder im ersten Stock angekommen war, trat ihm durch die offene Tür ein Mitarbeiter der Umzugsfirma entgegen.

„Wir sind fertig", sagte er.

„Gut, gut", strahlte Plunkert. Abschiedsfloskeln wurden getauscht, beide Seiten bedankten sich bei einander (nur einer der Umzugsleute, ein Mann mit einem exotischen, indigenen Einschlag machte ein grantiges Gesicht und sagte keinen Ton). Und endlich, endlich konnte Herr Plunkert seine neue Wohnung in Beschlag nehmen. Als er die Tür hinter sich schloss, stand er einem Berg aufgetürmter Umzugskartons gegenüber. Er hatte nicht

vor, das jetzt alles einzuräumen, sondern ging schnurstracks in den grössten Raum, der eigentlich als Wohnzimmer gedacht gewesen wäre. Das mintgrüne Sofa stand nicht hier, er hatte es in ein kleineres Zimmer stellen lassen, zusammen mit dem Couchtisch, dem Fernseher, der Leselampe und einem antiken Schränkchen, das mit seinen geschliffenen Vitrinen geradezu um die Aufbewahrung erlesener Alkoholika bettelte. Nein, dieser Raum hier war Sebastian Plunkert zu wichtig, um darin ein Wohnzimmer einzurichten. Hier waren vor einem guten Jahrhundert die Morde geschehen.
Abgesehen von den beiden Büchergestellen an den Wänden war das Zimmer leer, und Plunkert hatte gleich als erstes die Fensterläden geschlossen, als er die Wohnung vor anderthalb Stunden zum ersten Mal betreten hatte. Während die Männer der Umzugsfirma Möbel herbei geschleppt hatten und sich dann daran gemacht hatten, alles Demontierte wieder zusammen zu schrauben, hatte Sebastian die Fensterfront mit einer dicken, schwarzen Folie zugeklebt. Das trug ihm schon sonderbare Blicke seitens der beiden Männer ein, die in seinem Wohnzimmer gerade ein Büchergestell zusammen schraubten. Diese Blicke waren jedoch nichts im Vergleich zu der Reaktion, die Plunkerts Vorhänge auslösten: Antonio Soliz, der gerade ein zum Büchergestell gehörendes Brett hielt, damit sein Kollege es festschrauben konnte, registrierte irritiert das eigenartige Muster auf dem Vorhangstoff, ehe er einige der Symbole erkannte. Er bekam den Schreck seines Lebens und liess beinahe das Regalbrett fallen. „Dios Mio", krächzte er und schlug ein Kreuz vor der Brust, wofür er das Regalbrett mit einer Hand loslassen musste, was ihm einen bösen Blick seitens seines Mitarbeiters einbrachte. Für den Rest der Zeit, die er in

Herrn Plunkerts Gegenwart verbringen musste, hielt Antonio die Augen gesenkt, und sobald er Feierabend hatte, suchte er eine Kirche auf.

Davon allerdings wusste Sebastian Fidelius Plunkert natürlich nichts. Freundlich, wie sein Gemüt nun einmal war, hatte er das Verhalten des Umzugsmitarbeiters blosser Müdigkeit zugeschrieben und auch keinen weiteren Gedanken daran verschwendet. Sobald die Umzugsmannschaft abgezogen war, begann er, den Raum nach seinen Bedürfnissen her zu richten. Dafür schleppte er einen seiner Umzugskartons herbei. Das Wort „Arbeit" prangte in grossen Filzstiftbuchstaben darauf, und Sebastian holte einen grossen, schwarzen Ordner, einen Beutel voller Teelichter, einen kleinen Gong samt Schläger sowie eine Tube weisser Farbe und einen Pinsel heraus. Er schob den Karton in die Ecke, setzte sich auf den Boden und blätterte den Ordner durch, bis er die Anleitung fand.

Es folgte weiteres Kramen im Umzugskarton, und schon war Herr Plunkert in der Lage, einen grossen Kreis auf den Boden zu zeichnen. Ein weisser Farbstift war dazu an eine Schnur gebunden, die zwei Meter weiter mit Panzertape auf dem Parkett fixiert wurde. Danach konnte Sebastian sich daran machen, den Kreis mit etwas nachzuzeichnen, das dauerhafter war als weisser Farbstift.

Es gibt diverse Ansichten über die ideale Farbe. Die archaischen Lehren schlagen Substanzen wie Blut oder Kreide vor, aber Herr Plunkert hatte folgende Erfahrungen gemacht: Blut stinkt und zieht im Sommer Fliegen an, und Kreide kann gleichzeitig verwischen und sich tief ins Holz einfressen. Acrylfarbe hingegen trocknet schnell, stinkt nicht und lässt sich mit Spülmittel und ein wenig Stahlwolle problemlos vom Holzboden entfernen. Also

benutzte Sebastian Acrylfarbe, um seine neue Wohnung seinem abergläubischen Weltbild anzupassen.
Er zog den Pinsel nicht in einem Strich über den Boden. Alle zehn bis fünfzehn Zentimeter hielt er inne, um eine Kerze auf dem just gezeichneten Abschnitt aufzustellen. Danach schlug er den Gong und sang einen Zauberspruch, während er die Lichter entzündete. Dass er keinen Ton traf, störte die Kerzen nicht, sie entflammten trotzdem, sobald die Flamme des Feuerzeugs ihren Docht berührte.
Aber jemand anderen störte es: Frieda Chämmerli hatte, kaum dass sie die Abfahrt des Möbeltransporters beobachtet hatte, ihren Mann genötigt, den Fernseher auf tonlos zu schalten, damit sie lauschen konnte, ob der neue Nachbar auch tatsächlich ruhig war. Und nun sang der kleine Knilch! Eine Frechheit! Sie ging zum Fenster und spähte durch den Spalt in den Vorhängen, einfach nur um hinaus zu starren. Während sie sich ärgerte, glitt ihr Blick über den Garten, den Kiesweg entlang, hinauf auf die Strasse. An der Aussicht gab es überhaupt nichts auszusetzen, und das ärgerte sie noch mehr. Albert Chämmerli drehte den Ton des Fernsehers wieder auf.
Sebastian Plunkert war schliesslich mit seinem Kreis fertig und machte sich nun an den zweiten Teil seines Werkes. Was er nun auf den Boden zeichnete, hätte dem Latino-Umzugsmitarbieter wohl nicht nur einen Gang in die Kirche eingebracht, sondern ihm gleich eine ganze Pilgerreise abgenötigt, um die verstörten Augen von dem Anblick rein zu waschen.
Endlich war Plunkert mit seinem okkulten Feng Shui fertig und befand, dass er sich eine Pizza verdient habe. Für den späteren Abend stand noch Besuch an: Bepone Stolzone, der Besitzer der Liegenschaft, der schon fast zwei

Jahrzehnte zu Plunkerts engem Freundeskreis gehörte, wollte auf einen Drink vorbei kommen. Bis der alte Mann vor der Tür stand, würde es noch mehrere Stunden dauern. Zeit genug, sich noch bei der restlichen Nachbarschaft vorzustellen – und Pizza zu essen.
Er bestellte online über sein Handy, dann unternahm er den erneuten Versuch, sich als neuer Nachbar zu präsentieren.
Bei Familie Chottopadhyay-Mchedlishvili kam er offensichtlich zum falschen Zeitpunkt. Der schwarzhaarige Mann, der ihm die Tür öffnete, wirkte durchaus freundlich, wenn auch erschöpft und leicht genervt. Aus der offenen Wohnung drang die Geräuschkulisse mehrerer laut spielender Kinder, und es duftete intensiv nach Curry und Knoblauch. Plunkert stellte sich vor und war froh, dass ihm der Mann sofort das 'Du' anbot. 'Nikoloz' glitt weitaus einfacher über die Zunge als 'Chottopadhyay'.
Sebastian Plunkert stieg die Treppen hinunter.
Bei I. & A. Glitter und K. Lahm öffnete nach wie vor niemand. Isabella hatte Spätschicht und Kurt zockte mit Kopfhörern, so dass er nichts hörte.
Sebastian wandte sich der letzten Wohnung zu. Auf dem Schildchen unter dem Klingelknopf stand A. Holunder. Er klingelte. Die Tür öffnete sich. Nicht so, wie wenn jemand dahinter steht und sie aktiv öffnet, sondern eher so zufällig, als hätte die Türklinke einen kurzen Schluckauf gekriegt und dabei aus versehen das Schloss angestupst, das aus reiner Langeweile einfach so mal aufklickte und sich träge nach hinten lehnte, worauf der Rest der Tür keine Wahl mehr hatte, als hinterher zu gleiten. Während sie aufschwang, offenbarte sie mehr und mehr von einem Flur in warmen, erdigen Tönen, mit kleinen tönernen Lämpchen auf einer Kommode aus hellem Holz, neben

der ein Paar ziemlich dreckiger Sandalen lag.

„Hallo?" fragte er vorsichtig. Dann erst sah er die Katze. Sie sass ziemlich nahe vor ihm auf dem Boden und blickte zu ihm auf, zwei grüne Augen in dem nachtschwarzen Pelz.

„Ähm...guten Tag!", rief Plunkert über die Katze hinweg ins Leere. „Ich bin ihr neuer Nachbar. Wollte mich vorstellen."

Die Katze stand auf und stolzierte links aus seinem Blickfeld. Vermutlich verschwand sie in einem der Räume, die an den Flur grenzten. Sebastian überlegte schon, ob er die Tür wieder schliessen sollte, da hörte er von links ein Klirren. Zuerst dachte er, die Katze sei für das Geräusch verantwortlich, doch dann trat aus just jener Richtung eine Frau in die offene Tür. Sie zog sich gerade den Ärmel ihrer Strickjacke hoch, als hätte sie sie gerade erst übergeworfen, und die Bewegung hatte die vielgliedrigen, bronzenen Ohrringe klingeln lassen.

„Guten Tag", sagte Sebastian noch einmal und fühlte Röte in sein Gesicht steigen. Die Frau vor ihm strahlte eine freundliche Exzentrik aus, die er sehr anziehend fand. Wie er war sie um die fünfzig, und wie er war sie nicht allzu gross gewachsen, wenngleich sie statt seiner gedrungenen Statur eher die feingliedrige Figur einer gealterten Primaballerina hatte. Über ihren grünen Augen, die ihn an die der Katze erinnerten, prangte eine Mähne, die so auffällig kupferrot war, dass sie nur gefärbt sein konnte, hochgesteckt in einen losen Knoten, aus dem sich einzelne Locken gelöst hatten. Sie trug ein weisses, tief ausgeschnittenes Trägerkleid mit reichlich Spitzenbesatz. Es war die Art von Kleid, die sich mittellose Hippiemädchen für die Hochzeit gekauft hätten. Die grüne Strickjacke hatte Schmetterlingsärmel, und um ihren Hals lagen unzählige Jadesteinchen, auf denen das bronzene Geriesel ihrer Ohrringe plingend prasseln konnte, wenn sie den Kopf neigte.

„Guten Tag", sagte sie und strahlte ihn an. Sebastian Plunkert wurde noch röter.

„Ich bin ihr neuer Nachbar", stiess er hervor.

„Ja, das sagten sie", meinte die Frau vor ihm. Noch immer lächelte sie wunderschön.

„Plunkert", sagte er und streckte ruckartig die Hand aus, „Sebastian."

„Aurora", erwiderte sie und schüttelte ihm die Hand. Plunkert strahlte über das ganze Gesicht und kam sich gerade unglaublich dumm vor.

„Und, Sebastian", fragte Aurora, „was machst du beruflich?"

Plunkert, der bei Aurora unbedingt punkten wollte, dachte sehr rasch nach und entschied sich, die schillernde Wahrheit in ein Kleid der Seriosität zu hüllen.

„Ich schreibe Bücher", sagte er, „niemand wollte meine Science Fiction veröffentlichen, also habe ich ein Buch über reale Ufo-Sichtungen verfasst. Seit dem kann ich davon leben."

Sie lachte. Eine Kette perlender Laute, die an warme Sommertage am Strand denken liessen. Sebastian strahlte wie ein Honigkuchenpferd. „Und du?" fragte er sie.

„Botanik", sagte sie, „ich arbeite im Chinagarten."

„In Zürich?"

„Ja, genau."

Plunkert nickte anerkennend, dann stand er da, wusste nicht, was er sagen sollte, und wurde röter und röter.

Seine Verlegenheit schien auf Aurora über zu schwappen.

„Ja dann…", sagte sie, „ich hoffe, es gefällt dir hier."

„Ja", sagte Plunkert und suchte krampfhaft nach etwas Witzigem und Geistreichem, das er sagen konnte, als das verschwommene Sirren einer Klingel erklang, die nicht in Auroras Wohnung betätigt worden war.
Automatisch drehten beide den Kopf in Richtung Eingang, der von Auroras Tür aus gut zu sehen war. Durch die vergitterte Glasscheibe sah er den Lieferanten.
„Ach herrje", stiess er aus, „meine Pizza!"
„Guten Appetit", meinte Aurora.
„Ja, danke."
Der Pizzabote klingelte erneut und starrte die beiden missbilligend durch die Scheibe an.
„Ich glaube, der hat's eilig", sagte Aurora, lächelte und neigte den Kopf. „Einen schönen Abend noch, Sebastian."
„Ja, Tschüss", brabbelte Plunkert, und Aurora schloss die Tür.
Sebastian öffnete dem Pizzaboten und sagte anstelle einer Begrüssung: „Ich hab das Portemonnaie oben, soll ich es kurz holen?"
Der Lieferant blickte ihn bitterböse an, stiess die Tür auf und marschierte hinein. „Wir liefern bis an die Tür", meinte er brummend.
Sebastian wuselte an ihm vorbei, um ihm voraus zu gehen, und eilte die Treppe hoch. Er drückte dem Mann eine Zwanzigernote in die Hand und liess sich das Retourgeld geben, was den Boten noch grantiger machte. Er stapfte davon, und Plunkert warf einen letzten Blick auf den Gang, und die Treppe hinunter auf die Tür, hinter der K. Lahm und I. & A. Glitter wohnten. Er hoffte, die beiden morgen anzutreffen, da er es für höflich erachtete, sich innerhalb der ersten 48 Stunden bei jedem Nachbarn vorzustellen. Kurz erwog er, noch einmal zu klingeln, doch es war bereits nach sechs und damit eine Zeit, zu der die Leute

Abendbrot assen oder sich die Simpsons anschauten, und er wollte nicht stören. Sein Klingeln hätte ohnehin nichts gebracht. Kurt sass mit Kopfhörern vor seinem Notebook und vertrieb sich die Zeit mit einem Spiel, und Isabella war nach wie vor auf der Arbeit.

Sie kam erst kurz vor neun nach Hause, wie üblich, wenn sie Spätschicht hatte. Frieda Chämmerli bekam dies natürlich mit, aber nicht nur, weil sie am Fenster gestanden und das Heranstöckeln der jungen Frau beobachtet hatte. Nein, Isabella hatte eine leidige Angewohnheit: Statt Türen normal hinter sich zu schliessen, indem man die Tür bei nach unten gedrückter Falle zu zog und die Falle los liess, um sie im Schloss einrasten zu lassen – wie jeder gesittete, wohl erzogene Mensch es tun würde – hatte sich die junge Frau angewöhnt, blind nach hinten zu greifen, die Türfalle zu packen und kräftig an ihr zu ziehen, während sie den Schritt über die Schwelle tat. Damit fielen Türen hinter Isabella jeweils mit einem kleinen Knall ins Schloss.
Ein Knall! Um Neun Uhr Abends! Und jetzt ratet mal, wer jeden Morgen nach dem jeweiligen Knall bei der Hausverwaltung anruft.
Bei der Hausverwaltung jedoch kennt man Frau Chämmerli und ihre Leidenschaft für Beschwerden. Daher werden ihre Briefe und Telefonate ohne weitere Konsequenz zur Kenntnis genommen, ausser die Verwaltung hat gerade wieder einmal jemanden neu eingestellt, der Frieda Chämmerli und ihre Denunzierungslust noch nicht kennt. Dies ist momentan der Fall, und darum wird Isabella Glitter am übernächsten Morgen einen Brief erhalten. Die Verwaltung wird sie höflich auffordern, ihre Tür doch bitte etwas leiser zu schliessen, wenn sie mitten in der Nacht nach Hause kommt (so genau nimmt es die

ach so anständige Frau Chämmerli nämlich nicht, wenn es ums Beschweren geht), oder gegebenenfalls die Tür mit geräuschdämpfenden Gummistoppern zu versehen. Isabella ihrerseits, die nicht den ersten Brief dieser Art kriegt, wird ihn ihrerseits zur Kenntnis nehmen, ohne irgendwelche Konsequenzen zu ziehen. Und da Isabellas Tür zum jetzigen Zeitpunkt der Geschichte ohnehin nicht von Belang ist, kann sich die Narration getrost spektakuläreren Ereignissen zuwenden.

## 2. Stolzones letzte Tat

Sebastian Plunkert erwartete seinen Besuch gegen neun Uhr Abends – und pünktlich, wie der alte Stolzone war, klingelte es Punkt 21.00.
Bepone und Sebastian kannten sich schon seit zwei Dekaden. Sie hatten mehrere gemeinsame Interessen und waren über die Jahre hinweg zu guten Freunden geworden. Nicht zuletzt war es der Beziehung zu Bepone Stolzone zu verdanken gewesen, dass Sebastian Fidelius Plunkert überhaupt diese Wohnung gekriegt hatte; Stolzone war immerhin der Besitzer dieser Liegenschaft, auch wenn er die Verwaltung einer externen Firma überliess.
Nach einer kurzen Besichtigung der Wohnung (die noch nicht sehr viel her gab, Plunkert hatte gerade das Nötigste eingerichtet), liessen sich die beiden in dem improvisierten Wohnzimmer nieder. Der Raum wäre wohl als Büro gedacht gewesen, aber nun, mit dem mintgrünen Sofa, den beiden ledernen Sesseln und dem Beistelltischchen war es ein gemütlicher Ort zum Verweilen und Philosophieren. Genau das taten die beiden auch vergnügt – bis der alte Mann kurz vor Mitternacht ein sehr ernstes Thema anschnitt.
„Ich sterbe, Sebastian", sagte der Vermieter.
Sebastian Plunkert nippte an seinem Portwein. „Das hast du mir schon vor zwanzig Jahren erzählt", meinte er mit einem humorvollen Augenzwinkern im Tonfall.
Bepone Stolzone blickte mit mildem Lächeln in sein Glas. Es war fast leer.
„Damals war ich einfach nur ein müder, alter Mann. Jetzt bin ich ein neugieriger alter Mann mit drei verschiedenen Arten von Krebs."

Er blickte Sebastian Plunkert geradewegs in die blauen Augen, die angesichts dieses Gesprächsthemas etwas von ihrem Funkeln verloren hatten.

„Ich kann mir vorstellen", fuhr Stolzone langsam fort, als würde er jedes Wort erwägen, „dass es unserem Vorhaben nicht dienlich wäre, wenn ich in einem Spitalbett stürbe."

Plunkert wusste nicht, was er sagen sollte. Oh gewiss, er hatte kräftig mitgeholfen, den Plan zu schmieden, aber jetzt war ihm die Sache nicht mehr so ganz geheuer. Immerhin war das hier jetzt seine Wohnung.

„Was hast du vor?" fragte er vorsichtig. Stolzone grinste ihn jungenhaft an. „Das erkläre ich dir, wenn ich von der Toilette zurück bin." Sebastian leerte sein Glas, während Bepone den Raum verliess. Einen Moment lang starrte er versonnen auf Bepones leeren Stuhl, dann zuckte er mit den Schultern. Bepone Stolzone hatte schon immer seine schwarzen Momente gehabt, ein Aufblitzen zynischer, manchmal geradezu vergnügter Suizidalität zwischen all den wohlgeordneten, kultivierten und geistreichen Elementen, die den Alten ausmachten. Plunkert kannte ihn lange und gut genug, um zu wissen, dass diese Schwärze kaum mehr war als eine kleine, dichte Wolke, die sich mal schnell vor die Sonne schob, und ebenso rasch wieder verblasen wurde. Er schenkte sich und Bepone ein, stellte die Flasche auf den Tisch und lehnte sich zurück, um mit Bepone erneut anzustossen, wenn dieser vom Klo zurück kam.

Nach einer Weile fiel ihm auf, dass der Alte nun schon ziemlich lange weg war. Er blickte auf die Uhr, die an der Wand hing – es war zwei Minuten nach Mitternacht – dann auf das Parkett zu seinen Füssen. Kurz sinnierte er darüber, wie er den Rest des Zimmers einrichten würde, betrachtete seine Fingernägel, dann wieder die Uhr: jetzt war es fünf nach zwölf.

Sebastian erhob sich aus seinem Sessel, betrat den Gang und heftete seinen Blick unsicher auf die geschlossene Klotür.

„Bepone?", rief er vorsichtig, „bist du auf dem Thron eingeschlafen?" Er hatte mit einem vergnügten Glucksen als Antwort gerechnet, aber der Alte reagierte nicht.

Sebastian trat vor die geschlossene Tür, hob die Hand um zu klopfen, besann sich anders und fragte noch einmal: „Bepone? Alles okay?"

Keine Antwort.

Plunkert klopfte nun doch gegen die Badezimmertür.

Keine Reaktion.

„Bepone?" fragte er noch einmal, dann drückte er probeweise die Klinke der Tür hinunter.

Sie ging auf und offenbarte den Blick in ein leeres Badezimmer.

Darauf konnte sich Sebastian keinen Reim machen. Wo zur Hölle war der Alte hin? Er hatte wohl nicht etwa die Wohnung verlassen, ohne sich zu verabschieden?

Mit einem riesigen Fragezeichen im Gesicht schritt Plunkert den Gang entlang, fragte noch einmal laut: „Bepone?" und warf eher zufällig einen Blick durch die offene Tür in jenen Raum, der ursprünglich als Wohnzimmer gedacht gewesen wäre.

Bepone lag am Boden. Genau in der Mitte des Kreises, den Plunkert am Nachmittag auf den Boden gemalt hatte. Er lag auf dem Rücken, mit einem zufriedenen, angedeuteten Lächeln in dem toten Gesicht und einem tiefen Schnitt im Hals. Das Blut war noch nicht geronnen, aber es pumpte auch nicht mehr zur Wunde hinaus.

Fassungslos betrat Sebastian den Raum. Bepone war tot,

das sah man auf den ersten Blick. Ausserdem wusste er, dass der Alte eine Patientenverfügung erlassen hatte: Keine Wiederbelebungsmassnamen, stellt die Maschine ab, nehmt an Organen, was ihr noch gebrauchen könnt... einen Text in der Art. Trotzdem stürzte er zu der Leiche, fühlte hastig nach dem Puls, der verstummt war, rüttelte Bepone, sagte seinen Namen. Erst jetzt fiel ihm auf, dass der Alte in der rechten Hand eines dieser altmodischen Rasiermesser hielt. Eine schmale, scharfe Klinge, perfekt um eine Kehle mit einem einzigen, willensstarken Streich zu durchtrennen. Unwillkürlich blickte er nach der linken Hand des Toten. Er hielt einen Briefumschlag in der Hand, zerknüllt von Bepones letztem, unbewussten Aufbäumen. Sebastian zog das Couvert aus den Fingern des Alten, die kühl, aber noch nicht richtig leichenhaft kalt waren, und fand ohne Überraschung seinen Namen auf dem Umschlag. Der Umschlag war nicht zugeklebt, klaffte geradezu bereitwillig unter Sebastians Händen auf und gab den Blick auf ein zusammengefaltetes Stück Papier frei. Sebastian zog den Brief heraus und faltete ihn auf.

*Mein lieber Sebastian*
*Es gibt wohl kaum eine Notwendigkeit, diese Tat zu erklären, wir haben oft genug darüber gesprochen. Ich weiss, dass Du meine Ansichten über Blut nicht teilst, aber ich wollte auf Nummer Sicher gehen. Die Schweinerei tut mir aufrichtig leid. Mach dir keine Sorgen, ich habe zu Hause einen Abschiedsbrief deponiert, wo ich meine fortschreitende Erkrankung als Hauptgrund für meinen Suizid angebe – daneben erwähne ich auch Depressionen. Das sollte genügen. Du wirst ausserdem in meinem Testament erwähnt (aber das weisst du ja).*

*Was soll ich noch sagen? Du weisst, dass ich lange Abschiede nicht leiden kann, von sentimentalem Geschwafel ganz zu schweigen. Ich hatte ein langes, gutes Leben und erspare mir ein scheussliches Sterben. Ausserdem bin ich damit unserer Sache dienlich.*
*Ich wünsche dir von Herzen alles Gute.*
*Leb wohl, mein Freund*
*Bepone*

Darunter war mit einem andern Kugelschreiber von Hand gekritzelt: *PS: Du solltest vielleicht noch schnell die okkulten Symbole von deinem Wohnzimmerboden putzen, sonst denkt die Polizei noch, du wärst ein Satanist und mein Tod ein Ritualmord.*

„Du sturer, alter Esel", murmelte Plunkert und rang um Fassung. Dann machte er sich daran, die Polizei anzurufen, als ihm einfiel, dass er sein Telefon noch gar nicht angeschlossen hatte. Er suchte sein Handy, fand es schliesslich in der Küche, und wählte 117.

Frau Chämmerli war bereits im Bett. Am Schlafen war sie noch nicht – und Sex hatte sie auch keinen (den hatte sie schon lange nicht mehr gehabt, aber das kann man ihrem Mann auch nicht verdenken). Nein, sie las, wie sie es sich in langen Jahren unbefriedigten Ehelebens vor dem Schlafen angewöhnt hatte. Auf ihrem Nachttisch lagen zwei Zeitschriften mit Strickmustern und das jüngste Positionspapier der SVP, das Frieda Chämmerli vor wenigen Minuten zugunsten einer Schnulze beiseite gelegt hatte. Nun schwelgte sie in einer Geschichte, in der sich ein Tierarzt und eine verwitwete Wirtin vor einem prachtvollen Alpenpanorama mit vielen Irrungen und Wirrungen näher kamen. Sie hatte gerade einen weiteren Höhepunkt in der Storyline erreicht – eine bildschöne Schlagersängerin machte dem Tierarzt Avancen, während die bedauernswerte Wirtin aufgrund einer Weisheitszahnoperation mit geschwollenen Backen unattraktiv daneben stand – als sie ein Geräusch aus ihrer gänseblümeligen Traumwelt riss: Martinshörner! Ein Krankenwagen raste herbei und parkte auf dem Kiesplatz neben dem Haus. Unmittelbar darauf hörte sie noch weitere Autos scharf bremsen. Mit einem Satz war Frieda aus dem Bett gesprungen und hatte sich den hellrosa Morgenrock über das blau gestreifte Nachthemd geworfen. Ihr Mann grunzte im Schlaf. Frieda wuselte zu dem Fenster, das den Blick auf den Kiesplatz erlaubte, und spähte durch den Spalt zwischen Fensterrahmen und Vorhang. Neben Stolzones Karosse stand ein Krankenwagen, und – oh süsser Adrenalinstoss – auch ein Auto, auf dem in herrlichen Lettern POLIZEI prangte. Mit wehendem Morgenrock rannte Frau Chämmerli zu einem andern Fenster und sah gerade noch, wie ein Polizist das Haus betrat. Sie liess alle Vorsicht einer raffinierten Spionin fahren und eilte zur Wohnungstür, riss sie auf und stürzte in den Gang.

Der Blick über das Treppengeländer gewährte ihr eine Aussicht, in der sich die Treppe in einer enger werdenden Spirale nach unten wand, um im Zentrum den Boden des Erdgeschosses zu offenbaren. Leute stiegen ausserhalb ihres Blickfeldes die Treppe hoch, versteckt unter den Stufen über ihnen. Im Stockwerk unter sich sah sie eine Bewegung und erkannte Plunkerts Kopf, wie er sich ebenfalls über das Geländer neigte. Frau Chämmerli ging im ersten Moment davon aus, dass er wie sie nur neugierig war und wollte schon eine Begrüssung rufen,

da wandte sich Plunkert ab und sagte seinerseits: „Guten Abend. Er ist hier drin."
Frieda Chämmerli stockte vor Aufregung der Atem. Sie hörte jemanden „Guten Abend" brummeln und die schweren Schritte mehrerer Personen. Der letzte Rest Selbstbeherrschung zerbrach, und sie eilte die Treppe hinab.
Plunkerts Tür stand offen, und einer der Polizisten stand mit dem Rücken zu ihr im Flur, so dass er einen Grossteil ihres Blickfeldes versperrte. Vom Gang aus sah man einen schmalen Streifen des Wohnzimmers, und offenbar hatte ihr neuer Nachbar schwarze Vorhänge mit rotem Gekritzel. Frieda kombinierte dies im Geiste mit dem mintgrünen Sofa und sah sich mehr denn je in der Annahme bestätigt, dass dieser Plunkert ein absonderlicher Zeitgenosse war, gegen den es vorzugehen galt.
Derweil stand Sebastian stumm und niedergeschlagen im Wohnzimmer und beobachtete, wie die Sanitäter die Leiche seines Freundes auf eine Bahre luden. Natürlich hatten sie nichts weiter tun können, als den Tod des Alten fest zu stellen – Bepone war schon immer ein sehr gründlicher Mann gewesen. Hinter sich hörte er Schritte, aber er drehte sich nicht um, bis die Polizistin sagte: „Wir hätten noch ein paar Fragen."
Sebastian drehte sich um und blickte einer Frau um die vierzig in die Augen. „Natürlich", nuschelte er.
Sie hatte bereits ein Formular auf einem Klemmbrett in der Hand und rückte nun den Kugelschreiber in Position. Name, Adresse, Geburtsdatum… Plunkert gab leiernd Auskunft und konstatierte nur am Rande ihre Reaktion auf seinen Beruf. Normalerweise fand er die hochgezogenen Augenbrauen oder scheelen Blicke amüsant, aber jetzt konnte ihn das Stirnrunzeln der Po-

lizistin nicht erheitern. Auch nicht, als sie einen raschen Blick in die Richtung seines Wohnzimmers warf. Zweifelsohne waren ihr die Symbole auf dem Boden aufgefallen. Und natürlich das Schwert.
Es prangte in einer Vitrine an der Wand, von zwei diskret im Vitrinenrahmen versteckten Spotlights dramatisch angestrahlt. Die Klinge war das Herzstück von Sebastians Sammlung, nicht zuletzt, weil sie mehr wert war, als er mit all seinen Publikationen zeitlebens verdienen würde. In den Griff war eine Schlange eingearbeitet, die sich eng um denselben zu winden schien. Ihr Kopf ruhte auf der Klinge, und ihr Gesicht erinnerte mehr an einen Wasserspeier denn an ein Reptil. Obsidiansplitter suggerierten ein schuppiges Muster, während der Schmied für die Augen zwei Rubine verwendet hatte. Magische Zeichen tröpfelten vom Heft der Blutrinne entlang der Schwertspitze entgegen. Das Schwert war umwoben von Geheimnissen, was primär der banalen Tatsache geschuldet ist, dass fast niemand etwas darüber wusste – was angesichts der Geschichte des Objekts nicht allzu erstaunlich war: Das Schwert war im siebzehnten Jahrhundert von einem venezianischen Adligen in Auftrag gegeben worden. Ehe der Schmied das Werk vollendet hatte, war der Edelmann gestorben, und hatte seiner Familie einen schönen, netten Berg aus Schulden hinterlassen. Niemand aus der Familie hatte auch nur daran gedacht, den Schmied für seine Arbeit zu bezahlen, ganz zu schweigen davon, dass die Familie den okkulten Eskapaden ihres Oheims nicht gerade tolerant gegenüber gestanden hatte. Im Zeitalter der Inquisition leisteten sich nur sehr dumme oder sehr mächtige Männer solche Schwerter, deren blosse Gestaltung schon das Wort „Teufelsanbetung" brüllte.

Der Schmied indes, der keinen nach Macht klingenden Nachnamen hatte, wollte schon gar nicht, dass dieses Schwert bei ihm gefunden wurde – einschmelzen wollte er es aber auch nicht, denn die Klinge war mehr wert als die Summe ihrer Teile. Also fand er einen anderen Interessenten und verkaufte es unter der Hand weiter. Das Schwert gelangte so in die Hände einer geheimen Bruderschaft, die sich kaum von dem Adligen unterschied, der es in Auftrag gegeben hatte: sie waren reich und mächtig und standen auf den Teufel und auf junge Dinger. Doch sie waren eine Gruppe. Und konnten das Schwert – wie auch ihre geheimen Riten – weiter vererben. Das Schwert blieb im Verborgenen. Es landete über Umwege schliesslich in Versailles, wo die Herzogin von Montespan, eine fromme Satanistin, ihre liebe Freude daran hatte. Als die Französische Revolution ihren Lauf nahm, landete das Schwert wortwörtlich im Dreck – ein Revolutionär, der sich mehr als im Recht glaubte, einer Adligen eine nutzlose Paradewaffe abzunehmen, stahl das Schwert und versteckte es in seiner Matratze, damit er etwas hatte, das er seinen Söhnen vererben konnte. Dumm nur, dass seine beiden Söhne noch im Kindesalter an einer Lungenentzündung und einem Zeckenbiss starben, und ihr Vater von einem Hirnschlag ereilt wurde, ehe er jemandem von dem Schwert in der Matratze erzählen konnte. Die Matratze, die alt und dreckig gewesen war, wurde verbrannt. Die Strohfüllung brannte so lichterloh, wie es nur trockenes Stroh kann: heiss und hell und so schnell, dass das Feuer nicht annähernd genug Hitze entwickelte, um das Schwert zu schmelzen. Wie Saurons Ring, der gelegentlich verloren geht, um von einem neuen Besitzer gefunden zu werden, tauchte das Schwert unschuldig aus den Flammen auf – und der

Idiot, der es fand, hängte es an die grosse Glocke. Kurz darauf wurde sein Kopf von der Guillotine abgetrennt, und das Schwert war wieder in den Händen des Ordens. Es wurde ausser Landes geschmuggelt, zu einer kleinen Enklave dieser grossen, schon längst kontinental agierenden Gruppe. Ein Schweizer Industrieller, Hohepriester eines verhältnismässig kleinen Zirkels, sollte Hüter des Schwertes sein. Also blieb das Schwert dort liegen, in einer Truhe, die unscheinbar in einem Schlafraum stand, und wurde nur selten für die ganz speziellen Zeremonien hervor geholt. So ruhte es in staubiger Sicherheit bis der Industrielle Opfer einer Gaunerbande wurde, die in seine Villa einbrach und ihn gründlich ausplünderte. Das Schwert war wieder unterwegs, geheim und doch gern herum gezeigt. Es wurde verkauft, gestohlen und getauscht, bis es an einen jüdischen Juwelier geriet, der es an einer Wand seiner Werkstatt in Warschau präsentierte. Für die Nazis, die schliesslich das Ghetto räumten, war es kaum mehr als eine adrette Kriegsbeute. Für ihren Offizier war es eindeutig mehr, er konnte auch einen Teil der Symbole entziffern. Der Offizier beschlagnahmte die Waffe und hoffte, mit ihr einen Platz im erlesenen Kreis der Schwarzen Sonne zu ergattern – was eine völlige Fehleinschätzung dieser Organisation offenbarte. Als die Russen Berlin einnahmen, war besagter Offizier bereits auf der Flucht. Im Wissen, früher oder später in eine Kontrolle zu geraten, vergrub er das Schwert und kennzeichnete die Stelle. Da er sich für einen grossen Zauberer hielt, wählte er für die Markierung Symbole, die er als geheim erachtete. Er starb auf der Flucht an einer Pilzvergiftung, die er sich eingebrockt hatte, weil er sich beim Anblick des roten Pilzes mit den weissen Punkten daran erinnert hatte, eben diesen einmal in einem Buch gesehen zu haben – und was konnte das anderes bedeuten, als dass er essbar war, denn gewiss war es ein Kochbuch gewesen. Das Schwert geriet wieder einmal in geheime Vergessenheit – ganz wie der Ring auf dem Grund des Flusses, wo er lag, ehe Déagol ihn fand. Allerdings sollte das Schwert nicht so lange vergessen bleiben wie der Ring der Macht. Es dauerte gerade vierzig Jahre, bis ein junger Sebastian Fidelius Plunkert bei einer Wanderung durch einen Wald in der Rinde eines alten Baumes einige Ritzungen entdeckte. Jemand hatte eine Hagalaz-Rune eingekerbt, um neunzig Grad gedreht, so dass aus dem Wetterzauber ein Fluch wurde. Plunkert war nicht dumm, und er hatte schon mehr als ein Buch über Magie gelesen. Man ging nicht einfach in den Wald und kratzte Flüche in Baumrinden. Man verfluchte einen Ort, den keiner betreten durfte – zum Beispiel, weil dort etwas Wichtiges verborgen war. Plunkert begann mit blossen Händen in der Erde zu wühlen, scharrte hier und wischte dort einige Blätter beiseite, bis seine Fingerkuppen auf etwas trafen, was zu hart und kalt war, um ein natürlicher Teil des Waldbodens zu sein.

Stellt euch den jungen Sebastian vor, siebzehn Jahre alt, noch nicht ernüchtert von den Erfahrungen der kommenden Jahre, noch voller Enthusiasmus, Tatendrang und – ja – Glauben. Ein Teenager mit langem Haar und ausgebleichten Jeans, der ein Schwert aus dem Waldboden zieht. Episch zerrte der Wind an seinem Manowar-T-Shirt, als er das Schwert der Dunkelheit entriss und ins Sonnenlicht reckte. Wie Artus das Schwert aus dem Stein. Wie Jeanne d'Arc, die ihr Schwert durch einen Fingerzeig des Himmels gefunden hatte.

In diesem Moment hatte sich Sebastian gefühlt, als hätte ihn eine höhere Macht auserkoren, etwas Epochales zu

vollbringen.
Nun, die Jahre hatten ihn vernünftiger gemacht. Ausserdem hatte er das Schwert schätzen lassen und war beinahe in Ohnmacht gefallen, als ihn der Goldschmied über die Entstehungsepoche informiert hatte. Ein Schwert aus der Renaissance, mit eingearbeiteten Rubinen und henochischen Zeichen auf der Blutrinne. Es war schlichtweg unbezahlbar. Es war eines jener Stücke, die Kuratoren dazu auffordern, ihm zu Ehren eine Ausstellung zu lancieren. Und Plunkert war kein Arschloch. Auch wenn er durch die Fundgeschichte überzeugt war, ein Recht auf das Schwert zu haben, wusste er doch um seinen historischen Wert und hatte in seinem Testament fest gehalten, dass es nach seinem Tod dem Landesmuseum überstellt werden sollte. Dennoch war er nicht sicher, was die Polizei beim Anblick des Schwertes wohl alles denken mochte. Er erinnerte sich daran, wie er den Goldschmied genötigt hatte, sich doch noch zu einer Schätzung durch zu ringen. Mit dem strengen Verweis auf die Strafen auf illegalen Kunsthandel hatte der Schmied eine Zahl genannt. Genau diese – sie hatte über sechs Stellen – schwirrte Sebastian nun im Kopf herum, während die Polizistin das Schwert betrachtete.
Diese fing seinen Blick auf und wollte die Befragung fortsetzen, doch die Sanitäter hoben die Bahre, und Plunkert und die Polizistin mussten einige Schritte aus dem Weg treten. Traurig starrte Sebastian auf die Wölbung unter dem Tuch, die Bepones markante Nase nachzeichnete, behielt diesen letzten Schatten seines Freundes im Blick, bis die Sanitäter die Wohnung verlassen hatten. Die Polizistin gewährte ihm diesen Moment der Stille. Dann fuhr sie ungerührt fort, wollte von Details über seine Beziehung zu Bepone Stolzone wissen und verabschiedete sich schliess-

lich mit dem Versprechen – oder der Drohung – sich bei ihm zu melden, falls die Ermittlungen dies erforderten.

## 3. Ein Tag wie jeder andere

Isabella Glitter arbeitete als Coiffeuse für eine Salonkette, die ihre Winterthurer Filiale in einem zentral gelegenen Einkaufszentrum hatte. Isabella, die eher ein Nachtmensch war, schätzte die Spätschichten, musste aber oft genug zur Frühschicht antreten. Heute war so ein Tag gewesen, und so hatte sie den Grossteil des Nachmittags frei. Es war ein schöner, heller Sommertag, und die junge Frau nutzte die Zeit, die Fensterscheiben in ihrem Zimmer zu putzen. Die Aufteilung der Räume war in allen Wohnungen des Hauses praktisch identisch: Küche und Wohnzimmer zeigten nach vorne und erlaubten den Blick auf ein kleines Stück Garten, durch den ein breiter Kiesweg führte, hin zu den steinernen Säulen, die das schmiedeeiserne Gartentor rahmten. Vom ersten Stock aus sah man noch ein Stück des Weges, der zur Hauptstrasse führte, und vom Dachgeschoss sogar noch ein Eckchen besagter Hauptstrasse.
Die Zimmer, die Isabella und Kurt als Privaträume nutzten, gaben den Blick auf den Garten frei, der nahezu nahtlos in einen Park überging. Früher hatte der Park zur Villa gehört, aber mittlerweile war er Besitz der Stadt. In ihm prunkten zwei Bäume, die so saumässig alt waren, dass sie unter Schutz standen, während sich die restlichen Pflanzen mit dem Status profunder Fauna zufrieden geben mussten. Ein Pfad schlängelte sich hübsch durch den Park, hie und da von einer Bank flankiert.
Während sie die Scheibe putzte, sah Isabella einem Grüppchen Teenager dabei zu, wie sie sich auf einem dieser Bänkchen nieder liessen. Die Jugendlichen richteten sich ein, indem sie Rucksäcke und deren Inhalt auf dem

Boden verteilten, und schon stand eine kleine Box, die rhythmisch strukturierte Störgeräusche fabrizierte. Isabella legte das Putzzeug beiseite, trat an ihren Mac und liess selber Musik laufen.
Als sie zur Scheibe zurück kehrte, sah sie ihren Mitbewohner durch den Park schlendern. Allem Anschein nach war er in dem kleinen türkischen Laden gleich hinter dem Park einkaufen gegangen. Isabella ihrerseits nutzte für Besorgungen meistens das Überangebot an Einkaufszentren, die sich um den Hauptbahnhof herum drängten, und hatte Kurt so schon mehrfach Vorlagen für moralische Vorträge geliefert, wonach man die kleinen Läden berücksichtigen müsse.
Weil die kleinen Läden sonst ausstürben, und dann hätte man keine Alternativen mehr zu den Grosskonzernen und Ladenketten. Und dann kontrollieren die Illuminati unser Essen.
Tatsächlich war Kurt, der den Grossteil seines Tages im Bett, der Badewanne oder in einem Game verbrachte, schlichtweg zu faul, um weiter als fünf Minuten durch den Park zu gehen. Also ging er in den kleinen Laden, wenn es gerade wieder mal an Brot oder Zigaretten mangelte, und verliess sich darauf, dass Isabella alles andere in der Stadt einkaufte. Für Kurt war das perfekt: ER musste sein Gewissen nicht damit belasten, dass er die Produkte von Firmen erwarb, denen er kritisch gegenüber stand. Und wenn Isabella mit Gentech-Schokolade, ausbeuterisch geerntetem Gemüse, nicht huhngerecht gelegten Eiern und Klopapier ohne ESC-Gütesiegel nach Hause kam, dann wäre es ja auch wieder dumm, das Gekaufte nicht zu nutzen.
Isabella hatte sich schnell angewöhnt, ihr Gehirn auf Durchzug zu schalten, wenn Kurt mit seinem Sermon los

legte. Trotzdem, der Kerl nervte sie je länger je mehr, und sie war froh, dass sein Mietvertrag in wenigen Monaten auslaufen würde – Kurt als Mitbewohner in der WG zu akzeptieren, war nie mehr als eine Notlösung gewesen, und was er an wenigen Boni bei Isabella gehabt hatte, hatte er schon nach kurzer Zeit aufgebraucht.
Er war schnoddrig und schmuddelig, hörte nicht richtig zu und redete dafür umso mehr.
Kurt hatte inzwischen die Teenager auf der Parkbank erreicht. Offenbar entstand ein Gespräch, geboren aus gemeinsamem Interesse. Isabella hörte nicht, was draussen im Park geredet wurde, aber sie sah, wie Kurt etwas angeboten wurde, was auf die Entfernung von einer Kippe nicht zu unterscheiden war.
Und dann sah sie die Polizisten. Sie waren zu zweit, auf Velos, und gingen mit aller polizeilichen Raffinesse vor. Will heissen: sie näherten sich von links und rechts in einer Zangenbewegung. Einer stieg ab und kündigte die Personenkontrolle an, während der andere auf seinem Fahrrad blieb, um allfällige Flüchtige sofort verfolgen zu können.
Isabella grinste schadenfreudig, als Kurt als erster durchsucht wurde. Sie war nicht die Einzige. Zwei Stockwerke über ihr jubilierte Frieda Chämmerli wie Justizia nach der Verurteilung eines Mafia-Dons. Kaum dass die jungen Blagen mit ihrer Lärmbelästigung und ihrem Drogenkonsum begonnen hatten, hatte sie die Polizei gerufen, und entgegen ihrer Gewohnheiten hatten sie tatsächlich reagiert (die Beamtin, die das Telefonat entgegen genommen hatte, war neu und kannte Frieda Chämmerli noch nicht).
Von ihrem Platz hinter dem Fenster aus sah sie, wie ein weiterer Hausbewohner den Park betrat. Die Holunder

war mit ihrem riesigen schwarzen Hund unterwegs.
Aurora hatte sich eine Sommergrippe eingefangen und kam gerade vom Arzt. Dieser hatte ihr ein Zeugnis und ein Rezept ausgestellt, letzteres brauchte sie nicht. Sie hatte genug Kräuter in ihrem Teeschrank und ihren Verandatöpfen, um mit einer Grippe fertig zu werden. Als sie die Polizisten sah, steuerte sie geradewegs auf die beiden zu – nur für den Fall, dass der Hund Lust bekam, sein Bein vor einem der Fahrräder zu heben.
Leider hatte sie ihn zu gut erzogen. Warg trottete gleichmütig neben ihr her, während Aurora neugierig zu den Polizisten hinüber blickte. Sie durchsuchten gerade eine Gruppe von fünf Leuten, zu denen auch ihr Nachbar gehörte – der gammlig wirkende Mann Mitte Zwanzig, der vor einigen Monaten in die WG der Glitter-Zwillinge eingezogen war. Die andern vier waren etwa zehn Jahre jünger und wirkten, als hätten sie alle noch Mütter, die ihre Kleider wuschen.
Sie beobachtete, wie einer der Polizisten in einem der Rucksäcke ein bisschen Gras in einem Plastikbeutel fand. Es hat auch seine Vorteile, fünfzig und wohl situiert zu sein, dachte Aurora, als der Polizist fragte, wem denn der Rucksack gehöre. Da hat man ein schönes, privates Wohnzimmer, wo man qualmen kann.
Warg machte noch immer keine Anstalten, die Polizei darauf hin zu weisen, dass dieser Park hier zu seinem Territorium gehörte. Dafür bemerkte der eine Polizist jetzt Aurora, wie sie da stand und zu ihm hinüber starrte. Er starrte zurück.
„Guten Tag", sagte Aurora vergnügt. Etwas zu vergnügt. Unangemessene Freude kann durchaus provozieren. Und ist nicht verboten.
Der Polizist starrte sie böse an. Aurora beschloss, es

dabei zu belassen. Sie schlenderte davon, Warg an ihrer Seite.

Der Polizist widmete sich wieder seiner Arbeit.

Fünf Minuten später kam eine schwarze Katze angeschlendert. Neugierig näherte sie sich der Szenerie, wo Kurt Lahm gerade seine Personalien angeben musste. Sie schlich herum, bis sie dem Polizisten auffiel. Als sie seinen Blick auf sich fühlte, setzte sie sich hin, streckte ein Bein in die Höhe und begann, sich die Genitalien zu putzen. Irgendwie hing das Satzfragment 'am Arsch lecken' in der Luft.

Isabella hatte das Fenster fertig geputzt und investierte nun Zeit und Aufmerksamkeit in 9Gag, daher sah sie nicht, wie der nächste Akteur den Park beschritt.

Sebastian Plunkert hatte den Park betreten, und man sah ihm an, dass er in keiner guten Verfassung war. Nach dem tragischen Ereignis in der vergangenen Nacht war an Schlaf nicht zu denken gewesen, und die halbe Flasche Wodka, die er nach Abzug der Polizei getrunken hatte, hatte auch nicht geholfen. Als der Morgen graute und die Flasche leer war, wich Plunkert auf Wein aus und übergab sich kurz darauf. Danach konnte er ein wenig schlafen – obwohl 'unruhig und beduselt herum liegen' der treffendere Begriff war. Am frühen Nachmittag beschloss er dann, dass es jetzt genug war, und ging hinaus in die warme Juliluft, um einen Spaziergang zu machen. Er war immer noch betrunken, er war in Trauer, und ausserdem war er auch in seiner Bestform ein zerstreuter Kopf.

Das alles wusste der Polizist nicht. Er sah nur einen offensichtlich alkoholisierten Mann, der sein T-Shirt verkehrt herum über seiner Jogginghose trug und sein Gesicht hinter einer Sonnenbrille verbarg.

„He, sie", sagte er forsch, „Personenkontrolle!"
Sebastian drehte sich schwerfällig zu dem Polizisten um. Aus dem Augenwinkel sah er eine schwarze Katze, die davon sprang.
Er schlurfte einen Schritt auf den Polizisten zu. „Könnten wir bitte ihren Ausweis sehen!" Sebastian tastete an sich herum, fand die Wölbung, die sein Portemonnaie verursachte, auf Höhe seiner Hosentasche, und fummelte die alte, abgewetzte Börse schliesslich hervor. Leicht schwankend zog er die Plastikkarte heraus, die bestätigte, dass er er war, und reichte sie dem Beamten. Der Polizist besah sich die ID, dann Plunkert.
„Sebastian Fidelius Plunkert? Wie der Autor von diesen UFO-Büchern?"
„Ja genau", sagte Sebastian und bemühte sich, nicht zu lallen. Es gelang ihm sehr schlecht. "Der bin ich. Ich wohne gleich da vorne"
Nun, da er den Betrunkenen vor sich mit Prädikaten wie „Ufologe" und „harmlos" ausstaffieren konnte, war der Polizist in gnädigerer Stimmung.
„Geht es ihnen gut?" fragte er.
„Nein", jammerte Sebastian, „Bepone ist gestern gestorben." Der Polizist nickte verstehend und wollte Plunkert gerade die ID zurück geben, als dieser sich übergab. Der Polizist reagierte nicht schnell genug. Ein halbverdautes Sandwich, aufgelöst in Wodka und Wein, platschte ihm gegen das Hosenbein.
„Tschuldigung", lallte Plunkert, und hörte das Lachen. Die Teenager bei der Bank hatten es nicht gewagt, laut heraus zu prusten, und eben so wenig Kurt. Sebastian und der Polizist drehten sich gleichzeitig zu der Quelle der Heiterkeit. Eine Frau mit langen, hennaroten Locken, eine Gartenschere in der Hand, stand am Rande des

Parks, auf der Grenze zum Grundstück, und krümmte sich vor Lachen.

„Geh'n sie nach Hause!", befahl der Polizist und gab Plunkert die ID zurück.

Sebastian wäre am liebsten im Erdboden versunken, als er endlich sein Zuhause ansteuern durfte. Aurora stand immer noch am Rand des Gartens, wo eine Reihe flacher Steine die Grenze zum Park markierte.

„Sebastian", rief sie ihm lachend entgegen, „alles okay?"
Er hob den Kopf und schüttelte ihn. Ein Anblick des Jammers. Plunkert riss sich zusammen, um möglichst nüchtern zu wirken, und trat zu Aurora.

„Hast du das von Bepone Stolzone gehört?", fragte er anstelle einer Begrüssung.

„Der Hauseigentümer? Nein, wieso, was ist mit ihm?"
„Tot", sagte Plunkert dumpf. „In meiner Wohnung."
„Was?"
„Gestern Nacht," erklärte Sebastian. „Er kam noch auf einen Drink vorbei, wir kennen – kannten – uns schon lange, und dann..." Er brach ab und liess den Kopf hängen.

„Ach du Scheisse", sagte Aurora.

Sebastian hob den Kopf wieder. „Als die Polizei weg war, hab ich mir die Kante gegeben. Was ich sonst nicht tue. Und jetzt ist der Katzenjammer umso grösser."

„Hab ich gesehen", sagte Aurora und konnte sich trotz der traurigen Neuigkeit das Schmunzeln nicht ganz verkneifen.

Sie hatte ein verdammt ansteckendes Lachen, und Sebastian grinste unwillkürlich zurück.

„Willst du kurz rein kommen? Auf ein Aspirin?"
Halb lachend und gleichzeitig kurz davor, los zu heulen, schüttelte Sebastian den Kopf. „Er hat sich umgebracht",

sagte er dann übergangslos.
Aurora blickte ihn verständnislos an. „Bepone. Gestern Nacht." Er liess den Kopf wieder hängen. Aurora legte ihm eine Hand auf die Schultern. „Nicht," sagte Sebastian, „sonst kotz ich dich auch noch voll."
„Wohl kaum, jetzt ist dein Magen leer. Aber wir könnten uns in den Garten setzen. Ich koch dir Ingwertee – der hilft gegen Übelkeit, und dann sehen wir unseren Staatsdienern bei der Arbeit zu, und du erzählst mir von Bepone."
Sebastian lächelte schwach und trottete Aurora hinterher, zu ihrer Veranda. Drei bequeme Rattansessel gruppierten sich um ein verwittertes Tischchen. Sebastian liess sich auf einen fallen und streckte die Beine aus. Als Aurora mit dem Tee kam, schlief er tief und fest.

4. Verschwörung und Ruhestörung

Sebastian Fidelius Plunkert mochte tief und fest schlafen, doch für andere galt das nicht, vor allem nicht im übertragenen Sinn. Bepone Stolzones Tod hatte gewisse Leute hellhörig werden lassen. Leute, die seit Jahrzehnten auf diesen Moment gewartet hatten, die sorgsam Figuren vorwärts bewegt hatten, um im entscheidenden Moment „Schach Matt" zu sagen, in einem dezidierten und höflichen Ton, ohne eine Spur offenen Triumphs. Einen Tag, nachdem der Polizei im Park hinter dem Haus ein Schlag ins Wasser gelungen war, trafen sich drei Männer zu einem konspirativen Treffen. Zwei von ihnen waren alt und mächtig, und zwei sehr reich (der dritte war nur ziemlich reich), und daher trafen sie sich nicht in einer abgelegenen, muffigen Ecke, sondern in einer abgelegenen, teuren Bar. Sie bestellten teure Drinks und besetzten eine der Sofa-Ecken. Ein bisschen Smalltalk machte die Runde. Man sprach über Enkelkinder, wobei derjenige, der nur reich war, triviale Bemerkungen vom Stapel liess - im Gegensatz zu den andern beiden arbeitete er noch am ersten Kind. Das Thema wechselte, und man sprach über Autos. Hier konnte sich derjenige ohne Enkel schön hervor tun, denn er hatte mehr als eines, und alle waren sie prestigeträchtig, schnell, und vor allem: teuer. Die drei Männer bestellten eine zweite Runde, und dann sprach der, der reich und mächtig war, den Grund für das Treffen an: „Der alte Stolzone ist vorgestern Nacht gestorben." „Ich weiss", sagte derjenige, der nur sehr reich war. Er war gut vierzig Jahre alt und hatte fahlblondes, dünnes Haar. „Sophia hat gestern Morgen einen Anruf gekriegt." Er trank einen Schluck.

„Und Sophia kriegt das Haus?" fragte derjenige, der nur ziemlich reich, dafür aber ordentlich mächtig war. Er war um die siebzig, trug den teuersten Anzug der drei und einen protzigen Siegelring am Finger.
„Das zumindest hat der Alte gesagt."
„Hast du das Testament je gesehen?" fragte der Erste. Er war fast zehn Jahre älter als der mit dem überteuerten Anzug, sah aber jünger und rüstiger aus.
„Nein. Aber er hat es Sophia in meinem Beisein versprochen."
„Wie lange ist das her?" fragte der mit dem Siegelring.
„Zwei, vielleicht drei Jahre. Er hatte ein persönliches Interesse an dem Gebäude. Wegen des okkulten Hintergrunds, wie er mir mal erklärt hat."
Der Erste unter den Dreien, der das Treffen befohlen hatte, verzog die Lippen zu einem schmalen Strich ob dieses Kommentars.
„Das kommt zeitlich schon sehr passend", sagte der mit dem fahlblonden Haar.
Der Erste zuckte die Achseln, als ob das jetzt nicht wahnsinnig wichtig wäre.
„Ich dachte", fügte der Blonde an, als wäre er eben erst auf den Gedanken gekommen, „der alte Stolzone würde Steffanini überleben." Der Erste stieg nicht wieder in den Smalltalk ein, sondern leerte seinen Drink. Der mit dem Siegelring verbarg das Kräuseln seiner Lippen, indem er auf sein Glas blickte. Es war eine diskrete Art, jemanden auszuschliessen, ohne ihm allzu offensichtlich zu zeigen, dass er nicht dazu gehörte. Der Blonde bemerkte es nicht. Er redete weiter, reihte Belanglosigkeit an Belanglosigkeit. Die anderen schwiegen, tranken aus und zahlten.

Isabella Glitter nahm nicht an konspirativen Treffen teil. Für sie war es ein Tag wie jeder andere gewesen. Er hatte aus Waschen-Schneiden-Föhnen, aus Färben und Kämmen, aus mühsamen und aus angenehmen Kunden bestanden, aufgelockert durch Zigarettenpausen voller Tratsch, hastig hinunter geschütteten Energy-Drinks und einem grossen Salat zum Mittagessen.
Isabella, die heute Spätschicht gehabt hatte, war nach der Arbeit nach Hause gekommen und hatte, ganz wie es nun einmal ihre Art war, die Tür hinter sich zugeknallt. Dann hatte sie die Schuhe ausgezogen, Kurt eine Begrüssung zugerufen und war im Bad verschwunden.
Sie war gerade dabei, in ihrem Darm Platz fürs Abendessen zu schaffen, als sie es klingeln hörte. Schritte schlurften zur Tür, unmittelbar darauf hörte sie Kurts genuschelte Begrüssung. Frau Chämmerlis Keiforgan grüsste zurück. Isabella verdrehte die Augen. Auf den vagen Eindruck hin, dass etwas schief lief, drückte sie intensiver, um – wie sie und Anna es unter einander nannten – ihren Feierabendkack schneller hinter sich zu bringen, und hörte schon, wie die Stimme der alten Frau anschwoll.
Frieda Chämmerli, vom obersten Stock in gerechtem Zorn darnieder gestiegen, wollte sich des Problems des Türe-Knallens nun persönlich annehmen. Immerhin tat die Verwaltung ja nichts. Die lebenslustigen Zwillinge im ersten Stock waren ihr schon immer ein Dorn im Auge gewesen, doch vor drei Monaten hatte Isabella, die schlampigere der beiden, ihre Schwester gegen ihren Freund ausgetauscht. Das zumindest glaubte Frieda, denn selbstverständlich hatte sie Isabella nicht über ihre Mietsituation informiert – und Frieda ging bei ihren Mitmenschen grundsätzlich vom Schlimmsten aus. Ver-

mutlich war der Kerl ihr Zuhälter! Ohne Beweise konnte sie nichts gegen Isabellas vermeintlichen Lebenswandel unternehmen, daher wurde die Tür zum Apfel der Diskordia erklärt. Frieda wollte ein Rede-und-Antwort-Stehen, ein volles Schuldgeständnis und einen ausgefeilten Lösungsplan, was Isabella und ihre Tür betraf!
Endlich tauchte die junge Frau auf und stellte sich dem Zusammenschiss, der bis dahin stellvertretend auf Kurt nieder gegangen war.
„Ah", legte Frau Chämmerli los, „da kommt ja das Fräulein endlich. Ist ihnen bewusst, dass ihr Türknallen durch das ganze Haus hallt? Mein Mann und ich gehen früh zu Bett, wir sind alt und brauchen unsern Schlaf!" (Herr Chämmerli nutzte gerade die Abwesenheit seiner Frau, um sich durch die Erotik-Kanäle zu zappen. Zu seinem Leidwesen fand er auch dort Neger. Zwar klammerte Alberts Rassismus hübsche, dunkelhäutige Mädchen aus, aber Männer derselben Hautfarbe verdarben ihm jeden Porno, weil er sich dann wieder über die Politik aufregte und am Schluss, statt der erotischen Szene, Christoph Blocher im Kopf hatte).
Frieda keifte immer noch: „Und überhaupt", sie fuchtelte mit dem Zeigefinger gegen Kurt, „was haben sie mit diesem Ganoven zu schaffen?"
„Ey!" monierte Kurt, aber Frieda drosch weiter: „Seit ihre Schwester weg ist, und dieser Kleinkriminelle hier eingezogen ist, geht es mit ihnen nur noch bergab, Frau Glitter. Sie waren mal ein anständiges Fräulein, aber jetzt, mit diesem Zuhälter da in ihrer Wohnung -"
„EY!!" Machte Kurt noch einmal, aber jetzt riss Isabella die Hutschnur.
„Zuhälter? Hören sie mal, es ist streng genommen nicht mein Problem, wenn sie Kurt beleidigen, aber ihre Worte

machen mich zu einer Prostituierten – und wenn ich so geil aufs Beschweren wäre wie sie, hätten sie jetzt die Bullen wegen Verleumdung am Hals."

Frieda klappte empört den Mund auf, aber Isabella liess sie nicht zu Wort kommen.

„Meine Schwester ist ein Jahr in Amerika– was sie nichts angeht. Sie kommt wieder – was sie ebenfalls einen Scheiss angeht. Kurt wird in knapp drei Monaten hier ausziehen – und wenn ich könnte, würde ich ihm eine Wohnung hier in diesem Haus besorgen, einfach nur, damit sie etwas haben, worüber sie sich ärgern können. Scheint ja ein wahrer Jungbrunnen zu sein, man könnte Sie glatt wieder in den Kindergarten stecken, wenn sie so loslegen."

Frieda Chämmerli sog die Luft ein, um Isabella mit einer angemessenen Antwort nieder zu schmettern, aber die junge Frau sah den Angriff kommen und fuhr die volle Breitseite auf: „Einfach für den Fall, dass ihr Gemotze wirklich einen Anti-Aging-Hintergrund hat: Versuchen sie's statt dessen mal mit Sex. Wirkt auch gut, geht aber den Nachbarn weniger auf den Zeiger. Schönen Abend noch." Und mit diesen Worten schlug Isabella die Tür mit einem schönen, lauten Wrums zu.

Kurt blickte sie schwer beeindruckt an. Isabella fing seinen Blick auf – und beide brüllten los vor Lachen.

Vor der Tür hörte die empörte Frau Chämmerli natürlich sehr deutlich, wie man über sie lachte. Sie schlug mit der Faust gegen die Tür und keifte: „Was fällt ihnen ein?"

„Das ist Ruhestörung," rief Isabella durch die geschlossene Tür, genau jenen Tonfall imitierend, mit dem Frieda immer ihre Beschwerden vortrug, „wenn sie noch einmal um diese Zeit gegen meine Tür hämmern, rufe ich die Polizei."

Kurt krümmte sich vor Lachen.

Einen Moment lang überbrückte das Lachen die Kluft zwischen Kurt und Isabella, und sie vergass, dass sie Kurt aus schierer Not als Mitbewohner akzeptiert hatte. Als ihre Zwillingsschwester Anabella angekündigt hatte, zwei Semester in Südamerika studieren zu wollen, hatte Isabella zuerst gedacht, es wäre ein leichtes, ein nettes Mädel als temporäre Untermieterin für die WG zu finden – weit gefehlt. Die Jura-Studentin, die Anas Zimmer bezogen hatte, hatte nach drei Wochen beschlossen, ihr Studium zu schmeissen und zu ihrem Freund zu ziehen. Die darauffolgenden zwei Monate hatte Isabella die Miete allein bezahlt, und war dadurch bald so abgebrannt, dass sie nahezu jeden Untermieter akzeptiert hätte. Kurt hatte einen pflegeleichten und unbedrohlichen Eindruck gemacht, sie hatten ein paar gemeinsame Bekannte... also hatte sie zugestimmt, dass er für neun Monate Anas Zimmer übernahm – bald schon hatte sie feststellen müssen, dass der junge Arbeitslose jedes Kifferklischee erfüllte. Dies war der Keim für einen Konflikt gewesen, der langsam vor sich hin geschwelt hatte. Jetzt war er kurz verschwunden, übertönt vom Lachen über den gemeinsamen Feind, aber nun, da Isabella im Gang stand, den bekifft giggelnden Kurt betrachtete und hinter ihm das Foto an der Wand sah, auf dem Sie mit Anabella posierte, erlosch das Gefühl der Verbundenheit wieder. Der Feind meines Feindes ist eben nicht immer ein Freund, manchmal bleibt er nicht mehr als ein lästiger Verbündeter.

## 5. Ein Ausbruch mit Folgen

Bepone Stolzone hatte eine grosse Familie gehabt, und dementsprechend gut besucht war seine Beerdigung.
Sebastian Plunkert kannte niemanden, und während der Trauerfeier hielt er sich diskret im Hintergrund. Vor seinem Tod hatte Stolzone eine Reihe von Briefen vorbereitet, darunter auch die Einladung zu seiner Beerdigung, dem Leichenschmaus und der anschliessenden Testamentsverlesung. Sebastian hatte zwei Frauen um die Vierzig darüber reden gehört, dass der Alte offenbar auch Teile seiner Beerdigung selbst organisiert hatte, und während sie sich darüber entsetzten, hatte Sebastian still und traurig in sich hinein gelächelt – Stolzones Humor, sehr eigen, leicht morbide und augenzwinkernd überkorrekt, würde ihm fehlen.
Nun sass er in dem Raum in Stolzones Anwesen, der früher das Arbeitszimmer des Alten gewesen war. An die dreissig Leute hatten sich hier versammelt, auf Stühlen eng aneinander gereiht, so dass sich Plunkert an seine Zeit an der Uni erinnerte, wo er in Hörsälen wie die Sardine in der Büchse neben anderen Studenten den Vorlesungen gelauscht hatte, die jetzt nicht ein Dozent, sondern Stolzones Notar hielt.
Das Testament barg offenbar wenig Überraschungen. Stolzone hatte sein Vermögen, sein Land und seine Immobilien gleichmässig unter den engsten Verwandten aufgeteilt. Daneben spendete er für karitative Zwecke. Als er dann noch seiner Stiftung Geld zukommen liess, ging ein erstes, überraschtes Raunen durch die Menge, denn offenbar hörten viele Mitglieder der Familie Stolzone heute zum ersten Mal von der Stiftung zur Erforschung paranormaler Phänomene - kurz SEPP.

„Er hatte ein Flair für dieses Thema", sagte ein Mann, der einige Stühle links von Plunkert sass. Nach dem, was Plunkert aufgeschnappt hatte, war er mit einer von Bepones Enkelinnen verheiratet. „Parapsychologie und Yetis und Ufos", fügte er abfällig an. „Vermutlich ist's aufs hohe Alter hin nicht besser geworden." Die Frau an seiner Seite zischte etwas und drückte kurz seine Hand, aber der Mann fuhr höhnisch fort: „Hat er nicht mit allen Urenkeln eine Reise zum Mystery-Park gemacht? Vor drei Jahren war das doch. Wir haben ihm damals schon gesagt, er solle lieber ins Naturkundemuseum mit den Kleinen, da lernen sie wenigstens was."
Sebastian Plunkert blickte betreten zu Boden. Der Notar räusperte sich und das Gerede verstummte. Offenbar war das Thema mit der Stiftung noch nicht abgeschlossen, denn Stolzone hatte sich mehrere Güter aufgespart, um sie, statt den lieben Verwandten, seiner Passion zugute kommen zu lassen. Da waren zum Beispiel ein Grundstück im Zürcher Weinland, auf dem man ein keltisches Hügelgrab gefunden hatte, oder ein Ferienhäuschen in Grönland, in dessen Garten anscheinend Elfen lebten. Auch die Ruine eines Turmes in Schottland ging an die Stiftung – und zuletzt das Mordhaus mit der Denkmalschutzfassade. Dies allerdings beinhaltete noch einen Sonderfall: Die Wohnung im ersten Stock, in der zur Zeit ein gewisser Sebastian Plunkert wohnte, wurde eben jenem auf Lebzeiten zu Forschungszwecken vermacht.
„Das darf er nicht", sagte der Mann links von Plunkert wütend. Sebastian sah ihn zum ersten Mal genauer an und fand seinen ersten Eindruck von Asympathie bestätigt. Der Mann war gross und auf eine teigige Art massig, als wäre das Körperfett absolut gleichmässig unter der blassen Haut verteilt. Das fahlblonde Haar lag

platt auf dem Schädel und lichtete sich am Hinterkopf. Die grauen Augen standen leicht schräg, so dass sie ein fieses V andeuteten.
Der Notar räusperte sich wieder. „Herr Stolzone ist schon vor einer Weile mit diesem Vorhaben an unsere Kanzlei herangetreten und hat -"
„Ich dachte mir schon, dass sie da mit drin hängen", regte sich der Mann auf. „Bepone hat mir und Sophia dieses Haus zugesichert. Die Gegend ist ideal für Kinder."
„Ihr habt doch gar keine Kinder", warf eine ältere Frau ein, die gegenüber im Raum sass.
„DU mischst dich da gefälligst nicht ein", zeterte der Mann und sprang auf, wobei er seine Hand aus der seiner Frau riss. „Demian!" zischte Sophia, aber dieser hörte nicht, sondern griff nun den Notar an, indem er mit ausgestrecktem Finger auf ihn deutete und rief: „Bin ich der Einzige hier, der sich über diese Sache wundert? Ein lebensfroher Senior bringt sich angeblich um, und unser Herr „Herr-Stolzone-hat-mit-uns-seit-Jahrzehnten-zusammengearbeitet" hier hat rein zufällig alles schön organisiert in der Schublade, so dass wertvolle Immobilien juristisch wasserdicht der Familie vorenthalten werden. Sophia ist seine Enkelin, verdammt!" Die Frau zuckte entschuldigend mit den Schultern, verlegen ob der Aufmerksamkeit, die die Szene ihres Mannes ihr nun noch zusätzlich einbrachte.
„Demian, bitte setz dich hin", zischte sie, aber Demian dachte nicht daran. „Ich wette", fuhr er Gift und Galle speiend an den Notar gewandt fort, „sie sind auch einer von denen. Vollidioten, die sich bei Vollmond bei irgend einer Ruine treffen, und dann zieht ihr eure Roben an und rezitiert alten Scheiss. Und um so etwas zu Erforschen," er sprach das Wort aus, wie andere Leute *Kin-*

*derficker* betonen, „werden nun Unsummen vom Erbe abgezogen!"
„Ich fürchte", sagte der Notar, „sie irren sich, Herr..."
„Grotz", raunzte der Mann. Für eine Sekunde hatte Plunkert den Eindruck, als ginge dem Notar ein Licht auf, dann kehrte die glatte, freundliche Fassade zurück.
„Herr Grotz, ihre Frau bekommt denselben Anteil wie alle von Bepone Stolzones Enkeln. Sollten sie damit nicht einverstanden sein, können sie das Testament natürlich anfechten."
„Darauf können sie Gift nehmen", fauchte Grotz und setzte sich endlich hin. Die Menge in dem Zimmer war schon längst in Schweigen verfallen, teils betreten, teils in gespannter Erwartung, wie schlimm die Szene wohl werden würde. Nun löste sich diese Spannung ein wenig, und der Notar las den Rest des Testamentes vor, das allerdings keine neuen Ausbrüche herauf beschwor.
Nachdem der Notar zu Ende vorgelesen hatte, verliess Grotz im Sturmschritt den Raum und knallte die Tür hinter sich zu. In betretenem Schweigen blieb die Menge zurück. Grotz eilte auf die nächste Toilette, wo er nicht etwa ein Geschäft verrichtete, sondern sein Handy aus der Hosentasche zog. Die Trauergemeinde, die in dem Raum zurück geblieben war, wusste davon natürlich nichts. Einzelne Gespräche setzten ein, manche thematisierten Demians Ausbruch, viele ignorierten ihn demonstrativ – die Beerdigung schien noch nicht der richtige Moment, sich das Maul zu zerreissen. Einige Familienmitglieder zogen in Grüppchen von dannen, traurig weil Opa tot war; oder beschämt, weil man sich dabei ertappt hatte, dass man wütend war, weil man das hübsche Häuschen in Graubünden nun nicht mehr für günstige Winterferien nutzen konnte, weil es jemand an-

ders geerbt hatte.
In der Toilette des Erdgeschosses erwachte Demians schwarzes Display just in diesem Moment zum Leben, weil der andere das Telefon abgenommen hatte. Es zeigte einen älteren Mann, das graue Haar nach hinten gekämmt. Im Hintergrund wehten goldene Seidenvorhänge vor dem geschmackvollen, hellen Wandtäfer.
„Er hat das Haus an eine beschissene Esoterik-Stiftung vermacht", schäumte Demian anstelle einer Begrüssung. „Dabei hat der alte Sack das Haus ausdrücklich Sophia zugesichert."
Der Mann am andern Ende der Leitung nickte.
„Das ist noch nicht alles", fuhr Grotz fort. „Die Wohnung geht an diesen S.F. Plunkert. Ausgerechnet an DEN." Der Mann vor den goldenen Seidenvorhängen nickte wieder.
„Bleib an der Sache dran," sagte er dann, „ich werde die Kanzlei kontaktieren, aber wie ich den alten Stolzone einschätze, dürfte die Sache wasserdicht sein. Also müssen wir anderweitig an das Haus heran kommen."
Grotz nickte.
Jemand drückte die Klinke der Toilettentür herunter.
„Einen Moment", raunzte Grotz.
„Es scheint, als wäre das Telefonat für uns beide nicht gerade zum optimalen Zeitpunkt erfolgt," sagte der Mann vor den Seidenvorhängen lakonisch, „wie gesagt, bleib an der Sache dran. Dieser Plunkert wird sich sicher freuen, wenn du ihm eines seiner Bücher zum Signieren hin hältst, oder so... Einen schönen Tag noch." Und damit wurde das Display wieder schwarz.
Mit einem lautlosen Fluch auf den Lippen liess Demian das Handy in die Tasche gleiten. „...er wird sich freuen, wenn du ihm eines seiner Bücher zum Signieren hin hältst..." hatte der Alte gesagt. Unmissverständlich, was

er damit gemeint hatte: Schleim dich ein. Sei ein Interessierter, ein Gleichgesinnter. Und er, Demian, hatte die Sache von Beginn an voll verkackt. Nicht nur, dass er sich als Person präsentiert hatte, die mit dem Übernatürlichen rein gar nichts am Hut hatte (siedendheiss durchfuhr es ihn, als ihm einfiel, was er über den Mystery-Park gesagt hatte; Plunkert und von Däniken wurden gern in einem Atemzug genannt, vermutlich kannten sich die beiden sogar). Er hatte sich daneben auch zu einem Wutausbruch hinreissen lassen, und er gedachte nicht, dies dem Mann zu beichten, mit dem er gerade gesprochen hatte.
Die Klinke klickte mehrfach nach unten, gleich darauf klopfte jemand gegen die Tür. „Bitte," rief eine Frauenstimme, „es eilt."
Demian ignorierte sie. Er kramte in einer der zahlreichen Innentaschen seines Mantels, bis er gefunden hatte, was er brauchte. Ein kleines, schwarzes Brillenetui, das aber längstens zweckentfredet war. Es barg unter anderem einen Kugelschreiber, mehrere Pins, die man aufschrauben konnte, einen kleinen Diamanten, ein zusammengefaltetes Stück Papier, ein Plastikgrip mit einer zerbröselten Extasy-Pille und mehrere Samenkörner diverser Pflanzen. Demian machte sich ans Werk und liess sich vom erneuten Klopfen nicht stören.
Schliesslich war er fertig, hatte seinen Kram wieder zusammen gepackt und wollte gerade - als Alibi - die Spülung drücken, da entschied er sich anders. Wenn schon, denn schon, dachte er, zog sein Smartphone wieder aus der Tasche und hielt es sich, ohne es einzuschalten, ans Ohr und begann ein fingiertes Gespräch, während er die Badezimmertür aufschloss.
Eine Schwangere funkelte ihn empört an, während sie sich an ihm vorbei drängte und er breit grinsend: „Vielen

Dank, Ihnen auch", sagte.
Sie knallte die Tür hinter sich zu, und Grotz fühlte sich schon etwas besser.

Sebastian Plunkert liess seinen Blick durch den Raum schweifen. Der Notar packte seine Tasche zusammen. Einige der Stolzones standen immer noch beisammen in dem grossen Zimmer und redeten über den Verstorbenen. Plunkert hielt hier nichts mehr. Er ging zur Garderobe, wo irgend eine Grosscousine den Leuten dabei half, ihre Jacken wieder zu finden. Plunkert zog die seine an – ein schon etwas abgetragenes Modell aus hellbraunem Leder – und wandte sich gerade zum Gehen um, als unversehens Demian Grotz vor ihm stand. „Du wirst nicht lange in dieser Wohnung leben", zischte er, und schlug Plunkert mit der flachen Hand hart vor die Brust. Ein unerwarteter, scharfer Schmerz begleitete die dumpfe Wucht des Hiebs, ein Pieksen wo doch nur ein Aufprall sein sollte. Grotz wirbelte herum und riss die Tür auf. Überrumpelt starrte Plunkert dem schwarzen Flattern seines Mantels nach, bis er eine Autotür knallen hörte. Gleich darauf fuhr ein Wagen los. Dann erst sah er an sich hinunter, weil das stechende Gefühl in seiner Brust doch ziemlich penetrant war. Sein Blick fiel auf etwas, das wie eine runde Brosche zwischen den Knöpfen seines Hemdes prangte. Er löste es und erkannte einen Pin, dessen Nadel etwa einen Zentimeter lang war, und die ihm Grotz tatsächlich ins Fleisch gedrückt hatte – das meiste hatte der breite, gerippte Saum des Unterhemdes abgekriegt, aber einige Millimeter hatten sich doch in Sebastians Haut gebohrt. Er besah sich den Pin genauer. Das runde Plättchen, aus dessen Rückseite die Nadel ragte, war von einem Ring umschlossen, der ein-

en Plexiglasdeckel umfasste. Vermutlich war der Pin als Kinderaccessoire gedacht, und wer wollte, konnte den Ring abschrauben und ein eigenes Bild unter das Plexiglas legen. Grotz hatte kein hübsches Bildchen verwendet. Er hatte allem Anschein nach einen Fetzen Papier unter den Deckel gelegt, auf dem mit Kugelschreiber gezeichnete krude Linien zu sehen waren. Plunkert war sich ziemlich sicher, dass er das Zeichen schon einmal gesehen hatte, konnte es aber nicht einordnen.
Schulterzuckend steckte er den Pin ein und verliess Stolzones Haus.

Er fuhr nach Hause, parkte seinen Wagen auf dem Kiesplatz und erinnerte sich zum x-ten Mal daran, dass er noch eine Garage finden musste – immerhin war bereits August, und der Herbst stand bevor. Als er ausstieg, fröstelte er. Letzte Woche war der Sommer von einer Kaltfront überfallen worden, und nun wurde die Temperatur dem Kalender nicht mehr gerecht. Klammer Nebel kündigte die Dämmerung an, und so warm gab die leichte Lederjacke nun auch nicht. Strammen Schrittes ging er über den Kiesplatz zum Gartentor und sah Isabella Glitter, die ihm in einer Wolke aus Parfüm und Haarspray entgegen stöckelte. Sie sah noch aufgebretzelter aus als üblich.
„Guten Abend Frau Glitter," sagte er, als sie sich am Gartentor trafen, „gehen sie aus?"
„Polterabend", sagte sie mit breitem Grinsen und fummelte in der Handtasche, bis sie Zigaretten und Feuerzeug hervor geholt hatte. „Eine alte Freundin heiratet." Sie steckte sich eine Kippe in den Mund und zündete sie an. Einen Moment lang erwog Sebastian: „Ich komme gerade von einer Beerdigung" zu sagen, aber es war kalt und

er hatte keine Lust auf Smalltalk. Also lächelte er breit und wünschte einen schönen Abend. „Danke, gleichfalls." schnurrte Isabella mit ihrer rauen Stimme und stöckelte davon.

Mit Turnschuhen brauchte sie gute fünf Minuten bis zur Bushaltestelle, also sollte sich dieselbe Strecke auch in 15cm Absätzen bewältigen lassen, aber Isabella stellte sich schon nach wenigen Metern der Tatsache, dass die Schuhe wesentlich bequemer gewesen waren, als sie sie im Laden (sitzend und danach mit wenigen eleganten Schritten vor dem Spiegel) anprobiert hatte. Macht nichts, sagte sie sich, gleich kommt die Bushaltestelle, und unvermittelt fröstelte sie. Verdammt kalt für August, dachte sie, und zog zitternd an der Kippe.

Nicht zuletzt wegen der Kälte starrte sie stur auf die überdachte Bank einige Hundert Meter vor ihr am Strassenrand, die mit jedem schmerzhaften Schritt etwas näher kam, blickte weder links noch rechts und sah so nicht, dass sie ihrerseits gesehen wurde.

Im Schatten der Büsche, die sich mit der aufziehenden Dämmerung zu einem dunkleren Ton mischten, stand Demian Grotz und beobachtete, wie Isabella einen letzten Zug nahm und den glühenden Stummel weg schnippte. Sein Blick saugte sich an den langen, schlanken Beinen fest, die in so engen Hosen steckten, dass sich der Stoff leicht durchsichtig über die Wadenmuskeln spannte. Ein rotes Kleidchen bedeckte den Hintern, den er aber doch noch mit jedem Schritt erahnen konnte. Und was er von der Vorderseite gesehen hatte, war auch nicht zu verachten. Einzig das Rauchen würde er ihr abgewöhnen müssen.

Sophia Grotz sass immer noch im Auto. Ihr Mann hatte

darauf beharrt, hierhin zu fahren statt nach Hause. Sophia hatte sich murrend gefügt – sie fügte sich immer.
Warum tue ich das hier? Fragte sie sich, während sie in den dunkler werdenden Nebel starrte. Warum steige ich nicht einfach aus und fahre mit dem Bus nach Hause? Oder noch besser: warum setz' ich mich nicht einfach auf den Fahrersitz und fahre mit dem Auto heim? Dann kann er sehen, wo er bleibt. Der Gedanke löste einen Lachanfall aus. Sophia Grotz, eine Frau von gut dreissig Jahren mit einem schönen Gesicht und toten Augen, sass auf dem Beifahrersitz und lachte hell und schrill, wie ein hysterisches kleines Mädchen, das einen schmutzigen Erwachsenenwitz gehört hatte. Und wie das kleine Mädchen, dessen Lachen sie ausstiess, blieb sie brav auf dem Beifahrersitz und wartete.

Als der Abend herein brach, ging Aurora Holunder mit ihrem Hund Gassi. Das war nichts Ungewöhnliches. Es war neblig und klamm, was für August etwas ungewöhnlich war, aber kein Grund zur Sorge, sah man vom Weltschmerz über den Klimawandel einmal ab. Trotzdem nagte ein vager Stress an Aurora, ein Vorbote drohenden Unheils, der sie sogar dazu bewogen hatte, eine Taschenlampe einzustecken. Mehr an Sicherheitsmassnahmen war nicht nötig, denn Warg war an ihrer Seite – der Hund konnte es mit einer kleinen Armee aufnehmen. Und dennoch: In ihrem Innern brüllte die Intuition, dass da etwas im Busch hockte. Bei dem Gedanken fixierte sie das Gebüsch vor ihr scharf. Der Nebel liess Formen verschwimmen und die Dämmerung schluckte die Farben. Aurora ging weiter und blickte trotzig auf die Sträucher, als Warg plötzlich zu knurren begann. Es war kein lautes Knurren, kein dominantes

Getue, weil man der Macker des Rudels sein musste oder Frauchen beschützen wollte, sondern ein giftiges, gefährliches Grollen, das ihm versehentlich entschlüpft war, während er einen hinterhältigen Angriff plante.
„Guten Abend", sagte Aurora laut und freundlich in den Nebel hinein.
„Guten Abend", erwiderte eine Männerstimme links von ihr. Sie kam von den Büschen. Aha, dachte Aurora. Sie wandte sich in die Richtung der Stimme, sah aber nach wie vor nichts ausser Schemen im Nebel.
„Kann ich ihnen helfen?" fragte sie.
Der Nebel schluckte die Geräusche, so dass sie seine Schritte nicht hörte, als er sich aus der trüben Dunkelheit schälte und auf sie zu trat. Aurora zückte die Taschenlampe, war aber höflich genug, sie dem Mann nicht ins Gesicht zu richten, sondern entliess den Lichtkegel auf den Boden. Er erreichte ihn kaum, sondern erhellte nur etwas Nebel, und gewährte einen halben Blick auf den Mann. Er war gross und wirkte irgendwie aufgeschwemmt, teigig. Dünnes, fahlblondes Haar klebte ihm am Kopf, beide Hände staken in den Taschen seines langen, schwarzen Ledermantels. Das Bisschen, das sie von seinem Gesicht sehen konnte, löste eine Woge der Abneigung gegen ihn aus, die Augen standen nah und in einem fiesen Winkel zu einander, die vollen Lippen hatten einen gönnerhaften, höhnischen Ausdruck. Selten zuvor war ihr ein Mensch begegnet, der ihr derart unsympathisch war.
Sie warf einen Blick auf Warg. Der Hund knurrte nicht mehr. Er hatte eine leicht geduckte Haltung angenommen, wie unmittelbar vor dem Sprung, und die Lefzen nach hinten gezogen, als grinse er blutrünstig vor sich hin. Er hatte etwas von einem Scharfschützen auf der

Lauer, der gerade vergnügt feststellt, dass ihm das Opfer ins Zielkreuz gelaufen ist.
„Nein, danke", sagte der Mann, „ich bin nur spazieren gegangen. Als ich sie mit dem Hund kommen hörte, bin ich auf die Seite getreten", er hob in einer entschuldigenden Geste die Hände. „Ich habe eine sehr unschöne Erfahrung mit einem Hund hinter mir, und ihrer ist ja doch sehr gross." Er lächelte, und Aurora lächelte automatisch zurück. Er kann ja nichts dafür, dass er wie ein mieses Arschloch aussieht, dachte sie.
„Ja dann," sagte sie, „einen schönen Abend noch."
„Danke, gleichfalls", sagte der Mann vor ihr. Er blickte ihr nach, während sie mit ihrem Hund im Nebel verschwand.

Im obersten Stockwerk des Hauses lief gerade ein als Bildungsfernsehen getarntes Boulevardmagazin. Herr Chämmerli glotzte teilnahmslos auf den Bildschirm, während seine Frau im Hintergrund die Socken bügelte. Beide widmeten dem Fernseher unbewusst etwas mehr Aufmerksamkeit, als ein Beitrag über Seniorenfitness gesendet wurde. Schwimmen wurde empfohlen, und ebenso Spaziergänge.
Frau Chämmerlis letztes Sockenpaar war just in dem Moment fertig zusammen gefaltet, als der Beitrag zu Ende war.
„Wir sind schon lange nicht mehr spazieren gegangen." Meinte sie.
„Wir spazieren jeden Sonntag Nachmittag", brummte ihr Mann.
„Ja, aber unter der Woche." Sie seufzte träumerisch. „Schau dir nur diesen Herbstnebel an."
Herr Chämmerli war schon seit achtundvierzig Jahren

mit Frieda verheiratet und wusste, was jetzt kam. Er wappnete sich.
„Etwas Bewegung würde auch dir gut tun", sagte sie, als wüsste sie selbst noch nicht, was sie gleich vorschlagen (streng genommen: befehlen) würde.
Er grunzte.
„Lass uns gehen, solange wir noch etwas Licht haben", verkündete sie, während sie das Bügeleisen in den Schrank zurück stellte.
Albert Chämmerli hatte jahrelange Übung im Kapitulieren. Gleichmütig fügte er sich seinem Schicksal.

Demian Grotz stand immer noch im Gebüsch, während ein altes Ehepaar das Haus verliess und auf den Gehweg trat. Beide waren sie bieder gekleidet und korpulent, aber während er dumpf neben ihr her trottete, schritt sie stolz aufgerichtet einher, mit der Miene einer Frau, die stets unterschwellig empört ist, weil irgend ein Flegel etwas tut, was ihr nicht passt, während sie hart und ehrenhaft eine Meisterleistung vollbringt.
Ein Drache und ihr Dackel, schätzte Demian die beiden ein. Nun, zumindest der Mann sollte keine Gefahr darstellen. Seine Frau hingegen konnte gut und gern zu der Sorte Mensch gehören, die Tag und Nacht hinter der Fensterscheibe lauern, um jedes Fehlverhalten der Polizei, der Hausverwaltung und womöglich noch der Lokalzeitung zu melden. Frauen dieser Art verseuchten den ohnehin schon latent toxischen Tratsch des Kirchenvereins mit ihren kleinen Gehässigkeiten, hetzten in der Schulpflege gegen die innovative junge Lehrerin oder liessen an Hochzeiten kleine Andeutungen über den sonderbaren Onkel fallen, die – wenn sie sich erst in den Köpfen eingenistet hatten – besagtem Sonderling auf

ewig den Stempel des Perverslings aufdrückten. Auf der Bühne eine Dame, hinter den Kulissen ein Miststück. Wäre Frieda Chämmerli fünfzig Jahre jünger und fünfzig Kilo leichter gewesen, sie hätte durchaus in Demians Beuteschema gepasst.
Gleich und Gleich gesellt sich gern.

## 6. Ein williges Opfer

Die meisten Leute, die sich selber Magier nennen, ohne sich gleichzeitig einer akuten Psychose zu erfreuen, wissen um die Vulnerabilität dieser Definition. Und so kann man sich als vernünftiger Magier durchaus eingestehen, dass der Zauber seine Grenzen erreicht hat und nun die rationale Herangehensweise gefragt ist. Also zog Demian Grotz sein Tablet aus der Tasche und googelte ein wenig. Er fand heraus, dass in dem Haus noch eine Familie wohnte, Leute mit einem Namen so ausländisch, dass er nicht einmal wusste, wie man ihn falsch aussprach. Anscheinend hatten sie drei Gören: einen Jungen, ein Mädchen und etwas, das auf dem einzigen Familienfoto, das er online gefunden hatte, nicht klar einem Geschlecht zuzuweisen war.

Er suchte weiter und erfuhr, dass die Hippie-Hunde-Tante als Botanikerin für die Stadt Zürich tätig war. Das überraschte ihn. Er hätte auf Yogalehrerin oder Theater-Bühnenbildnerin getippt. Er scrollte runter. Die Hits zu der Adresse, die nach Crime-Tourismus klangen, übersprang er ebenso wie die Posts mit historischem Kontext, denn deren Inhalte kannte er grosso modo. Als das Licht in der einen Parterre-Wohnung erlosch, lenkte die Veränderung seine Aufmerksamkeit erneut auf das Gebäude.

Ein weiterer Bewohner hatte das Haus verlassen.

Kurt Lahm war – wie üblich – der letzte, der die Bühne betrat, denn er hatte noch seinen Joint zu Ende rauchen müssen und sich dann nicht daran erinnert, wo seine Schuhe waren. Als er sie schliesslich im Badezimmer gefunden hatte, suchte er noch nach seinem Schlüssel, den er aber schnell entdeckte, als er sich reflexartig die Ho-

sentaschen abklopfte. Jetzt machte er sich – wie so oft in seinem Leben – nur mit einem sehr vagen Plan auf den Weg. Er gedachte den Freitag Abend mit einem Konzert einzuleiten, und danach mit einigen Leuten um die Häuser zu ziehen. Wer das war, und um welche Häuser man zog, würde sich dann im Laufe des Abends ergeben. Kaum dass er die Bushaltestelle erreicht hatte, trat hinter ihm ein Mann unter das Dach des Bushäuschens. Kurt bedachte ihn nicht. Er liess sich auf die Metallbank fallen und steckte sich eine Zigarette an, während der andere sich daran machte, ein Billett aus dem Automaten zu lassen.
„Entschuldigen Sie", sagte der Mann, und Kurt sah ihn zum ersten Mal genau an. Fahlblondes Haar, ein langer, schwarzer Ledermantel, und ein Gesicht, das ihm nicht so recht sympathisch war.
„Kennen sie sich mit diesen Automaten aus?" Entschuldigend deutete er auf den Touchscreen. „Ich benutze nie den ÖV. Ich möchte zum Hauptbahnhof."
„Zone 120", meinte Kurt, während er aufstand und einen Blick auf die Auswahl warf, die der Bildschirm anbot.
„Hier", er tippte hilfreich auf das entsprechende Feld. „Nur die eine Fahrt? Haben sie Halbtax?"
„Nein", sagte der Mann, und dann, als der Bildschirm ihn dazu aufforderte, die 2.90 zu bezahlen, fügte er ein „Danke" hintan. Er lächelte, und Kurt lächelte automatisch zurück.
„Du bist nicht von hier?", fragte Kurt, während der Mann Münzen in den Schlitz des Automaten steckte.
„Nein", sagte der Mann, und griff in die Innentasche seines Mantels. Was immer er suchte, es glitt nicht allzu leicht heraus. (Demian hatte sich einen Mantel mit mehreren Geheimtaschen nähen lassen, die alle den Nachteil

hatten, dass man kaum an sie ran kam, wenn man den Mantel trug). Endlich zog er zwei schmale Etuis unter seiner Achselhöhle hervor, klappte das erste auf, steckte es wieder weg und klappte das zweite auf.
„Hast du mir mal Feuer?", fragte er.
Gegen Kurts Erwartung hatte der Mann keine Zigarette in der Hand, sondern ein braun angelaufenes, krummes Papierkeilchen, in dem Kurts Kifferhirn sofort den erst angerauchten Joint erkannte. Vermutlich hatte der Mann ihn hastig weg stecken müssen, und fand nun die Musse und Sicherheit, ihn aufzurauchen. Mit einem Mal fand Kurt den Mann viel sympathischer.
Er gab ihm Feuer und heftete seine Augen gierig auf das Röllchen.
Demian nahm ein paar Züge und unterdrückte den Hustenreiz - er war Nichtraucher. Aber Sucht war ein zu wichtiges Instrument, um es der eigenen Gesundheit zu liebe nicht zu nutzen; nicht zuletzt, da er sich sicher war, die gesundheitsschädigenden Folgen nicht tragen zu müssen. Dennoch: Demian konsumierte - wenn überhaupt - Rauschmittel nur zu rituellen Zwecken, und er konnte sich keinen benebelten Verstand leisten. Also gab er die Tüte ziemlich schnell an Kurt weiter.
„Und?", fragte er bei der Übergabe, „wohin des Wegs?"
Kurt nuschelte etwas, das wie „Vidr. Da is n Konzrt." klang.
„Echt jetzt?" Demians freudige Überraschung wirkte absolut überzeugend. „Da wollte ich auch hin. Hab mir sogar einen Plan ausgedruckt, aber dann..." Er zog ein zusammengefaltetes, ramponiertes A4 Blatt aus seiner Manteltasche, entfaltete es und zeigte Kurt die verlaufenen Überreste der Druckertinte. „Ich hatte gerade den Plan in der Hand, da fuhr so ein Arsch vorbei,

geradewegs durch eine Pfütze, und wusch", er ahmte mit der freien Hand die Spritzbewegung nach, mit der die angebliche Pfützenwoge gegen seinen Ausdruck geklatscht war. „Nicht mehr lesbar, der Scheiss. Hab ihn im Zug trocknen lassen, aber lesbarer ist's dadurch nicht mehr geworden. Und jetzt bin ich glaube ich in den falschen Bus gestiegen." Tatsächlich hatte Demian den Plan schon vor über fünf Jahren zu Hause sorgfältig präpariert. Er war so zerlaufen, dass man jeden Stadtplan hinein interpretieren konnte. Alternativ hätte Demian noch einen Zettel mit einer nicht mehr lesbaren Adresse in der Manteltasche gehabt, ebenso wie er kleine Spuren Kokain, Heroin und einen Flachmann mit billigem Gin als Alternative für den Joint hätte präsentieren können.

Kurt wusste das alles nicht. Er ging davon aus, dass er per Zufall einen netten, grosszügigen Kerl getroffen hatte, der sich in Winterthur nicht auskannte, der aber das selbe Ziel wie Kurt ansteuerte und sich bei seinem Führer voraussichtlich mit einem weiteren Joint und einem Bier bedanken würde. Also nickte er wissend. „Wir nehmen den Bus. Bis zum Hauptbahnhof, da kauf' ich noch Tabak. Dann noch 10 Minuten durch die Stadt und du bist da."

„Gut", sagte Demian strahlend. Die beiden begannen zu plaudern. Als der Bus kam, hatte Kurt schon eine verdammt hohe Meinung von Demian.

Aurora Holunder war mit Warg in ihre Wohnung zurück gekehrt. Hinter ihrer Stirn arbeitete es. Streng genommen war überhaupt nichts Ungewöhnliches an der ganzen Sache. Aber doch... einzelne Details tanzten vor ihrem inneren Auge, als müsse sie die Teile nur lange genug hin und her schieben, um das Gesamtbild zu ei-

nem völlig neuen – dem wahren – Puzzle zusammen zu setzen.
Warg hat noch nie so geknurrt. Noch nie. Nicht in dieser Tonlage. Und dann stand der Kerl einfach regungslos im Nebel – als würde er das Haus beobachten, aber das konnte er ja kaum sehen, in dem Nebel und der Dunkelheit. *Ich hab' mich beobachtet gefühlt, seit ich das Haus verlassen habe – warum sollte er mich beobachten?* Unruhig tigerte sie in ihrer Küche herum und fragte sich, warum ihr die Sache keine Ruhe liess. Schliesslich schaltete sie den Fernseher an, konnte sich aber nicht konzentrieren. Sie schaltete um, und stiess auf einen Film, der sie überhaupt nicht interessierte. Aber der Hauptdarsteller erinnerte sie an ihren neuen Nachbarn, Sebastian Plunkert, also schaute sie ihn trotzdem.

Stunden verstrichen. Aus der jungen Nacht wurde eine Grande Dame, und dann eine abgehalfterte Diva.
Schliesslich torkelte die Dunkelheit der Morgendämmerung entgegen, und ähnlich unsicher bewegte sich mittlerweile auch Kurt Lahm. Nach dem Konzert im Widder hatte sich Demian von Kurt weitere Kneipen zeigen lassen, und da er alle Getränke bezahlte, spielte Kurt gern den Fremdenführer. Irgendwann um Mitternacht war den beiden das Gras ausgegangen, und seit diesem Moment erwähnte Demian immer wieder diesen exquisiten kleinen Klub, nicht hier in Winterthur, sondern wo anders, aber ganz in der Nähe, wo nicht nur jede Substanz, sondern auch ein Haufen Frauen verfügbar waren.
„Du zahlst die 200 Franken für den Eintritt, und danach kannst du machen, was du willst, mit wem du willst", führte Demian, nicht zum ersten Mal diesen Abend, aus.
„200 bloss für den Eintritt? Spinnen die?" Kurts Ant-

wort auf Demians Vorschlag klang immer in etwa gleich. Manchmal uferte seine Empörung über den hohen Eintrittspreis in einen Monolog aus, in dem er die korrumpierenden Eigenschaften grosser Geldmengen, die überhöhten Preise der Schweiz und das monetäre System ganz im Allgemeinen anprangerte. Demian liess ihn schwafeln, bezahlte Getränk um Getränk und schlug den exquisiten Club fünfzehn Minuten später noch einmal vor.

Irgendwann, zwischen dem gereizten Barkeeper, der sie aus einer rockigen Kneipe an der Technikumstrasse hinaus komplimentiert hatte, und einem Lokal beim Bahnhof, das sie nicht mehr betraten, weil vor der Tür gerade eine Schlägerei ihren Höhepunkt erreichte, liess sich Kurt dann breit schlagen. Sie waren sowieso gerade beim Bahnhof, und Demian hatte mehrfach betont, sämtliche Kosten würden auf ihn laufen - nicht nur der Eintrittspreis in den Club, sondern auch die Taxifahrt dort hin.
Kurt torkelte neben Demian zum erstbesten Taxi, riss die Tür auf und liess sich auf den Rücksitz fallen. Demian stieg vorne ein, griff in seinen Mantel und holte einen Flachmann heraus.
„Damit's während der Fahrt nicht trocken und durstig wird", meinte er und gab die Flasche nach hinten. Kurt setzte den Flachmann an die Lippen und fühlte Gin auf seine Zunge rinnen. Vage hörte er, wie Demian dem Taxifahrer die Order gab, Richtung Neuhausen los zu fahren - wäre er nicht so sturzbesoffen gewesen, hätte er sich über dieses Ziel vielleicht sogar noch gewundert.

## 8. Ziemlich tief

Vor zwanzigtausend Jahren, als die Würmeiszeit unfühlbar langsam den milderen Äonen entgegen taute, wählte ein mächtiger Strom einen neuen Weg. Seine neue Route führte von hartem Kalk auf nicht so harten Schotter und der Rest war nichts als nackte Physik. Der Fluss frass das weichere Gestein weg und schlängelte sich um den verbliebenen Kalk. Er grub sich tiefer und tiefer, bis er nicht mehr in der Lage war, auf den weichen Schotter zu fliessen, sondern geradezu darauf nieder stürzte. Tonnen um Tonnen winziger Tröpfchen vermengten sich zu einer riesigen Kaskade, zum zweitgrössten Wasserfall Europas, und donnerten ohrenbetäubend in die Tiefe. Eine Naturkraft, liebevoll beleuchtet, sorgfältig mit touristenkonformen Wegen und Plattformen gesäumt, so dass sich jeder gefahrlos diesem epischen Anblick aussetzen konnte.

Kurt Lahm war das alles scheissegal.

Es wäre ihm übrigens auch egal gewesen, wenn er sich nicht gerade in einem Zustand befunden hätte, der ihn dazu zwang, sich schwankend an einem Laternenpfahl fest zu halten und die flachen, gleichzeitig tiefen Atemzüge zu machen, die vielleicht noch das Erbrechen um einige Minuten verzögern können.

„Was soll'n wir hier?" fragte er. Er musste schreien, damit Demian ihn über dem Tosen des Wassers überhaupt hörte. „Wo is' denn jetzt dein Club mit dem Gras und den Nutten?"

Demian wandte sich langsam zu ihm um. Er hatte die letzten paar Minuten den Rheinfall betrachtet, als sähe er ihn zum ersten Mal. Das Taxi hatte die beiden zu einem Quartier gebracht, in dem mittelalterliche Hausmauern

enge Gassen säumten - das historische Viertel von Neuhausen. Demian hatte bewusst diesen Ort gewählt, um auszusteigen. Der Taxifahrer musste denken, die beiden Männer (vielleicht ein schwules Pärchen?) würden in einer der Wohnungen leben, oder aber der Jüngere würde bei dem Älteren übernachten, nachdem die beiden (vielleicht Arbeitskollegen?) einen zuviel über den Durst getrunken hatten. So oder so, der Taxifahrer würde sich - wenn überhaupt - daran erinnern, dass er in der Nacht von Freitag auf Samstag zwei Betrunkene nach Hause gefahren hatte. Unauffälliger ging's kaum.
Den Rest des Wegs hatten sie zu Fuss zurück gelegt. Kurt war auf dem Weg endgültig schlecht geworden, Demians Flachmann hatte ihm den Rest gegeben. Das alles kam Demian sehr entgegen.
„Wo is denn jetzt der Club?", brabbelte Kurt, der sich immer noch am Laternenpfahl fest hielt.
„Da vorne", sagte Demian, griff nach Kurts Hand und zog ihn mit sich.
„Da is' nur der scheiss Rheinfall."
Demian sagte nichts und zog Kurt weiter, bis ans Geländer, hinter dem die schäumende, tosende Tiefe abfiel. „Du solltest vielleicht etwas frische Luft schnappen", sagte er milde und tätschelte Kurt auf den Rücken, „die Clubbetreiber mögen es gar nicht, wenn einer auf ihre teuren roten Sammetsofas kotzt."
„Ja", sagte Kurt, „Luft." Gehorsam trat er ans Geländer heran, und als wären sämtliche Götter gerade auf Demians Seite, wurde Kurt nun endgültig übel. Er beugte sich über die Metallstange und steuerte den stürzenden Wassermassen noch etwas eigene Flüssigkeit bei - sehr viel Wasser war nicht dabei. Demian sog diesen Moment in sich auf. Der kotzende Kurt, der bombastische Wasser-

fall, die Grösse des Augenblicks. Dann stiess er zu.
Man sagt, Betrunkene und Kinder haben einen Schutzengel. Aber Kurts Schutzengel war - wenn denn überhaupt existent - mindestens so unzuverlässig wie Kurt selber.
Folglich stürzte Kurt in die Tiefe.
Ziemlich tief.

## 9. Jetzt erst recht

Demian Grotz erwachte mit einem fürchterlichen Kater und fantastischer Laune. Er quälte sich aus dem Bett und schlurfte (streng genommen vergnügt, aber das sah man ihm gerade nicht an) Richtung Küche, weil es dort Kaffee gab.
Sophia war natürlich bereits wach und angezogen. Sie putzte gerade den Abfalleimer. *Sie putzt eigentlich immer irgend etwas*, ging es Demian träge durch den Kopf.
Er schlurfte zur Kaffeemaschine und fand selbige gerade im Entkalkungsmodus vor. Eine hellblaue Flüssigkeit rann aus den Düsen, die sonst den Kaffee entliessen, und sammelte sich in einer kleinen Glasschüssel zu einer unappetitlichen, chemischen Brühe.
„Muss das sein?" herrschte er sie an. „Wie blöd muss man sein, die Maschine ausgerechnet am Sonntag Morgen zu entkalken!" Er machte seiner Wut mit einem Hieb Luft, der zwar nicht Sophia, sondern die Schüssel mit dem Kalkentferner traf, so dass sie durch den Raum spickte, Sophia am Arm traf und zersprang, als sie auf den Boden knallte. Das Entkalkungswasser war quer durch die halbe Küche verspritzt, der Boden voller Scherben.
„Ich kann dir Filterkaffee machen", sagte Sophia tonlos.
Kurze Zeit später hatte Demian seinen Kaffee und die Küche war wieder sauber. Selbstverständlich hatte er zu Beidem nichts beigetragen. Sophia war verschwunden, und Demian dachte kurz darüber nach, dass sie irgendwo anders was putzen gegangen war – das Haus war schliesslich ziemlich gross.
Kaum hatte er den Gedanken zu Ende gedacht, da betrat seine Frau auch schon wieder die Küche, mit ihrer schönsten „ich bin übrigens sauer, aber du musst selber

heraus finden, warum"-Schnute. Sie trat zu ihm an den Küchentisch und knallte ihm etwas vor die Nase, erst nach einem Moment begriff er, dass sein Smartphone vor ihm lag. „Hier", sagte sie, „ich wollte deine Hose von Gestern waschen – die stinkt! – und dein Handy vibriert ununterbrochen."
Demian sah den schwarzen Bildschirm und wurde schlagartig nüchtern. Er scheuchte Sophia aus dem Raum, dann tippte er drei Mal auf das Display.
Der Alte erschien. Einen Moment lang musterte er Demian, dem die anstrengende Nacht deutlich anzusehen war, dann zog er eine Augenbraue hoch und sagte: „Wie schön, dass du endlich erreichbar bist."
Demian war nicht zu verkatert, um auf den milden Tadel einzugehen. „Ich habe einen aufreibenden Tag hinter mir. Aber ich denke, dass die Angelegenheiten um die Villa mit der Denkmalschutzfassade nun allmählich ins Rol-"
„Das habe ich gehört", fiel ihm der Alte schneidend ins Wort, und Demian durchfuhr es siedendheiss. Wusste er bereits von Kurts Tod? War sein Netz tatsächlich so weit gesponnen? Aber dann sprach der Alte weiter, und Demian fühlte Erleichterung in sich aufwallen – jedenfalls für einen Augenblick.
„Anscheinend hast du dir bei Stolzones Testamentseröffnung einen ziemlichen Ausbruch geleistet."
Demian lächelte milde. „Ich habe unseren Anspruch geltend gemacht. Natürlich ist das dem einen oder andern Familienmitglied sauer aufgestossen."
Der Alte zog die Augenbrauen noch höher. „Andy – Andreas Sauer – ja, genau, DER Sauer. Der von *Reich und Sauer*, die zu Lebzeiten und post mortem die Angelegenheiten des alten Stolzone geregelt haben, ist der Stellver-

tretende Vorsitzende bei uns im Yachtclub. Wir hatten gestern Abend ein kleines Treffen – du weisst schon, um uns die alljährliche Überraschung für die Sylvesterfeier auszudenken – und er hat einige sehr interessante Pointen anlässlich seines Arbeitstags zum Besten gegeben. Nach allem, was man hört, hast du dich so in Rage geschrien, dass du beim Vortragen deiner Argumente einen beachtlichen Speichelfluss offenbart hast. Danach bist du wie eine Diva aus dem Zimmer gerauscht und hast dich – als Krönung deines dramatischen Abgangs – über eine Viertelstunde in der Toilette eingeschlossen, weswegen die hochschwangere Grossnichte des Verstorbenen beinahe in Tränen ausgebrochen wäre. Anscheinend musste sie wirklich dringend."
Zumindest der letzte Teil war masslos übertrieben, aber Demian liess dem Alten seinen Sermon. Widerspruch würde er ohnehin nicht dulden, also war es am effizientesten, wenn er einfach die Klappe hielt und ein reumütiges Gesicht aufsetzte.
Der Alte hatte den passiv-aggressiven Teil nun ohnehin hinter sich gebracht und sprach Klartext: „Du hast es versaut, Demian. Ich habe Andy gestern auf den Zahn gefühlt. Die Sache mit der Stiftung ist wasserdicht. Und so, wie du dich aufgeführt hast, dürfte es unmöglich sein, dass du dich bei Plunkert so einschleimst, dass er dich zu sich nach Hause einlädt. Du bist raus, Demian. Die ganze Geschichte ist obsolet geworden. Diese Liegenschaft war schon immer nur eine von zwei Optionen. Es wäre die bessere Lösung gewesen, aber nichts desto trotz gibt es Alternativen."
Der Alte schwieg einen Moment, um einen tiefen Atemzug zu nehmen, dann sagte er noch einmal: „Du bist raus aus dem Projekt, Demian. Sollten wir noch ein-

mal Verwendung für deine Mitarbeit haben, so werde ich mich bei dir melden. Bis dahin… mach's gut."
Der Bildschirm wurde schwarz. Demian blieb regungslos über seinem Smartphone sitzen, die Hände um den erkaltenden Kaffee gekrallt. „Du bist raus", hatte der Alte gesagt. Was klang, als würde ein CEO ein Projekt einem andern Mitarbeiter zuweisen, hatte tatsächlich eine viel tiefere Bedeutung. Demian liess den Kopf hängen. Er hatte nur wenige Male von dem Nektar kosten dürfen, der für den Alten und seine Genossen zum täglich Brot geworden war: rauschende Parties mit bildschönen Mädchen, deren Alter niemand interessierte. Ein Beziehungsnetz, das einen Geheimdienstler lächerlich aussehen liess. Kostenloser Zugang zu Statussymbolen, die so exquisit waren, dass andere - „normale"- Leute davon allerhöchstens in einem Promi-Magazin davon hörten. Ein Trip in den Orbit? Kein Problem. Einen ganzen Strand absperren lassen, nur damit man die Ferien ohne nervige Touristen geniessen konnte? Sag's einfach früh genug, damit sich das Hotelpersonal arrangieren kann. Eine private Hausangestellte, die wie Scarlett Johannson aussah und beim Kochen nichts ausser Highheels trug? Auch kein Problem, wäre da nicht Sophia gewesen. Sophia loswerden, ohne jemals einen Rappen Unterhalt zu zahlen? Nicht ganz einfach, sie hat eine grosse Familie. Aber Unfälle passieren...
All das hatte Demian nun verloren, weil er es, wie der Alte es genannt hatte, versaut hatte. Trübe sah er vor seinem innern Auge, wie ihm all die erhofften Privilegien abhanden kamen, wie ihm die Türen zu den exklusivsten Parties auf immer versperrt bleiben würden, wie ihm die Yacht seiner Träume davon schwamm, wie er an Sophias Seite ein langweiliges Leben führte, alt wurde und starb,

ohne noch einmal jene glitzernden Sphären der obersten Zehntausend zu berühren...

*Wenn es so kommt, dann ist es deine Schuld,* sagte eine leise Stimme in seinen Gedanken. Demian sog die Luft ein, plötzlich wieder wacher, nüchterner. *Aber nicht, weil du es versaut hast – dein Verhalten war absolut richtig – sondern, weil du zu früh aufgegeben hast. Was glaubst du, irgend jemand interessiert sich dafür, was auf der verdammten Testamentseröffnung passiert ist, wenn du dem alten Sack und seinem Zirkel dieses Haus auf dem Silbertablett servierst? Nein, sie werden dir danken. Und wenn du Glück hast, werden sie sogar am Urteilsvermögen des Alten zweifeln. Immerhin ist er beinahe achtzig – Zeit für den Ruhestand. Zeit, dass ihn ein junger, dynamischer Draufgänger ersetzt, der keine Skrupel hat und sich nicht von alten Ideen leiten lässt.*

Ein Grinsen stahl sich auf Demians Gesicht, während die Stimme in seinem Innern fort fuhr: *Sieh nur, was du bereits erreicht hast in den letzten paar Tagen – in Bälde wirst du dieses Haus beziehen; nicht nur einfach beziehen: EROBERN. Und die kleine Schlampe, die sich vermutlich gerade fragt, wo ihr bekiffter Mitbewohner abgeblieben ist, gibt's gratis obendrauf dazu.*

Dieser letzte Gedanke brachte endgültig seine gute Laune zurück. „Sophia", brüllte er vergnügt durchs Haus, „ich will noch einen Kaffee!"

Auch der alte Mann, mit dem Grotz zuvor telefoniert hatte, trank einen Kaffee. Allerdings brach ihm kein Zacken aus der Krone, weil er ihn sich selber machte. Ein weiterer Unterschied zu Demians Situation bestand darin, dass Rodderick Stähler gerade nicht die beste Laune hatte. Während er der Maschine dabei zusah, wie sie unter Mahlgeräuschen und dem diskreten Surren, das vom exorbitanten Preis des Geräts kündete, Kaffee in seine Tasse gleiten liess, ging er das Gespräch noch einmal im Kopf durch. Demians verkaterter Zustand, der irre Glanz in seinen Augen, die Arroganz, mit der er seinen Auftrag in den Sand gesetzt hatte… all das führte Stähler wieder vor Augen, dass der Mann wohl nie ganz verlässlich werden würde. Aber momentan hatte er ihn am Hals – obwohl sich das vermutlich schneller ändern liess, als sich Demian träumen liess. Keiner war unersetzlich.

Mit der Tasse in der Hand schlenderte Stähler zurück in sein Büro. Der Raum war früher einer von zwei Tanzsälen gewesen, die die opulente Villa ausgezeichnet hatten. Rodderick hatte den Saal umgestalten lassen, so dass der eigentliche Arbeitsbereich nur einen kleinen Teil des Raums in Anspruch nahm: Ein massiger Schreibtisch vor einem Bücherregal, daneben ein kleines Gestell für den Drucker. Bis Stählers Besucher allerdings vor seinem Schreibtisch standen, mussten sie einige Statussymbole passieren. Unter den grimmig geschnitzten Augen der Ebenholzstatuen, die vor den hellgoldenen Seidenvorhängen aufragten, musste man über den bordeauxfarbenen und blauen Perser am Flügel vorbei gehen, der einem mit aufgeklapptem Deckel daran erinnerte, dass man unmöglich gut genug Klavier spielen würde, um diesem Ambiente gerecht zu werden.

Rodderick Stähler achtete weder auf seinen schönen Flügel, noch auf die Statuen oder auf die Bilder an den Wänden (natürlich alles Originale). Er ging zu seinem Schreibtisch, stellte die Kaffeetasse ab und setzte sich.

Die untersten drei Schreibtischschubladen waren mit

Zahlenschlössern gesichert – altmodische, mechanische Sicherungen, die auch dann noch funktionieren würden, wenn der Strom ausgefallen war, und deren Code kaum zu knacken war, denn statt der handelsüblichen drei Zahlenrädchen hatte das Schloss zwanzig. Stähler selbst hatte sich die Codes mit kleinen, skurrilen Abzählreimen gemerkt, und öffnete jetzt die zweitunterste Schublade.

Sie enthielt eine dicke Rolle aus laminiertem Papier. Als Stähler sie auseinander bog, offenbarte sie sich als Mappe im A3-Format. Früher hatte sie aus Leder bestanden, und noch früher hatte man zur Aufbewahrung eine Truhe benutzt, aber man musste ja nicht jeden archaischen Blödsinn weiter führen.
Stähler öffnete die Mappe. Vor ihm lag die erste Karte. Sie war alt, steinalt. Europa war so verzerrt, dass die Form des Kontinents gerade noch so erkennbar war. Auf ihr prangten vergangene Grössen wie Preussen oder das russische Zarenreich, und ein Netz roter Linien, ins Purpur verblasst über die Jahrhunderte, war über den prä-Nationalstaaten ausgebreitet. Häufig folgten seine Stränge natürlichen Verläufen wie Flüssen oder Bergkämmen, doch an andern Stellen trafen sich die Linien so präzise, dass sie geometrisch auffällige Muster bildeten. Pentagone, sechsstrahlige Sterne, Dreiecke. Mit der Umsicht, die einem alten Dokument gerecht wurde, legte Stähler die alte Karte beiseite und deckte damit die nächste Karte auf. Sie zeigte genau dasselbe, nur in deutlich modernerer Darstellung. Deutschland war nicht mehr durch die Mauer getrennt, aber Jugoslawien noch nicht in Einzelstaaten aufgeteilt. Diese Karte offenbarte den okkulten Charakter noch deutlicher. Jemand hatte sich grosse Mühe gegeben, Geländemarken und Sehenswür-

digkeiten mit einander zu verbinden, indem man allerhand magisch anmutende Zeichen auf die Karte bannte. Tatsächlich verhielt es sich natürlich genau umgekehrt - offiziell zumindest: Die Tellurischen Ströme, die Erdmagnetresonanzen, Gaias Adern, die Energielinien im Boden... es war egal, wie man das Phänomen nannte. Wer daran glaubte, der fühlte es, fühlte es vor Stonehenge natürlich stärker als auf dem Dixieklo am Wacken Open Air (obwohl sich dort natürlich auch ein Knotenpunkt befand. Und bevor ihr fragt: natürlich sieht er wie ein Pentagramm aus!). Die markantesten Symbole auf diesen Karten jedoch lagen nicht auf Stonehenge oder dem Eiffelturm. Vielmehr lagen sie so, dass sie Städte mit Kultstätten verbanden. Es waren nicht unbedingt die Hauptstädte der jeweiligen Nationen, und es waren auch nicht DIE grossen Mysterienstätten des Abendlandes. Wichtige Orte, zweifelsohne, hier eine Marienkapelle und dort ein keltisches Hügelgrab, von dem aus die geomagischen Vektoren direkt ins Herz der nächst grösseren Siedlung fuhren, aber eben nicht die grossen Highlights. Das hatte seine Gründe. Mächtigere Orden hatten die fetten tellurischen Hotspots seit der Spätantike unter Beschlag, und der Orden der Blauen Begonie hatte ausweichen müssen. Zapfte die Kraft ab, bevor sie auf dem energetischen Sammelpunkt von Illuminaten, Tempelrittern und dergleichen beansprucht wurde. Unter dieser Karte lag eine Dritte. Sie war nicht so antik wie die erste, aber auch nicht so brandneu wie die zweite, sie datierte auf etwa 1950 und zeigte eigentlich nur einen Ausschnitt des Gesamtbildes, das die ersten beiden boten. Die Nordostschweiz, mit Winterthur im Zentrum, breitete sich flach vor Stähler aus. Darauf hatte jemand mit schwarzem Filzstift die geomagischen Energielinien nachgezogen. Drei dieser Linien kreuzten sich just auf dem Grundstück, wo sich der Park an die Villa schmiegte, in die Sebastian Plunkert vor einem halben Monat gezogen war. Stähler betrachtete diese Kreuzung eingehend. Tatsächlich trafen sich die Linien genau auf der Kante des Hauses. Der geomagische Punkt lag also genau unter der Hausmauer, wenn denn die Karte wirklich so genau war. Eigentlich wäre es nun Stählers Pflicht gewesen, mithilfe eines Satellitenbildes den genauen Punkt zu ermitteln, aber er hatte keine Lust darauf. Einerseits gab ihm dieser ungenaue Wert die Möglichkeit, Alternativen zu der Villa zu finden. Anderseits war er dem ganzen esoterischen Brimborium ohnehin nicht wirklich zugetan. Als junger Mann hatte es ihn fasziniert, genug, um sich einem geheimen Zirkel anzuschliessen. Nach einigen Jahrzehnten hatte er sich aber mehr und mehr eingestanden, dass er von diesem Orden eher in gesellschaftlicher denn in spiritueller Hinsicht profitierte. Es half, wenn man sich kannte, wenn man sich ausserhalb von Geschäfts- und Verhandlungsräumen traf, und insbesondere half es, wenn man die geheimen Sehnsüchte der andern kannte und wusste, was für Leichen sie im Keller hatten.

Stähler nahm die Karte aus der Mappe und machte eine vergrösserte Kopie. Das Original legte er behutsam in die Mappe zurück. Die Kopie zeigte nun einen Ausschnitt von Winterthur mit dem Spukhaus im oberen Drittel des Bildes. Ganz offensichtlich schnitten sich die drei Linien nicht einmal an einem Punkt, sie bildeten ein schiefes, undeutliches, winziges Dreieck. Genug Ungenauigkeit, um sich die ganze Sache mit dem Haus zu schenken. Die Liegenschaft hatte immerhin einen riesigen, parkähnlichen Garten, und wenn Stähler sich recht erinnerte, wuchs dort auch der eine oder andere geschützte Baum.

Ausserdem stand ja auch noch die Fassade des Hauses unter Denkmalschutz. Ein dünnes Lächeln glitt über seine Lippen. Bernd würde garantiert irgend einen dummen Vorwand finden, den der Orden benutzen konnte, um an Samhain ungestört auf dieses Grundstück zu kommen. Nur weil vor hundert Jahren die Wohnung im ersten Stock für die Zeremonie benutzt worden war, musste man schliesslich nicht jedes Mal an denselben Ort zurück kehren.

An just diesem Ort, wo vor hundert Jahren also ein Ritualmord als Familiendrama vertuscht worden war, stand Sebastian Fidelius Plunkert vor seinem Regal und räumte es ein. Nach seinem Einzug hier war so viel geschehen, dass er noch immer nicht alles eingerichtet hatte. Die grossen Möbel waren an Ort und Stelle, alles wichtige hatte seinen Platz, und dennoch standen Kisten mit Kleinkram herum.

Nach getanem Einräumen machte sich Plunkert einen Kaffee, kehrte damit zurück in sein Arbeitszimmer und liess eine Klassik-Playlist laufen. Dann erst widmete er sich dem Gerät, das nun in der Mitte des Raumes stand. Es war von Plunkert selber in enger Zusammenarbeit mit einigen Gleichgesinnten entwickelt worden, und war unter dem Strich wenig mehr als eine Synthese diverser Messinstrumente aus dem Bereich der Parapsychologie. Ein Kupfertrichter mit eingebauten Sensoren war direkt über einem Becher montiert, um allfällig angesammeltes Ektoplasma aufzufangen. Ein averser Cloudbuster registrierte die Stärke der Orgonstrahlung. Bergkristalle ragten empor, bereit jedwede Energie zu transformieren. Sebastian stellte den Laptop neben das Gerät. Es stand auf einem niedrigen Tischchen, das er nach dem Abgang der Spurensicherung in der Mitte des Kreises platziert hatte. Zuvor hatte es in einer Ecke des Raumes gestanden. Bepone hatte sich vor seinem Tod sogar noch vergewissert, dass das Ding lief und funktionstüchtig war, er hatte scheinheilig unverfängliche Fragen gestellt… und er, Sebastian, war voll drauf rein gefallen, hatte den Geistermeter, wie Bepone den Ektomesser spitzbübisch genannt hatte, sogar noch etwas von der Wand weg gerückt, weil der Alte ihn gedrängt hatte… und nicht geahnt, dass Bepone just in diesem Moment den Feinschliff an seinem Suizid vornahm. Sebastian verband sein Notebook mit dem Ektomesser und besah sich die Daten. Das Gerät hatte bei Bepones Tod deutlich ausgeschlagen, danach aber zeigte es wenig Interessantes. Oh, es empfing mehr mantisches Hintergrundrauschen, aber das mochte an dieser Wohnung hier liegen – oder dem Umstand, dass dieses Haus nach drei der fünf gängigsten Lehren auf einem energetischen Knotenpunkt der Erd-Energieströme erbaut worden war. Davon aber abgesehen hatte es nur einige wenige Peaks. Die meisten fielen auf die drei Nächte, in denen der Mond am vollsten war, und auch das war nichts Ungewöhnliches. Seufzend steckte Sebastian den Laptop aus. Wie es aussah, hatte sich Bepone nicht gemeldet – oder Sebastian war nicht in der Lage, seine Nachricht zu empfangen. Er riss seine Gedanken in eine positive Richtung. Noch war gar nichts entschieden. Er wusste nur sehr wenig über die Existenz nach dem Tod. Gut möglich, dass es zu zeitlichen Verzögerungen kam. Oder vielleicht musste sich Bepone zuerst „schlau machen" (selbst der Gedanke hatte Gänsefüsschen), um zu erfahren, wie man mit der Welt der Lebenden kommunizieren konnte. Diese Vorstellung erheiterte Sebastian, und tröstete ihn ob des Verlustes.

## 10. Der schwule Spion

Am Montag Morgen bekam Sebastian Fidelius Plunkert dicke Post. Wortwörtlich. Eine Sendung aus Hawaii, die unscharfe Fotos und einen Stapel schlechter Kopien von Berichten über nicht näher definierte Flugobjekte enthielt.
Er blätterte die Aufzeichnungen auf dem Weg die Treppe hinauf durch, und wäre beinahe mit Frieda Chämmerli zusammen geprallt. Sie trug eine Ladung Wäsche in die Waschküche hinunter, die sich alle Mieter im Kellergeschoss teilten. Plunkert, der Jahre ausserhalb der Schweiz gelebt hatte, empfand das Teilen der Waschmaschine als ausgemachte Unsitte, aber nicht einmal Bepone hatte sich bekehren lassen.
Sebastian murmelte geistesabwesend eine Entschuldigung und wich Frieda aus, aber sie reckte den Hals wie eine Schlange und spähte auf das oberste Blatt in seinen Fingern.
Da stand etwas von einem U.F.O.-Report, eine Folge von Zahlen (5/23/1977), und schräg auf dem Papier – Frieda hätte vor Aufregung beinahe in ihren Liebestöter gepinkelt – der Abdruck eines „Top Secret"-Stempels, so schwarz-weiss wie der Rest der Kopie. Frieda trippelte die Treppe hinab, mit flammenden Wangen, und starrte züchtig auf die Stufen vor ihr. Wer war dieser Mann, dass er Top-Secret-Akten in der Post hatte? Doch nicht etwa ein Spion?! Und dann noch das mintgrüne Sofa… Ein schwuler Spion! Friedas Herz pumpte, als sie die Waschküche erreichte.
In seiner Wohnung wurde Sebastian Plunkert, der natürlich kein Spion, sondern im Grunde seines Herzens Science Fiction-Autor war, allmählich langsam wach.

Er trank seine zweite Tasse Kaffee und blätterte die Unterlagen durch. Ein Grossteil der Akten war alt, teilweise über dreissig Jahre. Viele der Flugobjekte waren mittlerweile nicht nur identifizierbar, sondern auch unter Namen wie Northrop B-2 in die Militärgeschichte eingegangen. Plunkert war das Phänomen nicht neu. Er war ein Suchender, der zwischen Kieselsteinchen die Kristallsplitterchen heraus pickte, um sie danach als Diamanten zu verkaufen.

Wie beispielsweise der Major, der einer Sichtung eine handschriftliche Notiz beigefügt hatte, die von einem möglichen extraterrestrischen Besuch sprach. Sebastian legte diese Akte auf einen Sonderstapel und schrieb sich zudem das Datum heraus. Er durchforstete weiter, suchte nach dem auffälligen, speziellen, persönlichen. Er wurde mehrfach fündig.

Danach glich er die so gesammelten Zeitangaben mit anderen Daten ab. Vermisstmeldungen, seltsame Verbrechen, ungewöhnliche Headlines, Skandale. Die Sichtung des Majors fiel mit einer verschwundenen Kuhherde zusammen. Exakt fünfzehn Jahre und zwei Monate später hatte man am Strand einen Kornkreis gefunden, nicht unweit der verschwundenen Herde. Die Kornkreisstruktur erinnerte an ein Mandala. Allmählich zeichnete sich vor Sebastians Auge eine Geschichte ab. Die Aliens hatten die Kuhherde gestohlen oder geborgen – möglicherweise war der Kornkreis eine Dankesgeste, womöglich auch die freche Visitenkarte des Gauners. Vielleicht hatten sie Hunger gehabt, oder brauchten die Tiere für einen anderen Verwendungszweck – vielleicht wollten sie Kühe auf ihrem Heimatplaneten ansiedeln. Der Major hatte den Vorfall unwissend gemeldet und mit den Zeichnungen des UFOs die Ingenieure in den For-

schungseinrichtungen der AirForce inspiriert, so dass sie danach Drohnen bauten, die wie UFOs aussahen. Nein, jetzt war ihm die gute Idee gekommen: Die Aliens hatten der amerikanischen Regierung Pläne für Drohnen überlassen im Tausch gegen eine Kuhherde. Er notierte den Gedanken und starrte stirnrunzelnd darauf. Zu abstrus?
*Nein,* dachte der Teil in ihm, der immer noch ein kleiner blauäugiger Junge war, der so gern Geschichten erzählte, obwohl es ihm immer an guten Ideen mangelte, *nein, genau richtig. Das rockt.*
Und so begann Plunkert einen Text über einen geheimen Kuhhandel auf Hawaii. Er schrieb den ganzen Tag hindurch, abgesehen von einer kurzen Mittagspause, die aus der Zubereitung eines Sandwiches, dem Verzehr desselben und dem anschliessenden Aufräumen der Küche bestand. Nach fünf zog er sich um, um zu seiner allabendlichen Joggingrunde aufzubrechen.

Wie es der Zufall wollte (den Aurora so eingefädelt hatte), traf der gute Herr Plunkert auf dem Rückweg seiner Joggingrunde auf die reizende Frau Holunder, die gerade mit ihrem Hund Gassi ging. Natürlich kamen die beiden ins Gespräch, und Warg nahm es mit einem mürrischen Grunzen und einem demonstrativen Furz hin, dass sein Abendspaziergang heute sehr kurz ausfiel, denn Aurora schickte sich an, zusammen mit Sebastian zum Haus zurück zu kehren.
Sie schlenderten in der hereinbrechenden Dämmerung den Weg entlang, bis ihr Heim in Sicht kam. Die Vorhänge im obersten Stock wogten, im Wind, wie Plunkert fälschlicherweise dachte.
Natürlich hatte Frieda den heutigen Tag noch intensiver

am Fenster verbracht, und Plunkerts Tür bei jedem Waschgang eine aufmerksame Inspektion zukommen lassen. Als sie beobachtet hatte, wie er das Haus in Turnschuhen verlassen hatte, war sie mit ihrer Alibi-Wäsche die Treppe hinunter geeilt, hatte durchs Schlüsselloch gespäht, nichts gesehen und – in Ermangelung einer besseren Idee – daran gerochen. Da sie sowas nicht zum ersten Mal tat, konnte sie den Geruch als durchaus typisch für ein Türschloss beurteilen. Danach hatte sie sich wieder hinter ihrem Ausguck verschanzt und beobachtete jetzt fassungslos, wie Plunkert zusammen mit der Holunder vom Parterre zurück kam. Ihr riesiger Köter war mit von der Partie, hob das Bein an einem Baum im Garten, und die beiden achteten gar nicht darauf! Nein, wie es aussah, hatte er gerade einen Witz gemacht, und sie brach in Gelächter aus.
Behutsam öffnete Frieda das Fenster. Sie hörte noch, wie die Holunder „ja dann hat er ja nochmal Glück gehabt" sagte, und Plunkert dümmlich kicherte, ehe die Haustür zu fiel und die Geräusche der beiden verschluckte.
Frieda eilte zur Haustür und öffnete sie genauso leise wie zuvor das Fenster.
Undeutlich hörte sie fröhliche Stimmen, durch die Akustik über die drei Stockwerke zu einem undeutlichen Gemurmel verzerrt.
Die beiden hatten was mit einander laufen, da war sich Frieda sicher. Plötzlich fiel ihr das mintgrüne Sofa wieder ein, und sie stutzte. Hatten die beiden wirklich etwas mit einander? Vielleicht machte Plunkert, der Spion, der Holunder nur schöne Augen, um an Informationen zu kommen – arbeitete sie nicht für die Stadt Zürich? Das musste es sein! Vermutlich war Plunkert gar kein richtiger Agent, so ein Agent-Agent, wie James Bond, son-

dern ein dreckiger kleiner Unteragent, selbst unwichtig genug, um von jemandem wie der Holunder Informationen zu beschaffen! Friedas Wissen um die Welt der Geheimdienste beschränkte sich auf die Abenteuer von Romanfiguren, aber sie war sicher, dass es da solche Abstufungen gab.

„Was machst du denn da?" fragte Albert hinter ihr, und Frieda wurde sich bewusst, dass sie schon die ganze Zeit vor der halb offenen Tür stand und in den Gang hinaus starrte.

„Nichts, nichts", meinte sie, schloss die Tür und wuselte in die Küche. Sie begann, Kartoffeln fürs Abendessen zu schälen, wütend, weil sie nichts tun konnte, um die vagen Anklagen in ihrem Kopf in ein vernünftiges Ventil zu entlassen, zerfressen vor Neid auf Auroras Lebensfreude, auf die sich anberaumende Romanze, und Plunkerts vermeintliche Abenteuer in der schillernden Welt der Geheimdienste.

Frieda war nicht die einzige, die sich momentan gröbstens auf dem Holzweg befand. Auch Demian Grotz hatte sich geirrt – wenn auch nicht ganz so drastisch. Die „kleine Schlampe", wie er Isabella genannt hatte, fragte sich keineswegs, wo ihr Mitbewohner abgeblieben war. Tatsächlich dauerte es eine ganze Woche, bis es Isabella dämmerte, dass Kurt Lahm etwas zugestossen sein musste: Am Samstag bemerkte sie sein Fehlen nicht, da sie erst gegen Samstag Mittag nach Hause torkelte und den Rest des Tages schlief. Am Sonntag tat sie wenig mehr als fernsehen und Pizza futtern, und störte sich keineswegs daran, dass sie das Wohnzimmer für sich alleine hatte - sie genoss die Kurt-freie Zone, in der sie Fashionshows und Promimagazinen frönen konnte,

ohne sich anhören zu müssen, dass „all diese magersüchtigen Doofchen" ihren Platz im Scheinwerferlicht „ohne Photoshop" niemals erreicht hätten, weil, wie Kurt nie müde wurde zu betonen, „das alles zum Plan der Illuminaten" gehörte.
Am Montag war Isabella den ganzen Tag auf Arbeit. Als sie am Abend eine leere Wohnung vorfand, dachte sie, dass Kurt wohl bei einem Kumpel weilte. Am Dienstag Abend machte sich Isabella erstmals Gedanken. Allerdings konnte sie sich kaum vorstellen, dass ihm etwas Ernsthaftes zugestossen war - krasse Unfälle oder Verbrechen geschahen Figuren in Filmen. Das Schlimmste, was Isabella je mit erlebt hatte, war in der Grössenordnung von Sportunfällen oder Blinddarmoperationen gewesen - dass Kurt tatsächlich schwer verletzt oder tot war, kam ihr nur als höchst unwahrscheinliche Option in den Sinn. Also schrieb sie Kurt eine höfliche SMS, in der sie sich nach seinem Befinden erkundigte, und damit war das Thema vorerst erledigt.
Am Mittwoch Nachmittag wurde ihr bewusst, dass sie noch keine Antwort auf ihren Text erhalten hatte. Sie nutzte ihre Pause, um Kurt anzurufen. Statt des Klingelns erntete sie ein melodiöses Pfeifen, dann die Bandansage, dass dieser Anschluss vorübergehend nicht erreichbar sei. Das war per se kein Grund zur Sorge; Kurt gehörte nicht zu jenen Leuten, denen Erreichbarkeit oder ein geladener Akku besonders wichtig schien. Sie rief seinen Account auf Facebook auf in der Hoffnung, News zu finden, die etwas über seinen Verbleib aussagten - nichts. Ein Video, das Kurt vor einem Monat gepostet hatte, darunter einige Geburtstags-Glückwünsche, weil Kurt vor zwei Monaten fünfundzwanzig geworden war. Kein Hinweis darauf, wo er die letzten paar Tage gesteckt

hatte. Isabella rief die Polizei an.

Das Gespräch verlief nicht unbedingt befriedigend. Der Polizist am Telefon nahm Isabellas Sorge überhaupt nicht ernst. Er erklärte, dass Kurt als erwachsener Mann durchaus hingehen dürfe, wo er wolle, und sich zuvor auch nicht bei seiner Mitbewohnerin abmelden müsse. Sie solle ihn doch noch einmal per SMS oder Mail kontaktieren.

Die Wohnung wartete am Mittwoch Abend genau so leer auf sie, wie sie es die letzten paar Tage gewesen war. Im Laufe des Donnerstag Vormittags rief Isabella Kurt mehrfach an. Sein Handy war nach wie vor ausgeschaltet. Sie hinterliess eine Nachricht auf Facebook. Als sie am Donnerstag Abend keine Reaktion erhalten hatte, begann sie, seinen Freunden auf Facebook zu schreiben. Die paar wenigen, die antworteten, hatten seit einer Woche nichts mehr von ihm gehört.

Isabella versuchte noch den Freitag hindurch, Kurt zu erreichen - Facebook, Mail, Handy, Freunde: Nichts fruchtete. Also ging sie am Freitag Abend zur Polizei und gab eine Vermisstenanzeige auf. Der Beamte, der die Anzeige aufnahm, zeichnete sich nicht gerade durch seine Motivation aus: gelangweilt erklärte er Isabella, dass er kaum Handlungsbedarf sehe. Kurt Lahm sei ein erwachsener Mann im Vollbesitz seiner geistigen Kräfte, es gäbe grundsätzlich keine Verdachtsmomente und ausserdem habe der Vermisste ja Angehörige in Deutschland und Frankreich, es läge also durchaus im Rahmen des Möglichen, dass er über die Grenze gefahren sei, ohne Isabella Bescheid zu geben. Die junge Frau hatte stark den Verdacht, dass der Polizist die Anzeige überhaupt nur aufnahm, weil er begriffen hatte, dass er Isabella schneller wieder los werden würde, wenn er ihr

entgegen kam. Isabella, grundsätzlich ein hinreissendes Geschöpf, konnte sehr unangenehm werden, wenn sie beschloss, die Zicke heraus hängen zu lassen. Eine zickige Isabella sprach mit schriller, angepisster Stimme und kratzte mit den langen Plastiknägeln über die Tischplatte. Sie warf mit giftigen Blicken um sich und verwies ständig auf andere Autoritäten. Tatsächlich hatte Isabella nicht wirklich zicken müssen, damit die Aussage aufgenommen wurde. Es reichte, dass sie die Option in den Raum stellte.
Endlich war die letzte Unterschrift auf dem letzten Formular platziert, endlich sah Isabella ihre Pflicht als erfüllt an. Das war der hässliche kleine Knackpunkt, den sie vor dem Polizisten nicht laut ausgesprochen hatte. Sie wollte eigentlich gar nicht, dass Kurt zurück kam. Er war anstrengend und tangierte andauernd Isabellas Sinn für Hygiene, der doch recht eng gestrickt war.

Tief in Gedanken kehrte Isabella in ihre Wohnung zurück. Kurt war nach wie vor nicht da. Sie fragte sich, wie lange sie warten musste, ehe sie das Zimmer weiter vermieten konnte. Ein Monat schien ihr gleichzeitig lächerlich kurz und unangenehm lang - ein Monat, in dem sie die Miete alleine tragen musste. Aber nur vier kurze Wochen, in denen Kurt seinen spontanen Urlaub geniessen oder seiner hypothetischen Tante beim Sterben die Hand halten konnte. Sie schrieb ihm erneut, auf Facebook und auf seine reguläre Mail-Adresse und informierte ihn über den Gang zur Polizei.
*Schätze, jetzt kommt er ohnehin nicht mehr zurück,* dachte sie, kaum dass sie auf "senden" geklickt hatte. Leute, die mit Polizisten redeten, gehörten laut Kurts Weltbild entweder zu den Informanten irgend eines mächtigen

Geheimbundes, oder sie waren gehässige Spiessbürger von grundsätzlich bösem Charakter, die das bisschen Macht, das ihnen der Behördengang einräumte, einfach schamlos genossen, oder aber (und Isabella war sich ziemlich sicher, in Kurts Augen zur dritten Kategorie zu gehören) sie waren einfach blinde Schäfchen. Blind wie die dumme, aufgetakelte Isabella, die geistig so verbohrt war, dass ihr nicht einmal ein Joint weiter helfen konnte. Blind wie die dumme Isabella, die ein Schlafschaf war und all den Scheiss glaubte, den die Klum während GNTM verzapfte - das hatte Kurt ihr zwar nicht direkt so vor den Latz geknallt, aber sein anklagender Sermon während der Castingshow hatte genau diesen Subtext impliziert.

*Nein*, resümierte Isabella, während ihr Blick auf einen von Kurts Turnschuhen fiel, der ohne seinen Partner allein in einer Ecke des Wohnzimmers lag, mit einer Socke, die aus ihm heraus hing, um Isabellas Reinlichkeitssinn gleichsam die Zunge raus zu strecken, *nein, der muss wirklich nicht zurück kommen.*


Demian Grotz hatte einen langweiligen Tag hinter sich, der so um 19.15 plötzlich interessant geworden war. Während sich seine Frau von einem als Wissensmagazin getarnten Bullshit-Katapult zupflastern liess, surfte Demian im Internet - nicht einfach so, wie ihm Sophia ständig unterstellte, sondern sehr zielorientiert. Einige der Seiten, die er regelmässig abrief, waren die der Polizei.Dort erfuhr man schnell und zuverlässig, ob das Verbrechen, das man begangen hatte, schon entdeckt worden war. Und, oh Freude über Freude, tatsächlich war da ein kleiner, wundervoller Eintrag: auf polizeinews.ch fand er in blauen Lettern den Eintrag: "Vermisst wird

Kurt Lahm", neben einem Foto des Mannes, den er selbst vor sieben Tagen den Rheinfall hinunter gestossen hatte. Sofort googelte er nach dem Mordhaus mit der Denkmalschutzfassade, fand aber keine neuen Einträge. Nun, es war nicht zu erwarten gewesen, dass die kleine Schlampe das Zimmer noch an demselben Tag weiter vermietete, an dem sie die Vermisstenanzeige aufgegeben hatte. Er schloss den Tab. Wenn Sophia sah, dass er sich auf Seiten bewegt hatte, die freie Wohnungen anzeigten, würde sie eine Menge stressiger Fragen stellen, und hysterisch, wie sie nun mal war, würde sie sich vielleicht bei jemandem auskotzen – und damit schlimmstenfalls verraten, wo Demian eine Wohnung mieten wollte.

## 11. Geräuscharmut

Die Tage verstrichen und wurden zu Wochen. Als der September anbrach, zwackte der Dauerauftrag für die Miete ein schmerzhaftes Loch in Isabellas Budget. Von Kurt und seinem Mietanteil gab es keine Spur, und Isabella fand, dass es an der Zeit war, nach einem neuen Mitbewohner zu suchen. Ihre Schwester Anabella würde in drei Monaten zurück sein, und Isabella war finanziell nicht in der Lage, drei Mieten alleine zu bestreiten. Also schrieb sie Kurt an dem Morgen, da sie diese Entscheidung fällte, eine SMS, eine Mail und eine Nachricht über Facebook, in der sie ihm eine letzte Deadline bis zum Abend kommunizierte. Isabella hatte Frühschicht gehabt, und kam dementsprechend schon am Nachmittag nach Hause. Von Kurt hatte sie – wie erwartet und befürchtet gleichzeitig – keine Antwort gekriegt. Wütend und besorgt gleichzeitig blickte sie auf das, was von seinem Kram noch im Flur der Wohnung stand. Das meiste hatte sie in sein Zimmer gestellt, und nun begriff sie erst, dass sie den ganzen Siff würde verpacken und entsorgen müssen, wenn er sich wirklich nicht mehr meldete. Sie hatte in Betracht gezogen, dass sich Kurt kommentarlos aus dem Staub gemacht hatte, da das Mietverhältnis sowieso befristet gewesen war und die Zweck-WG nicht harmoniert hatte – aber würde er seinen ganzen Kram zurück lassen?
Sie überprüfte ein letztes Mal ihre Accounts, aber Kurt blieb nach wie vor verschollen.
*Na schön,* dachte Isabella, und öffnete das Fenster einer Vermittlungsseite für WG-Zimmer.
Es klingelte. Isabella eilte zur Tür, riss sie auf und blickte überrascht auf ihren neuen Nachbarn, Sebastian Plunkert.

Der sah aus, als würde er vor Scham am liebsten im Erdboden versinken.

„Guten Tag Frau Glitter", sagte er mit belegter Stimme, „hätten sie einen Moment Zeit?" Isabella hatte gerade die Annonce für Kurts Zimmer aufgeben wollen, nickte aber.

„Ich weiss nicht, ob sie von Bepone Stolzones Tod gehört haben", begann er, „aber durch seinen letzten Willen bin ich auf Lebenszeit Eigentümer dieser Wohnung. Zudem gehört die ganze Liegenschaft hier nun zur SEPP – zur Stiftung für die Erforschung paranormaler Phänomene, zu deren Leitung ich gehöre. Er seufzte. „Die rechtliche Situation ist noch nicht völlig geklärt, zumal ich nicht vorhabe, die ganze Verwaltungsarbeit für dieses Mietshaus selber zu erledigen, aber offenbar haben gewisse hier wohnhafte Parteien den Eindruck gewonnen, als wäre ich nun für die Umsetzung der Hausordnung zuständig."
Er seufzte schwer und blickte um Verzeihung heischend zu Isabella auf. Er sah aus, als müsse er sich schwer überwinden, die nächsten Worte auszusprechen.

„Offenbar schliesst ihre Tür etwas laut", druckste er herum und wedelte mit einem A4 Blatt, das Isabella erst jetzt in seiner Hand registrierte, „ich habe heute morgen einen eingeschriebenen Brief von ihrer Nachbarin erhalten, die sich über eben jene Lautstärke beschwert." Er blickte sie betreten an. „Sie verlangt, dass ihre Tür ersetzt wird oder dass man ihnen die Wohnung kündigt. Ich dachte mir, vielleicht helfen diese Gummistopper hier..." Hinter dem Brief hatte sich eine Folie verborgen, auf der Reihe neben Reihe die besagten Gummistopper geklebt waren.

Isabella war drauf und dran, Plunkert zu erklären, woran ihr Frau Chämmerli und ihre Beschwerden vorbei gin-

gen, besann sich dann aber rechtzeitig. Sebastian tat ihr leid, nicht zuletzt, weil er sich offenbar wie ein Volltrottel vorkam, während er ihr die in Beschwerden versteckte Drohung übermittelte. Es war nicht Plunkert, der ihre grantige Antwort verdiente. Ausserdem, so sagte sie sich, mochte es sich rächen, wenn sie ihn vor den Kopf stiess. Dann lieber die Vernünftige heraus hängen lassen, so dass sich Frieda Chämmerli mit ihrer ständigen Beschwererei selbst ins Abseits manövrierte. Isabella setzte ihr süssestes Lächeln auf.
„Natürlich", sagte sie und schnappte ihm die Folie mit den Gummistoppern aus der Hand, „vielen Dank. Auf die Idee mit den Gummistoppern bin ich gar noch nie gekommen." Sie legte all ihre Kraft in ihr Lächeln und entspannte dabei die Augen. Schon mit 13 hatte sie entdeckt, dass sie diese Mimik nicht nur hinreissend, sondern auch hinreissend dämlich aussehen liess.
Plunkert lächelte automatisch zurück.
Isabella zog den ersten Streifen von der Folie ab und klebte sie an den Türrahmen. Dasselbe tat sie noch einmal unterhalb der Höhe der Türfalle. „Dann schauen wir mal", meinte sie vergnügt zu Plunkert, trat einen Schritt nach hinten, zurück in ihre Wohnung, und schmetterte die Tür mit aller Wucht zu. Sie ploppte gegen die Gummistopper und schwang zurück.
Plunkert, der beinahe die Tür ins Gesicht gekriegt hätte, stotterte überrumpelt: „Das ist jetzt schon viel geräuschärmer."
*Geräuschärmer*, wiederholte Isabella in Gedanken, sagte aber: „Ja, aber jetzt schliesst sie nicht mehr richtig."
„Tatsächlich?" Plunkert klang, als würde er am liebsten laut los fluchen. Er warf dem Brief in seiner Hand einen bösen Blick zu.

Isabella schloss (dieses Mal deutlich sachter) die Tür ein weiteres Mal und drückte dagegen. Es dauerte einen Moment, bis das Schnappschloss einrastete, und das Geräusch klang ein wenig zögerlicher als sonst. Als Isabella nach der Klinke griff, sprang die Tür auf, noch ehe sie die Klinke nach unten gedrückt hatte.
„Sieht aus, als müsse ich sie jetzt immer abschliessen, auch wenn ich in der Wohnung bin", sagte sie mit gleichgültiger Stimme. Da sie reflexartig hinter sich abschloss, nachdem sie die Wohnungstür hinter sich zuknallen liess, war es ihr tatsächlich ziemlich scheissegal. Mal abgesehen davon, dass ein Punkt an Frieda Chämmerli ging.
Plunkert hingegen wirkte ob ihrer Worte so betreten, dass Isabella beinahe laut aufgelacht hätte.
„Also, falls ich wirklich für dieses Haus zuständig bin, werde ich mich um eine andere Lösung bemühen", versicherte er, und jetzt lachte Isabella wirklich los. Plunkert lief rot an und starrte sie verdattert an.
„Scheiss drauf", sagte Isabella, „sie haben sich die alte Schachtel genauso wenig als Nachbarin ausgesucht wie ich. Und solange die Tür noch zugeht..."
Plunkert nickte so aufgedreht mit dem Kopf, dass Isabella unwillkürlich an Headbanging denken musste. Sie unterdrückte einen erneuten Lacher.
„Also dann", meinte er, immer noch rot, „bis bald. Tut mir wirklich leid, dass das sein musste. Auf Wiedersehen."
„Ciao ciao", meinte Isabella und schloss die Tür – einigermassen sachte, und drehte den Schlüssel im Schloss.
Sie ging in ihr Zimmer, setzte sich an den Mac und schaltete bei WG-Zimmer.ch eine Annonce.

## 12. Obskures in der Dunkelheit

Mittlerweile war der Abend herein gebrochen. Sebastian hatte sich einen Teller Pasta mit Pesto gemacht und sich danach in sein kleines Wohnzimmer zurück gezogen, um fernzusehen. Da nichts kam, was ihn interessierte, drehte er den Ton so weit herunter, dass er zum Hintergrundpegel wurde, und begann zu lesen. Der Thriller fesselte seine Aufmerksamkeit. Sebastian bemerkte nicht, wie er sich vor lauter Spannung verkrampfte, das Gesicht verzog und es immer näher ans Buch hielt - bis er Kopfschmerzen bekam. Er liess das Buch auf den Schoss sinken, legte den Kopf zurück und schloss die Augen, um sie zu entspannen. Als er sie wieder öffnete, suchte sein Blick das Fenster, um den Blick über die Weite hinter der Scheibe schweifen zu lassen. Es war ein trüber Abend. Um die Dämmerung herum hatte es kurz genieselt, und Sebastian, der eisern sein Jogging absolvierte, hatte es darauf geschoben, dass er Aurora Holunder nicht begegnet war. Jetzt hatte der Nieselregen nachgelassen, aber die Nacht war klamm und ungemütlich. Eine jener Nächte, in denen es schön ist, eine nette warme Wohnung zu haben.
Und dann sah er es.
Ein Ufo!
*Meine Fresse*, dachte er und starrte auf die leuchtende Kugel. Sie pulsierte und wechselte die Farben, wie eine gemächlich changierende LED-Lampe: von Rot über Violett zu Blau, dann via Grün ins Gelbe, um mit Orange den Kreis zu schliessen. Sebastian starrte fasziniert darauf. Grösse und Distanz waren in der Dunkelheit schwer zu schätzen, das Objekt mochte riesig und weit entfernt sein, oder ziemlich nah und eher klein.

Dann setzte sein Gehirn wieder ein, und er rannte in sein Arbeitszimmer, um seine Kamera zu holen.
Die Panik, das UFO könne weg sein, wenn er wieder am Fenster war, erwies sich als unbegründet. Die Kugel hüpfte immer noch durch die Luft.
Sebastian drückte auf den Auslöser, stellte scharf und machte weitere Bilder.
Nach den ersten miesen Schnappschüssen öffnete er behutsam und so leise wie möglich das Fenster, um ohne die störende Scheibe zu fotografieren. Mittlerweile war er sich relativ sicher, dass das Objekt eher nah und klein statt riesig und entfernt war. Der Verdacht wurde bestätigt, als die Kugel tiefer sank, und ihren grünen Schein auf den Rasen des Parks warf.
Und dann sah er etwas anderes. Sein Herz blieb beinahe stehen.
Saju. Der kleine Junge der Nachbarn stand da, mit Jacke und Mütze in der herbstlichen Kühle, und blickte zu dem UFO auf. Die Kugel flog auf ihn zu, und verharrte in der Luft schräg über Saju, ihr Licht auf seinem Gesicht. Ein magischer Moment, dessen Atmosphäre sich schlecht auf Foto bannen liess – dennoch war Plunkert ein fast scharfer Schnappschuss des UFOs gelungen. Die Kugel glitt näher auf den Jungen zu, und beleuchtete, was er in den Händen hielt. Es mochte ein quer gehaltenes Smartphone oder Tablet sein, aber ebenso ein Controller, den man benutzen mochte, um ein Modellflugzeug zu steuern – oder ein Mini-Ufo.
Bittere Enttäuschung stieg in Plunkert hoch. Einmal, nur ein einziges Mal in seinem Leben wollte er einen hieb- und stichfesten Beweis finden.
Einen Moment lang war er versucht, das Foto zu löschen, entschied sich aber dagegen. Er erinnerte sich an die Re-

gel, die ihm ein Verleger beigebracht hatte: Erzähl nicht die Version, die du für wahr hältst. Erzähl die Version, die am meisten Spass macht, und weise im Vorwort (das ohnehin kaum einer liest) darauf hin, dass es nur eine Version ist.

Er klickte sich durch die Fotos. Der kleine Saju, der sein Ufo anblickte… wenn er den unteren Rand des Bildes abschnitt und so den Controller verschwinden liess, würde aus dem erhobenen Kopf des Kindes ein ehrfürchtiger Blick werden, und der schwarze Balken auf Sajus Augen würde nicht nur die Identität des Jungen schützen, sondern dem Foto einen zusätzlichen Wahrheitsgehalt vermitteln. Der neblige Hintergrund liess andeutungsweise den Blick auf die Parklandschaft zu, und die schummrigen Bäume machten das Bild seltsam zeit- und ortslos. Das Bild hätte auf der halben Welt entstanden sein können. Einige Schatten am rechen Rand machten das Foto zusätzlich interessant: es sah fast so aus, als würde eine Gestalt im nebligen Park stehen und die UFO-Szene beobachten. Sebastian blickte aus dem Fenster, um zu sehen, was die ominöse Figur in Wirklichkeit war. Sein Blick huschte vergleichend von der Aussicht zum Foto und wieder zurück. Die Gestalt stand nicht mehr da, wo sie vorher gewesen war. Und jetzt, wo Sebastian genau hinschaute, sah er, wie sie sich langsam bewegte. Gewiss, der Park hinter dem Haus war öffentlich, aber auch etwas versteckt. Es war weder Zeit noch Wetter für einen Spaziergang. Aber was ging es ihn an, wenn der Mann mitten in der Nacht durch den Park schlenderte?

Der Mann, den er unabsichtlich fotografiert hatte, war nicht nur am Spazieren. Tatsächlich rekognoszierte er, und bislang war er mit dem Ergebnis mehr als zufrieden. Der Park hinter der Villa war öffentlich zugänglich und gleichzeitig so abgelegen, dass er eine private Note hatte. Damit war er eine gute Alternative zum Haus. Zufrieden schlenderte der Mann weiter und spielte dabei unbewusst mit dem protzigen Siegelring, den er am kleinen Finger trug.

Am nächsten Morgen beschloss das Wetter, die Klimawandel-Skeptiker mit einem heissen Tag zu foppen. Es war schon beinahe Oktober, fühlte sich aber an wie Julihitze. Isabella hatte Spätschicht, und konnte den Morgen nicht zum Ausschlafen nutzen - zu heiss, zu hell, und die Vögel im Park machten ausgelassen Radau.
Also stand sie mürrisch auf, und investierte die Zeit, um nach einem Mitbewohner zu suchen. In ihrem Postfach fand sie drei Mails, die sich auf ihr Inserat bezogen. Das erste war von einer gut vierzigjährigen Sozialpädagogin, die eine Wohnung für sich und ihre fünf Hunde suchte. Ausserdem habe sie eine Boa Constrictor und ein Terrarium voller Mäuse, mit denen sie die Schlange füttere. Sie schlug vor, so schnell wie möglich einzuziehen, damit sich Isabella auch schnell genug dafür entscheiden könne, das Zimmer nicht nur für zwei Monate zu vermieten. Isabella schrieb höflich zurück und behauptete, sie habe eine Tierhaar-Allergie, weswegen diese WG keine Option wäre. In Wahrheit stellte sich Isabella die Hunde als fünf verzogene, dauerkläffende, verfilzte Bodenlappen vor, die ihr aufs Sofa pinkelten. Ausserdem fand sie die Unterstellung der Frau anmassend, sie würde sich dann schon für sie (und damit automatisch gegen Anabella) entscheiden.
Der zweite Wohnungsbewerber war ein junger Mann, der eigentlich eine Wohnung mit seiner Freundin zusammen suchte. Ob das Zimmer denn gross genug für

zwei Personen sei, fragte er.
Isabella schrieb zurück und behauptete, das Zimmer sei winzig. Sie hatte keinen Bock darauf, dass zwei Maturanden in ihrer Stube ein Liebesnest einrichteten.

Der dritte Bewerber klang geradezu perfekt. Ein gewisser Demian Grotz, Fachmann für IT-Sicherheit bei einer namhaften Bank, wohnte seit anderthalb Monaten in einem Hotel, weil sein Haus abgebrannt war. Die Notwohnung, die ihm die Stadt zur Verfügung gestellt hatte, war so dünnwandig, dass er jedes Wort verstand, das seine Nachbarn sprachen – für jemanden, der vor allem von zu Hause aus arbeitete, ein grosser Störfaktor. Also hatte sich der gute Herr Grotz ein Hotelzimmer gemietet, und nun auch eine Wohnung gefunden, die aber erst in knapp drei Monaten frei werden würde. Die verbleibenden zehn Wochen in dem Hotel zu bleiben war keine Option, da die Kosten mit 200 Franken pro Übernachtung sein Budget doch arg belasteten.
Herr Demian Grotz suchte also nun zur Überbrückung ein Zimmer an einer ruhigen Lage. Er bot Isabella 1000.- pro Monat, was fast doppelt so viel war, wie Kurt ihr gezahlt hatte. Ausserdem klang sein Schreiben nach einem anständigen Kerl, der grosses Pech gehabt hatte. Ein leichtes Lächeln umspielte Isabellas Lippen, als sie ihm zurück schrieb und ihm einen Termin für die Wohnungsbesichtigung anbot.

Während das Abchecken ihres Mailaccounts bei Isabella gerade mal zehn Minuten in Anspruch nahm, beanspruchte diese Tätigkeit bei Sebastian Plunkert gern mal einen halben Tag. Aber im Gegensatz zu Isabella war er auch Adressat unzähliger Mysterienjäger, die ihm verwackelte Alien-Fotos, Berichte über Yeti-Sichtungen oder Neuinterpretationen altägyptischer Hieroglyphen schickten, die als originell zu bezeichnen geradezu absurd euphemistisch ist. Plunkert bedankte sich bei den Schreibern der Fanpost und löschte die sporadischen Hassmails. Danach widmete er sich jenen Mails, die ihm immer wieder neue Inspirationen lieferten: Er sinnierte über den Fotos von Kornkreisen und freute sich ab den Illustrationen, die ein ziemlich begabter Künstler während einer Channeling-Session mit Ilubrönk aus dem Sternbild der Jungfrau zu Papier gebracht hatte. Sie zeigten unter anderem Mitglieder der interplanetaren Lightmaiden-Elitetruppe, deren Zivilisation so fortgeschritten ist, dass ihre Kleidung für jede noch so exotische Klimazone tauglich ist – trotz des minimalistischen Einsatzes jeglicher Materialien. Sebastian, der nicht nur ein Flair für Science Fiction, sondern auch für Comics hatte, druckte die Illustrationen aus und fragte sich derweil, ob der Künstler diese Illustrationen wirklich gechannelt hatte, oder ob er sich lediglich den Esotherikermarkt erschliessen wollte – so oder so, der Kerl hatte Talent, und Plunkert pinnte die Bilder an seine Pinnwand, die noch immer langweilig leer war, obwohl er nun schon über zwei Monate hier wohnte.

Er wandte sich weiteren Mails zu, und stiess auf ein PDF mit Symbolen, die ihn stutzig machten. Er kannte zumindest eines der Symbole, hatte es vor kurzem noch eingehend betrachtet, aber nun kam er gerade nicht dahinter, in welchen Kontext die Erinnerung eingebettet war. Er scrollte das Dokument nach unten, und fand dieselben Symbole in Stein graviert. Plunkert las das Mail, dem das PDF angehängt gewesen war. Ein gewisser Random Nahme – der Name sagte ihm überhaupt nichts –

war während seiner Ferien in Irland auf Felswände gestossen, die Gravuren aufwiesen, die sich mit denen im Necronomicon deckten. Sebastian druckte das PDF aus, stand auf, ging zu einem seiner Bücherregale, und zog den Schemel heran. Es hatte keinen Sinn, alle achtzehn Bücher, die den Titel „Necronomicon" trugen, zum Schreibtisch zu schleppen. Also zog er das erste Necronomicon hervor, und begann es gründlich durchzublättern. Die Symbole hatten einen komplett andern Stil.
Er schob das Buch wieder ins Regal und nahm sich nach und nach ein Necronomicon nach dem andern vor, bis er tatsächlich auf die Symbole aus dem PDF stiess.
Es war das Exemplar des Boheimer Verlags, eine ziemlich moderne Version. Sebastian sah seinen ersten Verdacht bestätigt, wonach vermutlich ein paar irische Teenager die Zeichen erst vor kurzer Zeit in den Stein gekratzt hatten. Aber Gravuren in Stein waren schwer zu datieren, man konnte also nicht ausschliessen, dass diese Symbole schon seit Jahrhunderten auf das Meer hinaus blickten, wie Augen in dem Felsen, die das Meer bewachten. In diesem Fall hatten die Schöpfer jenes Necronomicons, das Jahrhunderte später im Boheimer-Verlag verlegt worden war, natürlich Kunde von den irischen Gravuren gehabt. Oder waren sogar selbst dafür verantwortlich gewesen. Plunkert hatte sich einmal kurz mit einer Mitarbeiterin des Verlags unterhalten, als er sie hinter ihrem Stand am Wave-Gotik-Treffen in Leipzig angetroffen hatte, eine Frau ganz in Schwarz hinter einer Auslage okkulter Literatur. Sie hatte seine provokante These, wonach das Necronomicon eine Erfindung von H.P. Lovecraft war, beleidigt zurück gewiesen und ihm empört erklärt, dass sie selber sogar Teile des Voynich-Manuskripts übersetzt hätte. Plunkert hatte nicht gewusst, ob die Frau die

Wahrheit sprach, aber er war sofort bereit zu glauben, dass sie eine Hexe war. Völlig eingeschüchtert hatte er sich für die Information bedankt und aufs Geratewohl zusätzlich noch drei Bücher gekauft – einfach, um die schwarze Hexe gnädig zu stimmen.

Jedenfalls war ihm die Sache zu fantastisch. Cthulhu, Nyarlatotep und Shub-Niggurath waren sicherlich beeindruckende Aliens, und Lovecrafts Lebenswerk ein Meilenstein in der Horrorliteratur, aber Plunkert hatte keine Lust, ein Buch über die Grossen Alten zu schreiben. Egal ob Cthulhu ein ausserirdisches Monster oder Lovecrafts persönliche Vision des biblischen Leviathans war, das Thema war drückend. Düster. Cthulhu brachte Tod und Terror und Wahnsinn.

Sebastian mochte lieber nette Aliens.

Und just in dem Moment, in dem er das Buch zuklappte, um es ins Regal zu stellen, fiel ihm ein, wo er das Symbol zuvor schon einmal gesehen hatte. Er zog eines der Necronomica, das er zuvor durchsucht hatte, wieder aus dem Regal. Unter seinem Daumen glitten die Seiten hindurch und blätterten schnell auf, um endlich die Grafiken mit den Symbolen preis zu geben. Den Zeigefinger als Buchzeichen zwischen den Seiten verliess er den Raum und ging zur Gaderobe. An dem Kleiderständer hingen seine Jacken. Er erinnerte sich kurz, bei Bepones Beerdigung jene aus hellem Leder getragen zu haben, griff in die Jackentaschen und begann zu suchen. Zwischen Fusseln und Münzen spürte er den Pin, den ihm der Mann, der an Bepones Beerdigung so ausgerastet war, gegen die Brust gedrückt hatte.

An seinem Arbeitsplatz verglich er die Kritzeleien unter dem Plexiglas des Pindeckels mit den Symbolen im Necronomicon. Sie stimmten überein. Sebastian stiess

ein vergnügtes Glucksen aus. Es handelte sich tatsächlich um einen Fluch.
*Jemand hat mich verflucht,* dachte er und grinste fröhlich in den leeren Raum hinein. Er war abergläubisch genug, um sich keine Sorgen zu machen – immerhin hatte er mehr als einen Gegenzauber auf seine Wohnung gelegt, als er hier eingezogen war. Zudem freute er sich jedesmal, wenn er einen Gleichgesinnten traf, selbst wenn es ein cholerischer Schwarzmagier war. Vermutlich hatte der Mann schon einmal ein Buch von ihm gelesen, wahrscheinlich sogar gekauft. Der Gedanke erheiterte ihn noch mehr.
Sebastian Plunkert heftete den Pin an seine Pinnwand und besah ihn sich dort. Er machte sich gut neben der Lightmaiden-Truppe. Einem Impuls folgend, den er einem mit Esoterik vollgesogenen Unterbewusstsein zu verdanken hatte, griff er sich einen Post-It Block, zeichnete einen Kreis darauf und klebte den gelben Zettel an die Pinnwand. Er klaubte den Pin des Schwarzmagiers aus dem Kork und drückte ihn in die Mitte des Kreises. Sicher war sicher, und ein Schutzkreis auf einem Post-It ist genauso gut wie einer aus Einhornblut auf Marmor. Er begutachtete sein Werk, und weil ihn immer noch der Schalk trieb, zeichnete er unter dem Plexiglas einen Bogen und links und rechts darüber zwei Cartoon-Augen. Der Pin des Schwarzmagiers war jetzt die Nase eines Smileys, das ziemlich albern in sein Wohnzimmer blickte. Zufrieden mit sich und der Welt ging Sebastian in die Küche, um sich Kaffee zu kochen.

## 13. Es klang nach einem Good Guy

Isabella Glitter hatte dem guten Herrn Grotz einen Besichtigungstermin auf 20.00 am kommenden Dienstag angeboten und war angenehm überrascht, als es Punkt acht klingelte. Demian hatte also schon vor seinem ersten Auftritt einen guten Eindruck gemacht, und ohne diesen hätte sich Isabella vielleicht nicht so schnell auf Grotz als neuen Mitbewohner eingelassen. Demian war ihr nämlich auf den ersten Blick absolut unsympathisch. Die Augen standen zu eng beieinander und bildeten ein fieses V, und er wirkte teigig, aufgedunsen.

Isabellas erster Gedanke war: *Er kann ja nichts dafür, dass er wie ein Arschloch aussieht.* Unmittelbar gefolgt von: *Es liegt an der Frisur. Die ist scheisse. Schau sich einer diesen Topfschnitt an, und das mit so feinem blondem Haar. Wenn er einzieht, schlag ich ihm einen neuen Kurzhaarschnitt vor – oder vielleicht eine Gelfrisur. Ja, da wäre er der Typ dafür.* Sie lächelte, und Demian Grotz lächelte zurück. Sein Lächeln machte sein Arschloch-Gesicht nicht besser, aber Isabella ermahnte sich erneut, dass er da nichts dafür konnte. Sie und Ana konnten schliesslich auch nichts dafür, dass sie wie Beauty-Queens aussahen.

„Guten Tag", sagte Isabella, „Herr Grotz?"

„Ja", sagte Demian so schwul er nur konnte, und streckte in einer gezierten Geste die Hand aus. „Frau Glitter? Sehr erfreut. Guten Abend." Er sah in Isabella das leise Einrasten einer Erkenntnis und wusste, dass sie ihm den Homosexuellen abnahm. Die Masquerade hatte ihren Grund: Er unterstellte der schönen Isabella, dass sie einerseits davon ausging, dass ein männlicher Mitbewohner sie begehrenswert fand, und andererseits als Friseuse einem Schwulen grundsätzlich mal aufgeschlossen gegenüber stand. Demians Vorurteile trafen in diesem Fall voll zu: Isabella fand die Vorstellung eines Mitbewohners, dessen Avancen sie nicht erwidern wollte, alles andere als prickelnd. Und in der Tat hatte sie nichts gegen Schwule – aber das lag weniger an ihrem Beruf, sondern mehr an ihrem Charakter.

Herr Grotz und Frau Glitter begannen ein wenig Smalltalk und boten sich schon kurz darauf das Du an. Isabella zeigte Demian die Wohnung und beendete den Rundgang in dem Zimmer, das er beziehen wollte.
„Sorry für die ganzen Kisten", sagte sie, nachdem sie die Tür aufgestossen hatte, „mein vorheriger Mitbewohner ist irgendwie spurlos verschwunden, und ich bin noch nicht ganz damit durch, seinen Kram einzupacken."
„Spurlos verschwunden?", hakte Demian nach, und er musste die Aufregung in der Stimme nicht spielen.
„Ja", sagte Isabella, „ich sah ihn das letzte Mal an einem Freitag Abend. Er sagte, er würde an ein Konzert gehen, und seit dem hab ich nichts mehr von ihm gehört. Seine Freunde wissen auch nichts."
„Wahnsinn!", sagte Demian.
„Ja", fuhr Isabella fort, „vor einem Monat habe ich eine Vermisstenanzeige aufgegeben… aber die Bullen meinten, ich solle mir keine Sorgen machen, von wegen Kurt habe ja Verwandte in Deutschland und Frankreich. Trotzdem find ich's schräg, dass er abhaut, ohne jemandem was zu sagen."
„Vielleicht ist ihm ja etwas zugestossen?" meinte Demian.
„Das hätte man doch auch gehört. Da wäre ja schlimmstenfalls seine Leiche aufgetaucht."
„Naja, wenn der Mörder die Leiche verschwinden lässt?", tat Demian, als würde er spekulieren. „Sie zum Beispiel

in den Rhein schmeisst, mit Steinen beschwert."
„Ja", sagte Isabella, „hab ich natürlich auch schon gedacht... aber warum sollte man Kurt sowas antun? Der ist zu langweilig, um ernsthaft Feinde zu haben."
„Zur falschen Zeit am falschen Ort?"
„Glaub ich nicht", steuerte Isabella das Ende des Gesprächs an, „der taucht irgendwann wieder hier auf und beschwert sich, weil ich das Zimmer weiter vermietet habe. Aber da kann er lange motzen. Im Mietvertrag steht ausdrücklich, dass ich jeden", und damit sah sie Demian scharf an, „innert zwei Wochen raus schmeissen kann, wenn er seine Miete nicht zahlt."
Demian Grotz lächelte milde und zückte seine Geldbörse.
„So hab ich das jetzt nicht gemeint", rief Isabella, halb lachend, halb erschrocken.
„Ich weiss. Aber ich möchte dieses Zimmer mieten. Und ich bin es leid, ständig nach Alternativen zu suchen, bis ich meine neue Wohnung beziehen kann. Ausserdem finde ich diese Wohnung sehr schön und dich, mein wertes Fräulein Isabella, sehr sympathisch." Er begleitete die letzten Worte mit einer affektierten Handbewegung, und Isabella musste schmunzeln. „Also", fuhr Demian in immer noch leicht überdrehtem Ton fort, „zahle ich gleich mal einen Mietanteil. Sind 500 O.K.? Ich habe jetzt gerade nicht mehr in Bar dabei. Ich geb' dir noch meine Visitenkarte, für alle Fälle. Wenn es für dich in Ordnung ist, ziehe ich morgen ein – ich habe das Hotel wirklich satt, ich kann da nicht in Ruhe arbeiten. Ausserdem ist es toll, dass dieses Zimmer hier schon möbliert ist – ich hab ja nichts mehr, wegen des Brandes." Er setzte seinen Dackelblick auf, der trotz seiner einsneunzig erstaunlich gut funktionierte. Isabella nickte mitfühlend. „Die Kisten

deines ehemaligen Mitbewohners stören nicht, ich kann sie in einer Ecke stapeln. Ich hab ja nur einen Koffer mit Kleidern und ein Notebook." Während dieses Monologs hatte er fünf Hunderternoten aus seinem Portemonnaie gezogen und sie Isabella in die Hand gedrückt. Diese fühlte sich etwas überrumpelt, aber hey, sie hatte fünfhundert Franken in der Hand und einen freundlichen Kerl vor sich, wer sagt da schon nein?

„Ähm. Ja. Danke," meinte sie, immer noch etwas perplex. „Ach je, ich hab ja noch gar keinen Mietvertrag ausgedruckt."

„Ach, den können wir auch noch morgen Abend unterschreiben," sagte Demian jovial, „bist du morgen früh zu Hause? Oder hast du bereits einen Schlüssel?"

„Ja, natürlich", sagte Isabella reflexartig. Kurts Schlüssel war mit ihm verschwunden, aber sie hatte noch zwei Ersatzschlüssel.

„Gut", juchzte Demian und strahlte sie an. Automatisch erwiderte Isabella das Lächeln. „Ich hol dir einen Schlüssel. Ich hab morgen Frühschicht, komme so am späten Nachmittag nach Hause."

Kurze Zeit später hatte Demian endlich, endlich den Zugang zum Haus in der Hand. „Der da ist für die Haustür", sagte Isabella, „und der hier für die Wohnung." Sie drückte ihm die beiden Schlüssel in die Hand. Demian nahm sie an sich und gab Isabella im Gegenzug seine Visitenkarte. Er hatte sich diese Kärtchen extra für diesen Auftritt hier anfertigen lassen. Nun freute er sich an dem Anblick, als Isabella las: „Demian Grotz. IT-Sicherheit – Safety – Analytics-Solutions". Isabella hatte wenig Ahnung von IT. Aber IT-Sicherheit klang gut. Es klang – nun ja – nach Sicherheit. Nach einem, der für die Good Guys arbeitete. Es machte Demian sympathisch und seriös. Und ausserdem war Isabella jetzt um 500 Franken reicher. Das alles machte es einfach, das Gefühl, überrumpelt worden zu sein, zu ignorieren.

„Ja dann", meinte sie langsam, „soll ich dir noch was zeigen?"

„Ich komm schon klar", meinte Demian, „es ist ja auch schon kurz vor neun, und ich gehe gern früh zu Bett. Wenn sich morgen ein Problem ergeben sollte, kann ich dich ja immer noch anrufen."

„Natürlich, natürlich", sagte Isabella, „meine Nummer hast du ja. Ich werde heute Abend noch ein paar von Kurts Sachen verräumen."

Demian entgegnete, das sei doch nicht nötig, und so dümpelte das Gespräch wieder in die seichten Gewässer des Smalltalks hinein. Gegen halb zehn verabschiedete sich Demian schliesslich. Isabella schloss die Tür hinter ihm ab – die Tür sprang gerne auf, wenn man sie nicht abschloss, seit Isabella auf Plunkerts Bitte hin die Gummistopper angebracht hatte. Dann setzte sie sich vor den Fernseher. Irgend eine Unterabteilung von CSI suchte gerade nach einem Bösewicht, unterbrochen von gutaussehenden Menschen, die Produkte anpriesen. Isabella schaute nur halbherzig zu. Sie dachte an Demian, der faszinierend und abstossend zugleich wirkte. Schliesslich schob sie die Gedanken beiseite, kramte den neu gekauften, azurblauen Nagellack aus ihrer Handtasche und begann, sich die Zehennägel zu lackieren.

Demian Grotz war inzwischen zu Hause. Da er gute Laune hatte, widmete er Sophia etwas Aufmerksamkeit, was summa summarum eher eine Verschwendung seiner Energie darstellte. Sophia brabbelte zusammenhanglos etwas über die welkenden Pflanzen im Garten und er-

zählte, eine Zimmerpflanze habe möglicherweise Läuse. Demian schaltete während ihres Monologs den Fernseher an und schaute sich halbherzig die Bilder aus Afrika an, wo die Ebola-Epidemie ihren unaufhaltsam wirkenden Vernichtungszug fortführte. Sophia setzte sich neben ihn und redete ununterbrochen weiter. „Vielleicht hat der Ficus ja auch Milben. Ich kenn mich da nicht so gut aus… Lisa hatte doch Milben. An ihren Rosen. Aber Rosen sind da glaub auch anfälliger. Oh mein Gott, Lisas Rosen sind soo schön. Im Sommer, wenn sie blühen. Aber anfällig sind sie. Ich glaube, Lisa hatte Spinnmilben. Oder warens doch Blattläuse? Ich könnte Lisa fragen, was sie gemacht hat, um die Schädlinge los zu werden. Was willst du zum Nachtessen?"
Demian, der von Anfang an nicht zugehört hatte, nahm auch diese Frage nicht wahr. Sophia redete weiter: „Es hat noch Gulasch von Gestern, ich habs extra aufgehoben, wenn du's nicht willst, frier' ich's ein. Oder willst du Steak? Bratwürste hat's auch noch, die sollte man langsam machen…"
Demian schaute Nachrichten.
„Demian? Hörst du mir zu?"
„Ja, ja", sagte Demian reflexartig, genervt versuchend, das Gerede seiner Frau zugunsten der Newssendung auszublenden.
„Und?" fragte Sophia drängend.
„Ich sagte doch: ja", zischte er.
„Ja was?" hakte Sophia nach, und Demian explodierte: „Sag mal, was ist eigentlich dein Problem? Ich wollte mich nett mit dir unterhalten, und du textest mich mit diesem vagen Scheiss zu!" Sophia klappte der Mund auf.
„Ich wollte doch nur fragen, was du essen möchtest."
„Ich hab schon gegessen."

„Du schleichst dich kommentarlos aus dem Haus, kommst nach zwei Stunden wieder und sagst mir, du hättest schon gegessen?"

„Ich bin eine dumme, verjunkte Schlampe und stelle offensichtliche Fragen?" äffte Demian.

„Na schön", meinte Sophia eingeschnappt, „ich bestell mir was beim Smiling Fish."

„Mit meinem Geld? Hättest du wohl gern. Du gehst gefälligst ohne Abendessen ins Bett."

Sophia sprang auf. „Wie redest du eigentlich mit mi-" weiter kam sie nicht, denn Demian war ebenfalls hoch geschnellt und hatte seine Hand in ihr Haar gekrallt. Er riss Sophias Kopf nach vorn, wodurch sie auf ihn stürzte. Demian fing ihre Bewegung mit einem Faustschlag auf. Er hatte mit links zugeschlagen, und da er Rechtshänder war, war der Schlag verhältnismässig lau. Nichts desto trotz ging Sophia zu Boden und stiess im Fallen Demians Bierflasche um. Schaumige Flüssigkeit spritzte, auf den Tisch, den Boden, auf Demians Hose. Es reichte, um ihn vollends ausrasten zu lassen. Er trat gegen Sophia, die sich darauf hin zusammen krümmte. Demian schnellte zu ihr hinunter, packte ihre Schulter und riss sie herum, so dass sie auf dem Rücken lag. Er verpasste ihr eine Ohrfeige und nutzte den Schwung des Schlags, um ihr mit dem Handrücken gleich noch mal eine zu scheuern. Sophia lag wie eine Leiche unter ihm, die Augen blicklos nach oben gerichtet.

*Es ist alles so still,* dachte sie, *so lautlos. Man müsste meinen, eine Schlägerei würde viel mehr Lärm machen. Aber kein Mucks ist zu hören – ja gut, ist ja auch schon bald 22.00, da darf man nicht mehr lärmen. Was für gute Schweizer Bürger wir doch sind. Prügeln uns sogar leise, wenn Nachtruhe herrscht.* Der Gedanke liess ihre Mundwinkel

zucken.
*Grober Fehler,* konstatierte ihr Gehirn lakonisch, während Demian zischte: „Du lachst? Du liegst hier herum und lachst, du dumme Nuss? Findest mich lustig, was?" Seine Faust krachte gegen ihr Gesicht. Sophia wurde zwar nicht gerade ohnmächtig, aber sie öffnete die Augen nach dem Schlag nicht mehr. Ebenso blieb sie bewegungslos. Nichts ausser ihrem Atem schien noch zu existieren, süsse Luft, kalt und klar, unkompliziert, schmerzlos.
Sophia atmete. Kein Fühlen, und auch kein bewusstes Denken. Es war, als würde man mit unhörbar leisen Gedanken all jene Stellen umschiffen, die gerade wie verletzte Tiere schrien, bis man in die sicheren, tiefen Gewässer kam, in denen es gar nichts mehr gab. Auch keine Gewissheiten. Es war wie eine Trance, die nur noch aus süssem, klarem Atem bestand.
Irgendwann wurde ihr bewusst, wie sich Demian neben ihr bewegte. Offenbar hatte er sich wieder auf das Sofa gesetzt. Als sie hörte, wie er durch die Programme zappte, hielt sie die Situation für sicher genug, um die Augen zu öffnen. Sie drehte den Kopf.
„Geht es dir besser, Schatz?", fragte er, und seine Stimme klang besorgt.
Sophia atmete tief ein, noch nicht sicher, was und ob überhaupt sie etwas sagen sollte, doch Demian kam ihr ohnehin zuvor: „Du solltest vielleicht doch wieder zu Doktor Klingfurt – Klangfurt – wie hiess die Therapeutin noch mal? Jedenfalls, deine Aussetzer werden wieder schlimmer. Du bist vorhin mit dem Kopf auf den Couchtisch geknallt, als du auf mich losgegangen bist. Du warst sicher fünf Minuten lang weg getreten. Ich hab mir Sorgen gemacht."

*Ja klar*, sagte die lakonische Stimme in Sophias Gedanken, auf die Sophia nie hörte, weil sie ihr verrücktes Zeug wie Mordpläne oder das Einreichen der Scheidung einflüsterte, *und darum hockst du hier, trinkst Bier und drehst mich nicht mal in eine stabile Seitenlage?*
„Was?", stöhnte Sophia undeutlich und setzte sich auf, aber Demian drosch weiter: „Du bist völlig ausgetickt, Liebes. Du hast mich angeschrien, weil ich gefragt habe, ob's noch Gulasch von gestern hat."
„Ja, ja", sagte Sophia verwirrt, „es hat noch Gulasch im Kühlschrank."
„Siehst du", meinte Demian und legte einen Arm um sie, „ist doch gar kein Grund zum Streiten."
Bilder tanzten durch Sophias Geist. Szenen, wie Demian auf sie los ging und sie wegen des Essens anschrie, überlagert von Szenen, in denen sie nach Demian schlug und ihn wegen des Gulasches ankreischte. Das Gulasch war die einzige sichere Komponente in dem Durcheinander.
„Was ist passiert?", fragte sie noch einmal. Alles drehte sich.
„Schatz," meinte Demian behutsam, „dir geht's nicht gut. Leg dich aufs Sofa. Ich mach dir Tee."
Demian hievte seine Frau halb aufs Sofa, dann ging er in die Küche. Sophia lag benommen da und stierte teilnahmslos auf die Mattscheibe. Irgend ein Krimi. Der Polizist und der Verbrecher, die vor der Kulisse eines Opernhauses so taten, als ob sie nur wegen der Musik hier wären. Sophia hörte fast nur die Hintergrundmusik. Wagners Vertonung des Ehestreits zwischen Wotan und Fricka überlagerte alles, verdrängte ihre Gedanken. Sophia wollte weinen und konnte nicht und fragte sich, warum eigentlich.
*Was ist nur los mit mir? Ich habe einen Mann, der mich*

*trotz meiner Ausbrüche noch nicht verlassen hat, ein schönes Haus, ein beachtliches Vermögen, nette Freunde. Und seht mich an, hier liege ich und bin angepisst, weil ich nicht heule. Ohne jeden Grund. Ich sollte wirklich wieder einen Termin bei Doktor Klengfort machen. Demian hat recht. Er hat doch eigentlich immer Recht. Ich bin einfach nur kaputt und verwirrt.*

Sie setzte sich auf, just in dem Moment, als Demian mit dem Tee zurück kam.

„Danke", sagte Sophia und nahm Tasse und Untertasse entgegen, „tut mir leid."

„Muss es nicht", meinte Demian.

*Arschloch*, sagte die Stimme in Sophias Gedanken, auf die sie nie hörte. Demian setzte sich neben Sophia und legte ihr den Arm um die Schultern. Sophia nippte an dem Tee und zog die Augenbrauen hoch.

„Mit Schuss?"

„Natürlich."

„Gut."

Einzig die Temperatur des Tees sorgte dafür, dass sie ihn nicht gleich die Kehle hinunter stürzte.


Am nächsten Morgen packte Demian einen Koffer. Er achtete darauf, den neuesten Koffer und ebenso neue Kleider zu wählen, um dem Bild des Mannes, dessen Haus vor kurzem abgebrannt war, gerecht zu werden. Der arme Demian Grotz, mit nichts als seinem Leben davon gekommen, hatte sich mittlerweile gerade mal einen Koffer und Kleider zum Wechseln gekauft. Während des Packens betrat Sophia den Raum. Sie hatte sich das Veilchen überschminkt, wirkte aber dennoch unnatürlich ruhig, geradezu apathisch.

„Du gehst?", fragte sie. Es klang nicht wirklich bedauernd.
„Geschäftsreise", sagte Demian aufgekratzt, "hab gestern Nacht noch eine Mail gekriegt. Ich bin vermutlich eine Woche weg."
„Eine Woche?", fragte Sophia irritiert.
„Jep", meinte Demian vergnügt, „das Meeting beginnt übermorgen in Washington, und ich möchte den Haien der Wallstreet nicht mit einem Jetlag gegenüber sitzen – das verstehst du sicher." Er küsste Sophia inbrünstig und unterdrückte ein Lächeln, als er fühlte, wie sie sich unter ihm sperrte. Halbherzig sperrte. Die Lippen weit genug geöffnet, um seine Zunge eindringen zu lassen, aber ihre eigene Zunge zurückgezogen und hart, als fürchte sie, er könne durch ihre Kehle noch weiter in ihren Körper eindringen – was er schon längst getan hatte, und das bei weitem nicht nur sexuell. Sophia mochte weinen und fluchen, zweifeln und zögern, aber letzten Endes tat sie, was er wollte. Meistens musste er sie dazu nicht einmal schlagen. Er fühlte ihre verkrampften Muskeln unter seinen Händen, als er seine Finger ihrer Wirbelsäule entlang gleiten liess, und löste seine Lippen von den ihren. Nur, um ihr ein wohlplatziertes Schmätzchen auf die Wange zu setzen, just dort, wo unter einer dicken Schicht Camouflage ihr Veilchen prangte.
„Ich muss los", meinte er rau, als müsse er sich zusammen reissen, um sie nicht aufs Bett zu werfen und ihr die Kleider vom Leib zu reissen. „Mein Flug geht in zwei Stunden."
„Okay", sagte Sophia. Sie wirkte immer noch, als würde sie neben sich stehen.
„Ich liebe dich", sagte Demian. Es klang absolut glaubhaft.
„Ich dich auch", sagte Sophia und schämte sich, weil ihre

Stimme so leidenschaftslos klang. Demian küsste sie noch einmal, griff sich seinen Koffer und meinte zum Abschied: „Mach dir eine schöne Woche."
„Ja", sagte Sophia und setzte sich aufs Bett, „mach ich."
Sie blickte Demian nach, wie er den Raum verliess. Sie konnte kaum denken. Der Streit gestern Abend hatte sie so aufgeregt, dass sie immer noch wie benommen war – und die anschliessenden zig Tee mit Rum hatten auch nicht geholfen, Sophia einen klaren Kopf zu verschaffen. Sie sass auf dem Bett, ohne zu denken, ohne zu fühlen. Erst als sie hörte, wie Demian die Haustür hinter sich schloss, fragte die lakonische Stimme, auf die sie nie hörte: *ist die Wallstreet nicht in New York?*

Während Sophia auf den „Off-Knopf" ihrer Gedanken hämmerte, bis nichts mehr ausser bunten Blümchen in ihrem Geist war, setzte Demian seine Pläne in die Tat um: Er zog bei Isabella ein. Wie die junge Frau angekündigt hatte, war sie auf Arbeit. Demian hängte seine Jacke an den Haken in der Garderobe, stellte sein Necessaire gut sichtbar zwischen der Hundertschaft von Isabellas Kosmetikprodukten auf und liess den Koffer demonstrativ aufgeklappt auf seinem Bett liegen. Damit schien ihm der ersten Reviermarkierung Genüge getan. Er platzierte das Notebook auf dem kleinen Schreibtisch, klappte es auf und begann zu arbeiten.
Als Isabella nach Hause kam, fand sie ihren neuen Mitbewohner wie angekündigt in der Wohnung. Er hatte sein weniges Hab und Gut ordentlich dort hin getan, wo es hin gehörte (nicht wie Kurt), sagte freundlich und kurz Hallo (nicht wie Kurt) und kehrte dann in sein Zimmer zurück, um, wie er sagte, noch ein wenig zu arbeiten. Isabella stellte mehr als einmal fest, dass sie keinen Pieps aus

seinem Zimmer hörte – weder Musik noch laute Telefonate noch die martialischen Hintergrundgeräusche eines Games. *Was für ein Glücksgriff*, sagte sie zu sich selber.
Wie sehr sie sich irrte.

Jeremy Meier und Saju Chottopadhyay-Mchedlishvili spielten im Garten Fussball. Das Tor waren die verschlossenen Läden des Fensters der Waschküche, und Regeln gab es nur eine: man musste den Ball ins Tor kicken, bevor es der andere tat.
Jeremy war um Längen besser, weswegen es Saju mehr und mehr anschiss. In der Hoffnung, gleich im Garten eine Alternative zu finden, schaute er sich um – und fand seinen Blick erwidert. Aus dem Fenster im Parterre, wo die Glitter-Zwillinge wohnten, schaute ein Mann in den Garten.
„Was ist?", fragte Jeremy und trat auf den Ball, so dass er hoch spickte und in den Händen des Jungen landete.
„Der Kerl da beobachtet uns."
Jeremy trat neben Saju und folgte seinem Blick.
Durch die Scheibe des Fensters im Hochparterre sah er undeutlich, wie das Licht eines PCs auf Mobiliar und die Zimmerdecke fiel.
„Ich seh nichts."
„Er hat den Kopf weg gezogen. Vorhin hat er raus geschaut."
Jeremy zuckte die Achseln. „Vielleicht ist er pädophil", sagte er mit der Gleichgültigkeit eines Jungen, den das Fernsehen von klein auf an ein Weltbild gewöhnt hatte, wo Triebtäterschaft allgegenwärtig und dank kompetenter Polizeiarbeit auch nicht wahnsinnig gefährlich ist.
Der Junge prellte den Fussball zwei Mal und kickte dann

dagegen, so dass er gegen die Scheibe knallte.
Demian Grotz blieb fast das Herz stehen. Er fuhr herum und sah die beiden Jungs zu ihm hinüber schauen und lachen. Als sie ihn sahen, winkte der Dunkelhäutige.
Rotzgören. Kleine, dreckige beschissene Rotzgören.
Er machte sich eine Notiz in dem Dokument, das er zu eben jenem Zweck eröffnet hatte:
16.23: Zwei Kinder (m, ca. 10 Jahre alt) im Garten. Haben mich gesehen. Fussball gegen Scheibe. Dann öffnete er Facebook und suchte erneut nach den Mitgliedern der Familie Chottopadhyay-Mchedlishvili. Der dunkelhäutige Junge war ziemlich sicher Saju, der älteste Sohn, der Bengel an seiner Seite vermutlich ein Schulfreund.
Der Ball knallte wieder gegen die Scheibe.
Demian sog die Luft zwischen zusammengepressten Zähnen ein.

Beim nächsten Mal war Saju schneller. Er fing den Ball ab, noch ehe Jeremy ihn erneut kicken konnte und trat seinerseits dagegen. Der Fussball prallte ein drittes Mal gegen die Scheibe.
„Tooor!" röhrte Jeremy.
„Saju! Jeremy! Gcht's noch?" Diese Stimme konnte nur einer Mutter gehören. Die beiden Jungs wirbelten herum und sahen Sabi Chottopadhyay-Mchedlishvili auf dem Gartenweg stehen, eine Hand auf dem Griff des Buggys, die andere empört in die Seite gestemmt.
„Wollt ihr eine Scheibe einschlagen? Saju, wenn's Scherbengibt, bezahlst du das – du wirst ein Jahr lang kein Taschengeld kriegen!"
Beide Jungs senkten den Blick.
„Ich muss zur Post", sagte sie, „und wehe, ich sehe noch mal so was. Ihr spielt gefälligst normal Fussball!"

Aus dem Fenster beobachtete Demian eine Szene, die er zuerst nicht ganz verstand. Die Jungs hatten aufgehört, den Ball gegen seine Scheibe zu kicken, und standen nun still. Sie hatten sich vom Haus abgewandt und etwas ausserhalb seines Sichtfeldes angeblickt, nun liessen sie Köpfe und Schultern hängen.

Wie ein Krokodil im Wasser glitt Demian von seinem Arbeitsplatz am Fenster zur Tür und auf den Gang hinaus, ging geräuschlos – und verdammt schnell – ins Wohnzimmer und blickte dort zum Fenster hinaus.

Er sah eine dunkelhäutige Frau mit einem Baby in einem Buggy, die offenbar gerade einen empörten Vortrag hielt. Vermutlich die Mutter des Jungen, die ihren Bengel zusammen stauchte. *Recht so, und jetzt scheuer' ihm eine!* Er beobachtete, wie sie sich schliesslich abwandte, den Buggy vor sich her schob und das Gartentor ansteuerte. Zu seiner Enttäuschung kamen die beiden Jungs mit einer Standpauke davon. Als sie draussen auf der Strasse war, machte er sich daran, in sein Zimmer zurück zu kehren, um „16.29. Mutter im Garten. Verlässt Grundstück." zu notieren.

Hätte er noch etwas länger in den Garten gestarrt, dann wäre ihm als nächstes Aurora Holunder, die „Hippietante", aufgefallen.

Dafür beobachtete jemand anderes, wie Aurora mit Warg Gassi ging. Frieda Chämmerli stand am Fenster und konstatierte grimmig, wie der riesige Hund an den Beeten schnupperte und bei einer der niedrigen steinernen Säulen, die das Gartentor rahmten, das Bein hob.

„Schon wieder!", murmelte sie zornig in sich hinein. Sie ging in den kleinsten Raum ihrer Wohnung, wo sie ein Büro eingerichtet hatte. Ihre Enkel hatten ihr einen Computer geschenkt, aber Frieda setzte sich dennoch an die alte Schreibmaschine. Sie setzte einen Brief auf. Gleich darauf würde sie ihn kopieren, zur Post bringen, und beide Versionen eingeschrieben absenden.

Morgen wird ein Brief bei der Verwaltung eintreffen und die dortige Sachbearbeiterin langweilen. Der zweite wird bei Sebastian im Briefkasten landen und diesen in eine Zwickmühle versetzen. Einerseits freut er sich über jeden Grund, bei Aurora zu klingeln – aber wenn dieser Grund eine Beschwerde bezüglich eines Spritzers Hundeurin an einem Zaunpfahl ist, dann wird Flirten schwierig.

## 14. Fotografien und ihr Interpretationsspielraum

Demian Grotz erwachte mit Rückenschmerzen. Die Matratze war viel zu weich für seinen Geschmack. Verschlafen hörte er das Rauschen des Wassers, das jäh verstummte. Isabella hatte den Hahn der Dusche abgedreht und machte sich für den Arbeitstag zurecht. Fünf Minuten zum Anziehen, fünfzig für Frisur und MakeUp. Zwischendurch den zuschraubbaren Becher von Starbucks mit Kaffee füllen.
Ein letzter Kontrollblick in die bestens ausstaffierte Handtasche, in die Schuhe steigen, Jacke anziehen und den Becher zuschrauben.
Mit ihrem Kaffee in der Hand verliess Isabella die Wohnung, knallte die Tür hinter sich zu und schloss ab.
Demian stand auf und ging in die Küche, um sich Kaffee zu machen.

Kurz darauf wurde Sebastian Fidelius Plunkert von einem energischen Klingeln in seiner morgendlichen Routine gestört. Er begrüsste den Umstand, dass er seine Hose schon anhatte, warf sich in das T-Shirt, das zuoberst im Schrank gelegen hatte und ging hinunter ins Erdgeschoss. Dort sah er durch die Glasscheibe der Haustür eine Postbotin, wie sie die Briefe und Prospekte in die verschiedenen Briefkästen steckte.
Er öffnete die Tür.
„Herr Plunkert?" fragte die Frau und wartete seine Antwort nicht ab. „Ich habe hier einen Eingeschriebenen für sie."
Sebastian unterschrieb auf dem Signaturepad. Seine grundsätzlich markante Unterschrift wurde zu einem unleserlichen Muster aus kleinen Strichen, weil das

Gerät nicht alle Bewegungen zu erfassen schien – nicht zum ersten Mal stellte er die Tauglichkeit dieser Pads in Frage.
Während er die Treppe hinauf zurück in seine Wohnung ging, riss er den Brief auf, den Zeigefinger als Brieföffner benutzend. Es war eine Beschwerde. Sebastian wurde beim Lesen das Herz schwer. Offenbar musste er nun, nach Isabella Glitter, auch Aurora Holunder mit einer Lappalie konfrontieren. Frieda Chämmerli drohte damit, die Polizei zu verständigen, wenn Frau Holunder ihr Haustier nicht ordnungsgemäss halten könne.
Er fragte sich, ob er Blumen kaufen sollte, um nicht wie ein komplettes Arschloch vor ihr zu stehen.

Demian Grotz hatte beobachtet, wie Isabella zur Strasse und dann Richtung Bushaltestelle gestöckelt war. Vom Fenster aus sah er einen kleinen Streifen der Hauptstrasse, und dort auch kurz den Stadtbus, oder eher einen vagen Eindruck von rot und weiss, der schnell der Strasse entlang fuhr.
Da er vom Wohnzimmerfenster aus die Bushaltestelle nicht sehen konnte, wusste er nicht mit Gewissheit, ob Isabella tatsächlich den Bus genommen hatte. Also wartete er zur Sicherheit noch einmal zehn Minuten – keine Isabella mehr auf der Strasse. Dafür verliess Nikoloz Chottopadhyay-Mchedlishvili das Haus, ging durch den Garten und steuerte den Kiesplatz an. Demian machte sich eine Notiz auf dem Smartphone. Er beobachtete weiter, und sah im Laufe des Tages, wie der Rest der Familie Chottopadhyay-Mchedlishvili das Haus verliess. Es sah aus, als brächte die Mutter die Kinder zur Schule und erledigte mit dem Baby Besorgungen.
Die Hippietante sah er nicht, vermutlich hatte sie das

Haus verlassen, bevor er sich zum Spähen bereit gemacht hatte. Er lauerte weiter, stundenlang am Fenster und notierte sich die Uhrzeiten, wann die Leute kamen und gingen.
*Information ist Macht,* sagte er sich jedes Mal, wenn er sich zu langweilen begann.

Plunkert verliess am frühen Nachmittag das Haus, offenbar zum Einkaufen, denn er kam anderthalb Stunden später mit zwei Migros-Papiersäcken zurück. Der eine sah sehr voll aus, aus dem andern lugte die Spitze dekorierten Grünzeugs heraus.
Demian notierte sich „15.07: S.F.P. kommt mit Geschenk von Migros zurück" und lauerte weiter, bis er draussen im Flur dumpf das Klappern hoher Absätze hörte. Das Geräusch der Tür, die aufgeschlossen wurde, zwang ihn, sich schnell und lautlos in sein Zimmer zurück zu ziehen. Er setzte sich an sein Notebook und tat, als würde er seit Stunden arbeiten – einfach nur, falls Isabella es mitbekommen sollte.

Aurora Holunder kam von der Arbeit nach Hause, zog sich um und ging mit Warg Gassi. Sie wählte die kurze Route, weil sie hoffte, Sebastian auf seiner Joggingroute anzutreffen.
Leider schien sie ihn verpasst zu haben. Also dehnte sie die Route spontan aus und ging mit Warg einen neuen Weg.
Um halb Acht war sie zu Hause, hungrig nach dem langen Spaziergang. Kaum, dass sie die Tür hinter sich geschlossen hatte, begann Warg zu winseln, nach der ausgedehnten Route war er ebenso hungrig wie sie.
„Jaja", meinte sie müde zu dem Hund, „du kriegst ja

gleich was." Warg beobachtete ungeduldig, wie sie die Jacke an den Haken hängte und sich bückte, um die Schnürsenkel zu lösen.

Sie hatte gerade den ersten Schuh ausgezogen, als es klingelte. Sebastian stand vor der Tür, wie ein begossener Pudel. In der einen Hand hielt er einen Brief, in der andern eine Hortensie. Sie hatte zwei prächtige Blüten und einige verheissungsvolle Knospen, und steckte in einem irdenen Topf mit trendigem Ethno-Muster – alles umhüllt von glänzender, durchsichtiger Folie, gekrönt von gekräuselten Geschenkbändern.

Aurora unterdrückte gerade noch den Impuls, lachend zu fragen, was er denn ausgefressen habe.

„Hallo Aurora", begann Sebastian zögernd, „das ist mir jetzt wahnsinnig peinlich..." Er hielt ihr die Hortensie hin. „Wie gesagt, das ist sehr unangenehm, aber da ich der neue Besitzer dieser Liegenschaft bin, bin ich leider auch Ansprechpartner für Nachbarschafts-Streitereien. Heute habe ich diesen Brief bekommen. Frau Frieda Chämmerli beschwert sich offiziell darüber, dass dein Hund öffentlich uriniert."

Aurora starrte ihn einen Moment lang entgeistert an, dann lachte sie schallend los. Sebastian kam sich endgültig wie ein kompletter Idiot vor. Was hatte er sich nur dabei gedacht, ihr Blumen mitzubringen?

Aurora verstummte, als sie sein Gesicht sah. „Oh mein Gott, das ist dir ja ernst." Sie lachte wieder los, tat einen tiefen Atemzug und sah ihn ruhiger an, aber immer noch die pure Heiterkeit in den Augen. „Ich dachte erst, dass du mich veräppelst."

Sebastian musste ebenfalls lachen. „Zeig mal her, diese Beschwerde", sagte Aurora und nahm ihm statt der Hortensie den Brief aus der Hand. „Da steht tatsächlich

'öffentlich urinieren'!" rief sie begeistert.
Sebastian grinste, gleichzeitig verlegen und erleichtert.
„Eigentlich sollte Frieda mir Blumen bringen und sich entschuldigen, nicht du."
Sebastian streckte ihr die Pflanze hin. „Sie droht dir mit der Polizei, wenn du-"
„Wenn ich mein Haustier nicht sachgemäss halte", sagte Aurora mit Blick auf den Brief. „Mein Gott, da steht tatsächlich 'sachgemäss'. Die spinnt doch!"
Sie nahm ihm die Pflanze ab und gab ihm den Brief zurück. „Danke für die Hortensie."
Sebastian nickte.
*Der macht nie was von sich aus,* dachte Aurora.
„Willst du auf einen Tee rein kommen?" fragte sie.
Sebastian strahlte.
Aurora führte ihn ins Wohnzimmer, kaum dass er die Schuhe ausgezogen hatte. Erdfarben und Pflanzen dominierten den Raum, und Sebastian klopfte sich angesichts der Wahl seines Geschenks in Gedanken auf den Rücken.
„Setz dich, setz dich," meinte Aurora und fragte im selben Atemzug „was willst du für einen Tee? Ich hab' frische Pfefferminze aus dem Garten."
„Das ist toll", sagte Plunkert, der in diesem Moment auch zu saurer Milch ja gesagt hätte.
*Reiss dich zusammen und sei kein Idiot,* mahnte er sich in Gedanken. Aurora verliess den Raum mit dem Hinweis, dass sie nur schnell das Wasser aufsetzen müsse.
Sebastian sah sich um.
Aurora schien eine Weltenbummlerin zu sein. Auf einem Regalbrett hockte ein Buddha zwischen zwei afrikanisch anmutenden Figuren. Vor einer üppigen Topfpflanze sass geziert eine Bastet-Statue. Die Bilder an den Wänden zeigten Aurora in verschiedenen Teilen der Welt, sie

lächelte vor den Pyramiden, dem Taj Mahal und dem Eiffelturm in die Kamera. Ein Foto zeigte sie mit einer andern Frau, die sowohl eine Schwester wie auch eine Freundin sein konnte. Einen Mann sah er auf keinem der Fotos.

*Gut,* dachte er, doch dann glitt sein Blick zurück zu dem Bild, auf dem sie neben der andern Frau vor tropischer Palmenkulisse stand. *Vielleicht ist sie lesbisch.*

Aurora kam zurück. In den Händen hielt sie ein Tablett mit allem, was man für's Tee-Trinken braucht: Tassen, Löffel, Untertassen, Zucker, Zitronenscheiben.

Sebastian liess sich Tee einschenken und sprach Aurora auf das Foto an, auf dem sie mit der andern Frau zusammen war.

„Du warst in Thailand? Ich überlege, da in meinem nächsten Urlaub hin zu fliegen."

Aurora lächelte. „Nein," sagte sie, seinem Blick folgend, „aber ich war in der Karibik."

„Dürfen Hunde dort öffentlich urinieren?" fragte Sebastian todernst.

Aurora lachte wieder und setzte sich neben Sebastian aufs Sofa.

Dies war der Beginn eines vergnüglichen Abends.

Aber auch nicht mehr.


Am nächsten Morgen klingelte Demian Grotz' Wecker um 6.30. Er wachte auf und stellte befriedigt fest, dass er Isabella unter der Dusche hörte. Sie folgte offenbar dem zeitlichen Rhythmus, dessen Ticken er seit gestern hörte. Eine Stunde später verliess sie die Wohnung. Demian, der sich inzwischen angezogen hatte, schlich aus seinem Zimmer und beobachtete durchs Wohnzimmerfenster, wie Isabella Richtung Bushaltestelle stöckelte. Dann befand er die Luft für rein genug, seine Pläne in die Tat um zu setzen.

Er begann damit, Isabellas Zimmer zu durchsuchen. Nichts schien irgendwie auffällig. Er fand die Spuren einer jungen Friseuse, die ihr Leben im Griff hatte. Ihre Unterlagen offenbarten weder auffällige Zahlungen noch Unregelmässigkeiten im Lebenslauf. Ihr Betreibungsauszug – fein säuberlich eingeordnet und in denselben Zeitraum datiert, in dem sie auch den Mietvertrag für diese Wohnung unterschrieben hatte – war leer. Einen Strafregisterauszug fand er nicht, aber er schätzte, dass auch dieser unbefleckt war. Ebenso unauffällig wie der Bürobereich ihres Zimmers war ein Regal voller persönlicher Gegenstände: DVDs, einige wenige CDs, eine Schatulle, die ausrangierten Modeschmuck enthielt. Eine Handvoll Bücher, allesamt Biographien berühmter Musiker, einen Stapel Fashion-Magazine. Eine altmodische Dose, in die Isabella offenbar jeweils ihr Kleingeld schüttete, daneben eine kleine Porzellankasse, die wie eine Kartonschachtel geformt war, und auf der in weissen Lettern „Alles Gute zum 20. Geburtstag, du alte Schachtel" prangte. Demian öffnete die Kasse. Sie enthielt einen zusammengefalteten Fünf-Euro-Schein und einige Cent-Münzen. Er klappte sie wieder zu und nahm sich den Rest des Zimmers vor.

In den beiden Kleiderschränken fand er – neben einer absurden Anzahl von Schuhen – noch etwas Bargeld: Zwei Hunderternoten, die in einem flachen Kästchen unter dem dicksten Winterpullover lagen. Ein typisches kleines Notfallpaket für jemanden, der vielleicht mal mit dem Taxi eine längere Heimfahrt antrat und auf dem Parkplatz vor dem Haus plötzlich merkte, dass nicht mehr genügend Bargeld im Portemonnaie war.

Das einzig aufregende an Isabella, so schloss Demian nach dieser Inspektion, war offensichtlich ihr Körper. Er wollte den Raum schon verlassen, da fiel sein Blick auf eine Serie von Fotos, die neben der Tür mit Magneten an einem dünnen Stahlseil befestigt war. Die Fotos zeigten alle Isabella, häufig zusammen mit ihrer Schwester, manchmal auch mit Freunden. Aber auf einem Foto lächelten drei Frauen in die Kamera: Die schwarzhaarige Isabella, die ihr so ähnlich sehende, strohblonde Anabella, und eine dritte Frau, rothaarig, mit nahezu identischen Gesichtszügen.

*Drei,* dachte er verstört, *es gibt tatsächlich drei.* Er zückte sein Handy und fotografierte das Bild. Dazu tippte er hastig „Habe die Badb gefunden" und schickte die Nachricht ab.

Einige zig Kilometer entfernt gab unmittelbar darauf ein anderes Smartphone mit einem hellen Harfenakkord zu verstehen, dass es gerade eine Nachricht erhalten hatte. Der Besitzer des Handys sah sich die Message an und wunderte sich. Allerdings gehörte er nicht zu den Leuten, die einfach so zugaben, etwas nicht zu verstehen, also googelte er den Begriff "Badb" und überflog einen Artikel über keltische Mythologie. Die Badb waren offenbar so etwas wie ein weibliches Pendant zur heiligen Dreifaltigkeit. Da er nicht genau begriff, was ihm Grotz mit diesem Text sagen wollte, schrieb er lakonisch zurück: „Die Badb sind schon oft gefunden worden." Dann legte er das Gerät auf die polierte Mahagoni-Platte eines sehr geschmackvollen Tisches. Der Tisch stand auf einem sündhaft teuren, schwarzen Teppich. Hellgoldene Seidenvorhänge wehten sacht in dem Wind, den ein gekipptes Fenster herein liess.

Demian Grotz las „Die Badb sind schon oft gefunden

worden" und zog verwundert die Augenbrauen hoch. Er hatte mit einer deutlich enthusiastischeren Antwort gerechnet. Aber der Empfänger der Nachricht war alt, und viel erfahrener in diesen Dingen als Demian. Möglich, dass tatsächlich nichts an dem Foto war. Aber Demian glaubte nicht daran. Er würde beweisen, wie gross diese ganze Sache hier wirklich war.
Er durchsuchte Isabellas Zimmer noch einmal, dieses Mal gründlicher, fand aber wieder nichts auffälliges. War es möglich, dass sie es nicht wusste? Das konnte er sich kaum vorstellen – aber würde sie sonst so unbedacht das Foto aufhängen? Hatte sie es überhaupt unbedacht aufgehängt? Immerhin war es in ihrem Privatraum, im toten Winkel hinter der Tür, sozusagen öffentlich versteckt...wer nicht gerade zu ihrem engsten Kreis gehörte, bekäme es wohl nie zu sehen. Er warf einen letzten Blick in den Raum und vergewisserte sich, dass er ihn so ordentlich verliess, wie er ihn vorgefunden hatte. Dann machte er sich daran, das Wohnzimmer nach allfälligen Spuren zu durchsuchen, fand aber wieder nichts auffälliges. Entweder war Isabella wirklich komplett ahnungslos, oder sie war verdammt gerissen. Momentan traute er ihr noch beides zu.
Aber mittlerweile war es Mittag, und Demian hungrig. Er schmierte sich zwei Brote und setzte sich an seinen PC, um zu arbeiten. Sonderlich konzentriert war er dabei nicht, er schaute ständig aus dem Fenster. Ohne dass er es wusste, tat zwei Stockwerke über ihm Frau Chämmerli genau dasselbe. Aber während die gute alte Dame nach Strolchen, Lumpen und Ausländern gleichermassen Ausschau hielt, wartete Demian gezielt nur auf Plunkert. Seinen Informationen zufolge arbeitete der Mann zu Hause, und irgendwann würde er die Wohnung verlas-

sen müssen.

Tatsächlich tat Plunkert dies auch – gegen fünf verliess er das Haus, in Turnschuhen und sportlich wirkender Kleidung, und joggte auch prompt los, kaum dass er das Gartentor hinter sich geschlossen hatte. Demian notierte sich die Zeit und arbeitete weiter, nur um keine zwei Minuten später wieder inne zu halten. Ein grauer Kombi parkte auf dem Kiesplatz. Grotz notierte sich die Zeit und auch, dass zusammen mit einem Erwachsenen zwei Kinder ausstiegen, deren Hautfarbe deutlich dunkler war als die des Vaters.

Die Familie war kaum im Haus, da kam auch schon die Hippie-Tante von der Bushaltestelle her auf das Haus zu geschlendert. Demian notierte sich auch diese Zeit und machte sich an die Arbeit, nur um kurz darauf wieder inne zu halten. Aus dem Augenwinkel sah er die Bewegung am Gartentor, blickte hinunter und sah die Hippie-Tante mit ihrem Dinosaurier von Hund den Gassi-Gang antreten, den sie wohl allabendlich absolvierte.

Einen Stock über Demian tat Frieda Chämmerli praktisch dasselbe: Sie lauerte am Fenster und arbeitete nebenbei ein bisschen – nur, dass sie Silberlöffel polierte, statt online zu spekulieren. Da sie einen höheren Aussichtspunkt als Grotz hatte, sah sie etwas früher, wie Sebastian Plunkert und Aurora Holunder gemeinsam zum Haus zurück kamen. Offenbar hatten sich die beiden schon wieder getroffen. *Was für ein Zufall!* Frieda legte Lappen und Löffel beiseite und eilte aus ihrer Wohnung, hinunter, wo gerade das Leben anderer Leute stattfand, so unendlich viel interessanter als ihres.

Aurora und Sebastian hatten auf ihrer Jogging- beziehungsweise Gassirunde gerade eine gemeinsame

Vorliebe für Babylon 5 entdeckt, und führten nun vergnügt ein Gespräch über eben jene Serie, das primär darin bestand, sich selbst und den andern an die besten Szenen zu erinnern. Die Stimmung war dementsprechend fröhlich, als die beiden zum Haus zurück kehrten. Sebastian amüsierte sich köstlich darüber, dass Aurora sich offenbar mit der Besetzung von Kaptain Sheridans Rolle schwer tat. Sie unterstellte dem Schauspieler, er würde bei jeder gefährlichen Szene sein „Heldengesicht" aufsetzen und verglich ihn zudem mit Toni Brunner. Sebastian fand diesen Vergleich so urkomisch, dass er sich tatsächlich eine Lachträne abwischen musste, als sie auf den Kiesplatz beim Haus zusteuerten.

„Was tut sie denn da?", fragte Aurora, plötzlich nicht mehr so fröhlich.

„Was?", fragte Sebastian immer noch glucksend, folgte Auroras Blick und sah Frieda Chämmerli. Die alte Frau hatte – völlig entgegen ihrer Gewohnheiten – eine Leidenschaft für den Garten entdeckt. Sie machte sich an den Pflanzen zu schaffen, die zu Füssen des einen Sockels wuchsen, der das Gartentor einrahmte.

„Was macht sie da?", fragte Aurora noch einmal.

„Sie jätet?", schlug Sebastian gutmütig vor.

„An der Stelle gibt's nichts zu jäten", sagte Aurora. „Und ausserdem schickt die Verwaltung regelmässig Gärtner vorbei." Sebastians Blick offenbarte, dass er sich bei seinen hausverwalterischen Tätigkeiten noch nicht wirklich mit dem Garten auseinander gesetzt hatte. Aurora fügte hintan: „Die vom Läbesruum. Die kommen einmal im Monat."

„Nun, das heisst nicht, dass sie nicht auch was im Garten machen darf."

„Sebastian, ich glaube nicht, dass es bei dieser ganzen

Sache hier darum geht, wer die Gartenarbeit macht."
Aurora warf die roten Locken zurück und marschierte auf die alte Frau zu. Warg, der spürte, dass eine Auseinandersetzung bevor stand, wechselte in den Macho-Modus. Er blähte die ohnehin schon breite Brust auf und klappte die Ohren nach hinten.
„Grüezi Frau Chämmerli", rief Aurora schneidend, kaum dass sie nahe genug war, "kann ich ihnen helfen?"
„Neinnein, ich jäte nur das Blumenbeet", sagte Frieda scheinheilig.
„Nein", sagte Aurora streng, „sie rupfen mir gerade alle Pfefferminze aus. Lassen sie das gefälligst!"
Frau Chämmerli erstarrte. Sie blickte auf Plunkert und Holunder, die aussahen, als hätte man sie gerade beim Schäkern gestört, dann verlegen auf die Pflanzen vor ihr, in der Hoffnung, einen andern Grund zu entdecken, bei den beiden herum zu lungern.
„Da ist alles genau so, wie es sein sollte", sagte Aurora betont kalt, aber so schnell gab Frieda nicht klein bei. „Das Beet sieht verwahrlost aus und -" Aurora riss der Geduldsfaden und sie fiel der alten Frau ins Wort: „Das BEET sind Pfefferminzstauden, die ihre Wurzeln diesem steinernen Gartenpfahl entlang nach unten treiben – die mogen das nämlich, wissen sie? Ein Mäuerchen in der Erde! Und der Gärtner lässt sie stehen, weil sie nicht stören. Und weil ich ihn darum gebeten habe, weil ich mir gerne Tee daraus koche." Jäh erinnerte sie sich daran, dass Sebastian neben ihr stand, und sie riss sich zusammen. „Bitte lassen sie meine Pfefferminze in Ruhe", sagte sie einen Tick höflicher. Aber nur einen kleinen Tick.
Frieda blickte sie giftig an.
Sebastian räuspere sich. „Wollten wir nicht..."
„Ah ja", griff Aurora den Faden dankbar auf, „dein

Buch." Sie warf Frieda einen letzten, vernichtenden Blick zu, dann widmete sie ihre Aufmerksamkeit betont Sebastian. „Lass uns reingehen."

Sebastian war im ersten Moment völlig perplex, bis ihm dämmerte, welchen Gesprächsfaden Aurora gerade aufgegriffen hatte: Bevor sich ihr Gespräch auf Babylon 5 eingeschossen hatte, war es eher allgemein um Science Fiction gegangen. Und Sebastian hatte natürlich sein Buch erwähnt.

Sie gingen hinauf, und Aurora stand zum ersten Mal in Sebastians Wohnung. Er kramte ein Exemplar seines Buches hervor und überlegte schon, ob er sie zum Nachtessen einladen sollte (dummerweise hatte er nur für eine Person eingekauft), da schrillte das Telefon. Sebastian gab Aurora das Buch und registrierte bedauernd, dass sie sich anschickte zu gehen, während das Telefon weiter schrillte. Es war der Festnetzanschluss, und Sebastian hatte keine Ahnung, wer so vermessen war, jetzt zu stören.

„Ich bin dann wieder unten", sagte Aurora und neigte den Kopf zur Tür. „Bis bald."

Sebastian nickte und hielt den Hörer ans Ohr.

Es war seine Mutter. Und so schnell hörte die gute Frau nicht mehr auf, zu reden. Als sich Sebastian aus dem Gespräch eisen konnte, war es schon deutlich nach zehn Uhr, und er hatte Hemmungen, so spät noch bei Aurora zu klingeln. Er wollte sie nicht verstimmen, indem er sie weckte.

Einen Stock unter Sebastian war Aurora noch wach und las.

Plunkerts SciFi war... mittelmässig. Der Plot erinnerte zu sehr an Star Trek, und der Antagonist hätte einen prima Sithlord abgegeben. Die Story war vorausschaubar; einzig Plunkerts Sprache wertete das Werk auf. Der Mann hatte eine gute Schreibe, so dass Aurora doch in einem Zug fast das halbe Buch las.

Es war kurz vor Mitternacht, als sie die Lektüre weg legte. Warg, der neben dem Sofa auf dem Boden schlief zuckte unruhig. Er öffnete die Augen und fiepte.

„Vergiss es", sagte Aurora und gähnte. „Wir waren heut zwei Mal draussen. Geh' in den Garten, wenn du willst."

Warg grunzte und legte den Kopf auf die Pfoten, um dann langsam und klagend auszuatmen.

Aurora ging sich für die Nacht zurecht machen, und schlüpfte gleich darauf mit dem Frischegefühl der Zahnpastawerbung und einem ausgeleierten Doors T-Shirt ins Bett. Als sie mit geschlossenen Augen unter der Decke lag, geisterte ihr Sebastian durch den Kopf. Sein geistreicher Humor, seine schwungvollen Bewegungen, der strahlende Optimismus. Mit breitem Grinsen schlief sie ein.

## 15. Der erleuchtete Demian

Demian wohnte nun seit zwei Wochen bei Isabella und hatte die Zeit genutzt, über all seine Nachbarn Informationen zu sammeln. Abgesehen von den Spuren, die einige von ihnen nur zu gerne im Internet hinterliessen (praktisch alle Informationen über Familie Chottopadhyay-Mchedlishvili hatte er von Sajus Facebook-Account), hatte sich vor allem das gute alte Beobachten als hilfreich erwiesen. Durch das stete Lauern am Fenster hatte Demian herausgefunden, dass Plunkert jeden Nachmittag Joggen ging. Meistens verliess er das Haus gegen fünf und kehrte zwischen sechs und halb sieben zurück. Also hatte Demian seinen „Mitarbeiter" auf 17.00 Uhr zu sich nach Hause bestellt. Die Chottopadhyay-Kinder würden erst später zusammen mit ihrem Vater nach Hause kommen, der sie wohl von einem Hort oder etwas derartigem abholte. Die Mutter schien unregelmässig zu arbeiten, weswegen sie ein Risikofaktor war.
Ein weiterer Risikofaktor war das Ehepaar Chämmerli. Die beiden Senioren hatten ebenfalls einen leicht unregelmässigen Rhythmus, manchmal gingen sie abends oder nachmittags spazieren, und jeden zweiten, dritten Tag nutzten sie den Vormittag zum Einkaufen. Streng genommen konnten sie just im falschen Moment die Treppe hinunter kommen, aber dagegen gedachte sich Demian auf seine Art zu wappnen.
Es klingelte um 17.10. Für Demians „Mitarbeiter" war das schon fast überpünktlich.
Tim sah aus wie ein Möchtegern-Kleinkrimineller. Lausig gestochene Tattoos lugten unter dem leicht ausgefransten Ärmel seiner Trainerjacke hervor. Kopf und Kinn waren von kurzen Stoppeln bedeckt.

Demian hielt sich nicht mit einer Begrüssung oder Smalltalk auf. Plunkert hatte die Wohnung vor wenigen Minuten verlassen, nun galt es, das Zeitfenster zu nutzen. „Geh'n wir", sagte er geradeheraus, schloss die Tür hinter sich und ging die Treppe hinauf.

Er warf einen prüfenden Blick auf die Tür, hinter der Familie Chottopadhyay-Mchedlishvili wohnte (kein Mucks war zu hören), dann ruckte er mit dem Kopf zum Eingang von Plunkerts Wohnung.

„Mach auf", befahl er Tim, und keine zwei Minuten später war die Tür offen. Demian ging hinein und liess Tim seine Arbeit machen. Der Mann würde ihm ein Duplikat des Schlüssels anfertigen, damit er nicht jedesmal auf die Dienste eines Einbrechers zurück greifen musste, um in Plunkerts Wohnung zu gelangen.

Demian betrat die fremden Räumlichkeiten ohne Scheu. Sebastian lebte noch nicht sehr lange hier, im Flur standen sogar noch zwei halb ausgeräumte Umzugskartons. Ohne grosses Interesse besah sich Demian die Küche, das Bad und das Schlafzimmer. Er fand einen weiteren Raum, der schon ziemlich eingerichtet war. Obwohl das Zimmer eher klein war, benutzte es Plunkert offenbar als Wohnzimmer. Ein mintgrünes Sofa, zwei abgewetzte, alte Ledersessel und ein kleines Couchtischchen luden zum Verweilen ein. In der Ecke stand der Fernseher, hinter einem der Sessel eine Leselampe, passend zu dem Buch auf der Armlehne des Stuhls. Demian trat hinzu und zog die Augenbrauen hoch, als er den Titel des Buches sah. Es war der zweite Band von Stieg Larssons Dragontattoo-Trilogie. Irgendwie hatte er mit etwas Esoterischerem gerechnet.

Es blieb noch ein letzter Raum, und Demian fragte sich, was Plunkert in dem Zimmer trieb, das sich mit seiner Grösse als Wohnzimmer prädestinierte. Schnell fand er seine Frage beantwortet. Das grosse Zimmer war ein Arbeitsraum. Plunkert hatte sich eine Büro-Ecke eingerichtet. Die Wände waren mit Bücherregalen zugestellt, und in der Mitte des Raumes stand etwas, was sowohl eine gewagte Apparatur wie auch moderne Kunst sein konnte. Auf dem Boden war ein Kreis, auf dessen Linie sich in regelmässigen Abständen astrologische Symbole drapierten. Schützende Sigillen prangten rot auf den schwarzen Vorhängen.

Demian lächelte herablassend, als er sich in dem Raum umsah. *Du bist ein kleiner, weisser Magier,* dachte er, *nicht Manns genug, dich der wahrhaftigen Energien zu bedienen.*

Dann, als er sich umdrehte, fiel sein Blick auf die Vitrine mit dem Schwert. Die heisse Woge der Erregung wurde von einer eiskalten Ruhe weg gespült, noch ehe sie sich richtig auftürmen konnte.

Demians verzweifeltes Hoffen, die ganze verpatzte Sache noch in seinem Sinne gerade biegen zu können, wich der urplötzlichen Gewissheit, dass er absolut richtig gehandelt hatte. Sein Streben war zu einer heiligen Mission geworden, sein Weg zum erleuchteten Pfad, der ihn ganz, ganz nach oben tragen würde. Diese Erkenntnis toste in ihm, schallte wie ein Chor aus Engeln und Dämonen, deren Duett kontinuierlich auf einem Höhepunkt brauste, ohne die Notwendigkeit, sich erst zu diesem empor zu arbeiten.

Demian wusste, dass er nur noch das Gefäss einer omnipotenten Macht war, es schon immer gewesen war, und nun vollends in dieser Bestimmung aufgehen würde. Er war Gottes leibhaftige Manifestation, nicht geboren, seinen Willen zu tun, sondern erschaffen, um Gottes

Willen neu zu definieren. In gewisser Weise, überlegte ein Fitzelchen seines Bewusstseins, das sich nicht gerade dem spirituellen Orgasmus hingab, machte ihn das sogar mächtiger als Gott. Es sprengte die omnipotente Omnipräsenz aus ihren alttestamentarischen Fesseln und katapultierte sie in die Gefilde der Magie und der Technik, wo sie – geborgen in Demians Körper – völlig neue Dimensionen der Macht erreichen würde, eine Macht, über die er, Demian, frei verfügen würde.

Hab ich schon erwähnt, dass die Behauptung, Demian Grotz habe eine Meise, eine gewaltige Untertreibung ist? Nun, jedenfalls stand er da einige Sekunden mit einem Gesicht, als würde er gerade ejakulieren, dann zog er seelenruhig sein Smartphone aus der Tasche und fotografierte das Schwert.

Einen Moment lang schoss ihm sein alter Plan durch den Kopf, Plunkerts Wohnung gründlich zu durchsuchen, aber dieser Vorsatz war von dem alten Demian gefasst worden. Der Neue, Erleuchtete, wusste, dass er gefunden hatte, weswegen er hergekommen war. Der alte Demian schlug vor, dass er das Schwert gleich mit nahm (oder wenigstens Tim gebot, sich allfällige Sicherungsmechanismen genauer anzusehen), doch der neue Demian ging nicht auf den Impuls ein. Jetzt war es zu früh für den Diebstahl, der vermutlich ohnehin unnötig sein würde. Er hatte die vage Präkognition, dass Plunkert ihm das Schwert freiwillig aushändigen würde.

Er verliess das Wohnzimmer und unmittelbar darauf die Wohnung, und sagte zu Tim, der draussen Schmiere stand: „Schliess ab."

Kaum dass er wieder in seinen eigenen Räumlichkeiten war, verschickte er die Fotos vom Schwert. Es bestand keine Notwendigkeit, Text dazu zu schreiben. Der alte

Stähler würde sich sofort bei ihm melden, wenn er diese Bilder sah. Der erleuchtete Demian hatte entschieden, dass es vorerst klüger war, sich nichts anmerken zu lassen. Gewiss, er brauchte die alten Säcke vom Orden der blauen Begonie genausowenig wie die geisteskranken Idioten der Fraterni Maleficarum. Wenn er wollte, könnte er, jetzt sofort, all deren Pläne im Alleingang umsetzen… aber warum sollte er? Ein König hat schliesslich Diener, die ihm die Tagesgeschäfte abnehmen.

Das Smartphone begann zu summen, während das Display schwarz wurde. Demian tippte drei mal darauf.

Der alte Mann erschien, nicht so gepflegt wie sonst, sondern in einem T-Shirt, das aussah, als hätte es ein kleines Kind bemalt. Vage erinnerte sich Grotz bei dem Anblick daran, dass Stähler eine grosse Familie hatte.

„Warum schickst du mir diese Bilder?" fragte er übergangslos.

„Siehst du es nicht? Die Insignien! Die Anordnung der Steine!"

„Natürlich sehe ich so etwas", sagte Stähler, und eine steile Falte bildete sich zwischen seinen Brauen, „aber warum schickst du mir solche Bilder? Ohne Erklärung?"

Innerlich lachte der erleuchtete Demian laut auf, weil der Alte so dämlich war. Äusserlich blieb er ruhig und höflich. Dass sich die Macht in seinem Innern als irrer Glanz in seinen Augen manifestierte, war ihm nicht bewusst.

„Die Bilder sind in der Wohnung von Sebastian Fidelius Plunkert entstanden", sagte er langsam, als würde er einem kleinen Kind einen komplexen Sachverhalt erklären. „Er besitzt das Schwert. Besass es die ganze Zeit."

Die Falte zwischen Stählers Augenbrauen vertiefte sich.

Einen Moment zögerte der Alte - als habe er eigentlich eine andere Frage stellen wollen, dann fragte er: „Weiss Plunkert, dass du das Schwert fotografiert hast?" Innerlich bebend vor Lachen konstatierte Grotz, wie sich der Alte das „du bist in seine Wohnung eingebrochen und hast das Ding fotografiert" gerade noch verkneifen konnte, und antwortete brav: „Natürlich nicht."
Stähler nickte. Er hatte begriffen, dass sich Demian die Fotos illegal beschafft hatte. Mehr noch: Das Funkeln in Demians Augen hatte ihm klar gemacht, dass der Mann wahnsinnig war. Zusammen mit allem Andern, was Demian ausmachte – Draufgängertum, Intelligenz, Kontakte in nahezu jede gesellschaftliche Schicht und ein fettes finanzielles Polster – war der Mann endgültig zu einer Gefahr geworden. Stähler begriff, dass er von nun an behutsam vorgehen musste.
„Wie bist du denn da ran gekommen?" fragte er bewusst vage.
„Ich bin jetzt sein Nachbar", antwortete Demian mit breitem Grinsen. „Du hast mich zu früh von der ganzen Sache abgezogen – dein Glück, dass ich dran geblieben bin. Ich wohne jetzt in dem Haus, wie ursprünglich abgesprochen." Stähler hatte mehr und mehr den Eindruck, dass ihm wichtige Informationen fehlten.
„Und Sophia?", fragte er, immer noch vage im Trüben herum tastend.
„Glaubt, ich wäre in Amerika. Und es wäre schön, wenn das so bliebe." Er bedachte Stähler mit einem strengen Blick. Dieser zog wieder die Brauen hoch, zum ersten Mal in diesem Gespräch wirkte er authentisch.
„Na, ich sag's ihr gewiss nicht."
„Sonst weiss es auch keiner."
„Wie bist du denn da rein gekommen? Ich hielt es für un-

möglich, das Haus zurück zu gewinnen, nachdem Stolzone es Plunkert vererbt hat. Wie hast du das geschafft?"
*Er schleimt sich ein*, erkannte Demian. *Er hält mich für irre und unberechenbar, und jetzt glaubt er, mit dieser kumpelhaften Anerkennung Informationen aus mir rauskitzeln zu können. Oder er will mich manipulieren.*
Demian lächelte vielsagend. „Da wohnt ein hübsches Mädchen unter Plunkert. Wirklich hübsch. Und nett ist sie auch. Ein richtig freundliches, offenes Wesen. Das Haus wird uns also doch zur Verfügung stehen." Stähler, der mit diesem Wust aus Andeutungen überfordert war, musste sich nicht allzu dumm stellen, als er Demian weiter aushorchte: „Du meinst, sie wird uns alle einfach in ihre Wohnung lassen?"
„Ich meine", sagte Demian lachend, „dass sie da gar nichts zu sagen hat. Ich habe einen Schlüssel und einen unterschriebenen Mietvertrag."
Stähler zwang sich zu einem Lachen, das Demian sofort durchschaute. Nun zog er die Brauen hoch. Stähler wand sich, versuchte aber noch immer, sich nichts anmerken zu lassen. „Nun gut, Demian, das sind hoch interessante Neuigkeiten. Wir haben allerdings schon einen alternativen Ort für die Zeremonie gefunden, also kann ich noch nicht sagen, ob wir jetzt wieder zur Villa zurück schwenken. Ich muss das erst mit den andern besprechen."
Er schnappte nach Luft und schien im Geiste eine Abschiedsfloskel zu formulieren, aber Demian hatte das Interesse am Gespräch verloren. Stähler hielt ihn für verrückt und würde vermutlich nichts, was er gesagt hatte, ernst nehmen. Na schön, scheissegal. Er war jetzt Gottes Gefäss. Der Weg würde sich für ihn ebnen.
„Na dann," sagte Demian, noch ehe Stähler Zeit gehabt

hatte, sich elegant zu verabschieden, „man hört sich."
Er hängte auf, bevor Stähler etwas erwidern konnte, und setzte sich gut gelaunt an seinen Computer, um ziellos im Internet zu surfen.

Rodderick Stähler war stinksauer, und das nicht nur, weil Grotz ihm praktisch das Telefon mitten im Satz aufgehängt hatte. Der Mann hatte den Verstand verloren! Und er, Stähler, würde hinter ihm die Scherben aufwischen müssen.
Jetzt, da er sich der Sache annehmen musste, bedauerte er, die ganze Sache von Anfang an an Grotz delegiert zu haben – er hatte kaum mehr Informationen über das Haus als die Adresse.
Er googelte und stiess auf den üblichen Kriminaltourismus. „Das Mordhaus wird renoviert" lautete eine archivierte Headline von 2002, oder „lauer Park, dräuende Fassade – warum die Stadt vom Mordhaus profitiert", ein Blogeintrag eines Winterthurers.
Wütend scrollte Stähler nach unten, ignorierte Seiten über Architektur und Artikel über das Familiendrama, das vor einem Jahrhundert statt gefunden hatte. Plötzlich stiess er auf einen interessanten Eintrag.
Eine Plattform für Wohngemeinschaften beinhaltete ebenfalls die gesuchte Adresse.
Stähler klickte darauf und wurde zu „dieses Inserat existiert nicht mehr" weiter geleitet. Er klickte zurück und las das Wenige, was ihm die Google-Vorschau anzeigte.
Zimmer für drei Monate, Wohnung im EG, gut mit ÖV erreichbar.
Ein Verdacht begann in Stähler zu keimen. Er begann erneut zu suchen, dieses Mal gezielt nach Plattformen für WG's und gab dort die Adresse der alten Villa ein.

Mehrfach wurde er fündig, und endlich hatte er auch einen Namen. Es war eine Isabella Glitter, die die Anzeigen geschaltet hatte. Er gab ihren Namen ein, und fand Bilder. Isabella Glitter war kein wahnsinnig seltener Name, und auch mit „Isabella Glitter Winterthur" fand er mehr als ein Gesicht – aber nun dominierte eines. Das hübsche Antlitz einer gut zwanzigjährigen Frau mit wildem schwarzem Lockenkopf und papageienbuntem MakeUp.
Kurze Suchzeit später wusste Stähler, in welchem Coiffeursalon Isabella arbeitete. Er rief an und vereinbarte einen Termin für den nächsten Morgen.

## 15. Schwarze Zwiebeln

Rodderick Stähler hatte vorgehabt, Isabella in ein Gespräch zu verwickeln und sie dabei auszufragen. Nun stellte er fest, dass dies nicht so einfach war. Isabella, ganz professionelle Friseuse, drehte das Gespräch jedesmal in die Richtung eines freundlichen Smalltalks, der ihm gleichzeitig Raum gab, sich über jedwedes Thema auszukotzen. Nicht zum ersten Mal hatte er den Eindruck, dass es ohne Friseure deutlich mehr Therapeuten bräuchte.

Also ging er ein wenig auf das Spiel ein, während sie ihm die Haare wusch, erzählte von seiner Villa und fragte nach Isabellas Wohnsituation.

„WG", sagte sie knapp. „Schön," sagte Stähler freundlich, „noch einmal so jung zu sein, so unkompliziert."

„Naja, es geht", sagte die Friseuse lächelnd. „Eigentlich wohne ich mit meiner Zwillingsschwester zusammen. Aber sie ist für ein Jahr weg. Zwei Semester in Südamerika. Für die Zeit wollte ich eine temporäre Mitbewohnerin – glauben sie mir, das ist alles andere als unkompliziert. Ich hab jetzt den dritten Untermieter innerhalb dieses einen Jahres. Und die beiden vor Demian waren eher… naja."

Stähler, der bei der Erwähnung von Grotz' Vornamen beinahe scharf die Luft eingesogen hätte, lächelte ein freundliches Lächeln. „Aber mit diesem Demian läuft es gut?"

„Oh, er ist toll", sagte Isabella, nur um sich gleich zu relativieren: „Naja, ich kenne ihn kaum. Aber er zahlt die Miete pünktlich, macht keinen Lärm und räumt hinter sich auf, wenn er Küche und Bad benutzt. Viel besser als der letzte. Ich hoffe auf zwei angenehme Monate, bis meine

Schwester zurück ist."
„Das klingt ja alles vielversprechend", meinte Stähler diplomatisch. Er wollte weiter nachhaken, aber Isabella kam ihm zuvor. Sie machte sich daran, sein Haar zu trocknen, und der Lärm des Föns machte ein Gespräch schwierig. Stähler kam nicht mehr dazu, weiter nach Demian zu fragen, zumindest nicht, ohne Aufsehen zu erregen. Er liess Isabella ihren Job zu Ende bringen, besah sich das Ergebnis lächelnd im Spiegel und gab der jungen Frau ein saftiges Trinkgeld. Man wusste schliesslich nie, wann man wieder Informationen von ihr brauchte.


Sophia Grotz wusch Wäsche. Eigentlich wusch sie noch nicht, sie sortierte Kleider: Socken und Unterhosen auf den einen Stapel, Hosen und Hemden auf den andern. Natürlich griff sie routinemässig in alle Taschen, damit sie keine Papiertaschentücher wusch. In Demians Hosentasche fand sie nicht nur die üblichen Münzen und Fussel, sondern auch eine Visitenkarte. In eleganten, schlichten Lettern stand da: "Demian Grotz. IT-Sicherheit – Safety - Analytics - Solutions".
Stirnrunzelnd besah sie sich die Karte. Demian war kein Spezialist für IT-Sicherheit, und die Telefonnummer zuunterst auf der Karte stimmte weder mit ihrem Festnetzanschluss noch mit seinem Handy überein. Sophia schürzte die Lippen. *Betrügt er mich?* Für jemanden, der schon beim Öffnen der Post eine Panikattacke kriegt, reagierte Sophia bemerkenswert gelassen. Mehr noch, sie ertappte sich dabei, wie sie sich richtig freute. *Warum nur?* Fragte sie sich, und bekam sogleich zwei Antworten: *Weil er dann ohne grosses Trara zu der andern geht und dich in Frieden lässt.* Und die zweite Stimme,

auf die sie nie hörte, meinte lakonisch: *Ein Grund mehr, die Scheidung einzureichen.*
Sophia steckte die Karte ein und lächelte. Sie liess die Wäsche stehen, wo sie war, und ging zu ihrem Telefon, um ihren Anwalt anzurufen. Der Gedanke an Scheidung beflügelte ihren Schritt, bis ihr – kurz vor dem Tischchen, auf dem das Telefon stand – ein Gedanke kam: *Aber er liebt mich doch.* Dicht gefolgt von: *Wo soll er denn hin, wenn ich ihn rauswerfe? Er hat doch niemanden ausser mir. Mit sozialen Kontakten tut er sich schwer, ich weiss ja, wie schwierig er sein kann. Wenn ich jetzt die Scheidung einreiche, dann ist er ganz allein! Und dann tut er sich womöglich noch was an, angedeutet hat er es oft genug...*
Sie liess Kopf und Schultern hängen, während ihr eine Erinnerung in den Sinn kam. Demian, weinend auf dem Sofa. Es schüttelte ihn vor Schluchzern, während er sie anflehte, ihn nicht zu verlassen. „Ich kann nicht leben ohne dich", hatte er gesagt, „ich habe nichts, wofür es sich lohnt, weiter zu machen, wenn du mich verlässt."
*Das kann ich ihm nicht antun,* dachte Sophia, und ging zurück zu ihrer Wäsche. Die Erinnerung an den weinenden Demian liess ihr keine Ruhe. Warum war sie damals so wütend gewesen, dass sie ihn hatte verlassen wollen?
*Da hat er dich zum ersten Mal richtig verprügelt,* sagte die Stimme, auf die sie nie hörte.
Sophia nagte an ihrer Unterlippe. *Schläge und Affären – wenn ich nur halbwegs vernünftig wäre, würde ich ihn in die Wüste schicken.*
*Dann tu's endlich!* Sagte die Stimme, auf die sie nie hörte.
*Aber dann ist er ganz allein!* Entgegnete sie in Gedanken.
*Er hat ja seine Affäre,* kam es trocken zurück. Sophia erstarrte, während der Gedanke einsickerte, der die Lösung für ihr Dilemma bot.

*Soll er zu ihr. Soll er sich mal überlegen, was ich alles für ihn mache, was er an mir hat. Mal schauen, ob sie ihm auch die Socken wäscht.*

Ein Plan begann in den verkümmerten Windungen ihres Gehirns zu wachsen. Es war kein sehr ausgefeilter Plan, aber er versetzte Sophia in Hochstimmung. Sie liess Demians Wäsche liegen und schlenderte davon.

Am Abend desselben Tages ging Rodderick Stähler mit seinem Hund spazieren. Eigentlich war es der Hund seiner Frau (davon hatte er schon die dritte), aber Rodderick hatte schnell gemerkt, dass es ein sehr angenehmes Gefühl ist, sich beim Spazieren als Herr eines Prestigeobjektes zu präsentieren. Man sah dem Hund an, dass er einen teuren Stammbaum hatte, und ausserdem war er so gut erzogen, dass Stähler kaum mehr machen musste, als die Leine zu halten. Seine Frau hatte die obligate Kotrunde schon absolviert, so dass Stähler auch nicht mit Robidogsäckchen hinter dem Tier herputzen musste.

Stählers Villa lag in einem ausserordentlich schönen Viertel. Gärten, die so gepflegt waren, dass sie wie kleine botanische Kunstwerke aussahen, umschlossen jedes Haus. Es war eine sehr stilvolle Art, sich die Nachbarn auf Distanz zu halten. Stähler folgte einige hundert Meter der Hauptstrasse und bog dann in eine Gasse ab. Bäume in herbstlichen Farben säumten den Weg, der irgendwie privater als die Strasse von vorhin wirkte. Ein Eindruck, der verstärkt wurde, je länger man ihn entlang flanierte. Die Bäume schlossen sich nach oben mehr und mehr, und schienen mit ihren Schatten die Strassenränder auf einander zu zu drücken.

Nach einem imposanten Haus, umsäumt von einer Hecke, so schnurgerade und blickdicht, als hätte man eine grüne Mauer hin gepflanzt, bog die Gasse rechtwinklig ab und verlief sich auf einem Parkplatz. Am andern Ende eröffnete sich ein neuer Weg. Schmal und nicht gepflastert, kaum mehr als Kieselsteine auf dem Boden.
Eine Kette versperrte ihn, und daran hing ein Metallschild:
PRIVAT
ZUTRITT VERBOTEN
Der alte Mann löste die Kette vom Haken, ging mit dem Hund hindurch und klinkte sie wieder ein. Der Weg, auf dem er sich nun befand, schien zu einer anderen Welt zu gehören. Hatten vorher noch opulente Gärten und stattliche Häuser die Aussicht dominiert, so war der Blick jetzt gefangen von den Schatten, die sich den hängenden Ästen der Weiden entlang um den Pfad schlangen. Eine Seite säumte eine struppige Hecke, die andere ein halb zerfallener Bretterzaun. Ein seltsam unpassender Ort in dieser gediegen-seriösen Gegend; zu mystisch, zu abgefuckt.
Nachsichtig liess der alte Mann seinem Hund Zeit, auf ein kleines Fleckchen Gras zu koten, das sich vor der Hecke ausgebreitet hatte, und liess den Hundedreck liegen. Es war ein prima Territoriumsmarker.
Er spazierte weiter, bis er das Ende des verfaulten Lattenzauns erreichte. Gebüsch wucherte dahinter hervor, so dass er sich bücken musste, um dem Weg zu folgen - und jäh wurde er belohnt. Das Gestrüpp lichtete sich abrupt zu beiden Seiten, weil man den Gärtner bezahlt hatte, just diesen Effekt hinein zu schneiden. Der Pfad, noch immer ein schmaler Kiesweg, führte nun zwischen zwei gestylten Gärten hindurch. Der zur linken war - wie

praktisch immer - menschenleer. Und der rechte war - wie praktisch immer - das reinste Familienidyll.
Die Sicht in den Garten war leicht verschleiert, weil Dampf aus dem beheizten Pool stieg. Dahinter spielten zwei Kinder, dick eingepackt in der kühlen Oktoberluft, im Sandkasten. In dem Pool sass ein Pärchen in Badehosen: Ein Mann, der knapp so alt war wie der Rodderick Stähler, und eine Frau, die deutlich jünger war - und dafür um so schöner. Sie sah den Spaziergänger mit dem Hund zuerst.
„Rodderick! Guten Abend!" rief sie, und erhob sich aus dem Pool. Sie hatte den Körper eines Pornostars und das dazu passende Make Up.
Ihr Mann sah ihn mit hoch gezogenen Augenbrauen an. „Du schleichst dich durch den Hintereingang an?" rief er, gerade noch scherzhaft genug, um nicht beleidigend zu wirken.
„Genau dort, wo du gern herum lungerst", rief der Alte lachend zurück. „Störe ich?"
„Natürlich nicht", tat der andere jovial, aber selbstverständlich störte Stähler. Und ebenso selbstverständlich liess sich Bernd Trödler nichts anmerken. Er stieg aus dem Pool und warf sich einen flauschigen, grauen Morgenmantel über. In Adiletten ging er Stähler voran ins Haus.

Kurze Zeit später sassen die Beiden in Trödlers Salon an der Bar. Der Mann war zu versnobt für ein normales Wohnzimmer, und so war der grosse Raum überladen mit teuren, seltenen, oder coolen Dingen - es war einfach zu viel des Guten. Stähler löste den Blick von der John Lennon-Wachsfigur, die vor dem Picasso posierte, der wiederum über einer Serie von Autofotografien thronte.

Sein Gastgeber hatte ihnen zwei Brandys eingeschenkt. Sie stiessen an, Stähler nippte, und Trödler nahm einen grossen Schluck.
„Also," fragte er jovial, "was verschafft mir die Ehre deines Besuchs?"

„Erinnerst du dich an die Geschichte mit Demian und der Villa?"
„Natürlich", gab Trödler zurück. "Grotz ist an Stolzones Beerdigung ausgetickt, und da das Haus nur eine von zwei Optionen war, haben wir beschlossen, die ganze Sache sein zu lassen und uns auf den Park zu konzentrieren. Das zumindest ist mein aktueller Stand." Er blickte über die Goldränder seiner Brille zu Stähler auf.
„Wie es scheint, hat Demian auf eigene Faust gehandelt. Er hat sich als Fachmann für IT-Sicherheit ausgegeben, dem das Haus abgebrannt ist, und ist in die WG gezogen, diejenige im Erdgeschoss der Villa."
„Spinnt der?" entfuhr es Bernd.
„Vermutlich", bestätigte Stähler. „Er hat mir vor kurzem ein Foto zukommen lassen." Er zückte sein Handy und öffnete das besagte Bild. „Ganz deutlich war er nicht, aber ich schätze, das ist seine Mitbewohnerin." Er reichte Bernd das Handy und fuhr fort: „Er faselte krudes Zeug über die keltische Mythologie, behauptete, er habe irgendwelche Babd gefunden - ich musste den Begriff nachschlagen. Es handelt sich um drei Frauen, Hexen oder Göttinnen oder was weiss ich. Demian stellte eine Verbindung zwischen diesen drei Frauen auf dem Foto und der Legende her, weil sich die drei auf dem Bild so ähnlich sähen."
Bernd Tröhler runzelte die Stirn. „Die drei sind sich tatsächlich wie aus dem Gesicht geschnitten."

„Ja und?" knurrte Stähler. „Das hat keinerlei Bedeutung - jedenfalls nicht für uns. Die drei können sich ähnlich sehen, soviel sie wollen - vermutlich gibt es einen guten Grund dafür, wahrscheinlich sind sie Schwestern oder so." Er nahm einen Schluck Brandy und steckte sein Handy wieder ein, nur um sich bei dieser Bewegung daran zu erinnern, weswegen er her gekommen war.
„Aber diese komische Kelten-Geschichte ist noch längst nicht alles. Anscheinend hat sich Demian Zutritt zu Plunkerts Wohnung verschafft." Bernd riss den Mund auf, aber Stähler fuhr fort, ehe er etwas sagen konnte: „Du glaubst nicht, was er dort gefunden hat."
Er zückte sein Handy erneut und öffnete die Nachricht, die ihm Grotz geschickt hatte.
Bernd besah sich die Bilder und sagte eine ganze Weile lang nichts mehr.

Nicht nur Rodderick Stähler war mit seinem Hund unterwegs. Auch Aurora war mit Warg draussen, und natürlich traf sie auf Sebastian. Es folgte das übliche flirtative Geplauder, das in einer Einladung mündete, die Aurora so ganz nebenbei fallen liess – und keine halbe Stunde später standen die beiden in Auroras Küche. Aurora schnitt Basilikum, und Sebastian stand herum und kam sich unnütz vor. Er hatte gefragt, ob er helfen könne, sie hatte Nein gesagt, und jetzt stand sie da am Tresen und rüstete alle Zutaten allein.

Er betrachete Aurora, wie sie das Messer kurz beiseite legte, um die Zwiebeln umzurühren, die auf dem Herd langsam glasig wurden. Ihre Schultern spielten unter dem bronzefarbenen Stoff ihres Sweatshirts. Die Haare hatte sie locker hochgezwirbelt, und einige Strähnen hat-

ten sich gelöst und fielen ihr auf den schmalen Rücken.
Sebastian verging fast vor Sehnsucht.
*Jetzt oder nie,* schoss es ihm durch den Kopf. Er trat an sie heran (Aurora drehte geistesgegenwärtig das Messer beiseite), griff sie bei beiden Schultern und küsste sie.
Sie küsste zurück.
Einen ewigen, wundervollen Moment lang geschah nichts anderes.
Dann brannten die Zwiebeln an.

## 15. Nachricht von Bepone

Am nächsten Morgen bekam der erleuchtete Demian Post. Schon als ihm das dicke, gepolsterte Couvert beim Öffnen des Briefkastens entgegen rutschte, fühlte er eine wilde Befriedigung in sich aufwallen, die Mischung aus freudiger Erwartung und der Annahme des Wohlverdienten.

Nachdem er die Briefe für Isabella auf dem Couchtisch abgelegt hatte, verzog er sich eiligst in sein Zimmer, riss den Umschlag auf und schüttelte ihn über der Tischfläche aus. Ein einzelner Schlüssel fiel heraus, sonst nichts. Aber Tim wäre schön blöd gewesen, wenn er eine Karte beigelegt hätte.

Demian griff sich den Schlüssel, verliess die Wohnung, stieg die Treppe einen Stock höher hinauf und schloss die Tür zu Plunkerts Heim auf. Er machte sich keine Sorgen, dass man ihn beim Einbruch ertappen könnte. Sebastian Plunkert war nicht zuhause, das wusste der erleuchtete Demian, wusste es tief in sich drin, mit jeder Faser seines Seins. Wäre Plunkert hier und jetzt in seiner Wohnung, dann hätte er nicht JETZT den Schlüssel gekriegt.

Sebastian Fidelius Plunkert erwachte in diesem Augenblick. JETZT. Aber nicht etwa, weil jemand in seine Wohnung einbrach, sondern weil ihn Haare an der Nase kitzelten. Auroras Haar, wie er im Halbschlaf glücklich schloss, und als die Erkenntnis in seinem erwachenden Geist dämmerte, dass er in ihrem Bett lag, wachte er vollends auf. Da fiel ihm auf, dass mit dem Haar in seinem Gesicht etwas nicht stimmte. Es fühlte sich zu sehr nach Pelz an. Sebastian öffnete die Augen und bewegte den Kopf. Ein hohes, heiseres 'Brrrau' beantwortete seine Be-

wegung. Er fühlte die sehnige Bewegung eines Raubtiers unter dem Pelz, und ein Paar grüner Augen leuchtete aus dem schwarzen Gesicht freundlich zu ihm auf. Die Katze – Sebastian erinnerte sich daran, dass sie 'Hexe' hiess – stand auf, streckte den Rücken zum Buckel und rieb ihren Kopf an seiner Nase. Plunkert musste niesen. Hexe machte einen Satz und floh panisch aus dem Raum. „Als ob das bei Aurora nie passieren würde", nuschelte Sebastian ihr heiser hinterher. Ein Scheppern erklang vom Flur, stampfende Schritte, ein weiteres Scheppern, und kurz darauf platzte Aurora in Unterwäsche ins Zimmer.
„Ich hab verschlafen", ächzte sie, „völlig verpennt. Beide Wecker überhört, so eine Scheisse." Sie hastete zum Schrank, riss das erstbeste Shirt heraus und schlüpfte hinein, genauso wahllos verfuhr sie mit ihrer Hose. Da Auroras Sachen grosso modo hell und erdfarben waren, sah das Endergebnis durchaus passabel aus.
„Tut mir leid, Sebastian, könntest du Warg füttern? Und vielleicht noch mit ihm kurz raus?" Plunkert, immer noch völlig verschlafen, hatte trübe darüber sinniert, dass er Hexe und Aurora noch nie zusammen im selben Raum gesehen hatte, doch noch ehe sich ein phantastischer Verdacht in ihm lancieren konnte, hatte ihn Aurora mit der Hektik eines Menschen, der in einer Realität mit Arbeitszeiten und ohne UFOs lebt, in die Gegenwart zurück geholt. Eine Gegenwart, die gerade aus dieser Frau bestand, die ihm einen Kuss aufdrückte und „bis heute Abend" sagte, ehe sie zum Raum hinaus eilte.

Der erleuchtete Demian stand mitten in Plunkerts Wohnzimmer, im Zentrum des Kreises, die Arme weit ausgebreitet, Kopf und Schultern nach hinten geworfen,

die Augen geschlossen. Er sang monoton vor sich hin, und ab und an drehte er sich ein wenig. Endlich öffnete er die Augen, sah sich mit einem Blick, der jedem Anwesenden ob des schieren Wahns darin Angst gemacht hätte, im Raum um. Das Schwert war es nicht, was ihn hierher gerufen hatte – oh, das Schwert rief immer, aber heute war es etwas anderes, das seinen Sirenengesang aus Plunkerts Räumen gesungen hatte. Was mochte der weisse Magier hier verborgen haben?
Sein Blick fiel auf eine Apparatur, die auf einem kleinen Tisch stand. Demian trat näher, wurde aber nicht schlau aus dem, was er sah. Zwei Kristalle, von Kupferdraht umwickelt, ragten oben an dem Gebilde in die Höhe. Seitwärts reckte es einen Arm aus, der wie ein Seismograph eine krakelige Linie auf einem Papierstreifen hinterliess. Leere Reagenzgläser warteten darauf, gefüllt zu werden, über einem hing sogar ein kupferner Trichter. Das ganze sah am ehesten aus wie etwas, das man bei einem Film wie Ghostbusters als dekoratives Requisit in den Hintergrund des Bildes stellt. Demian versuchte, sich einen Reim auf die Maschine zu machen, und tippte probeweise gegen den Arm des Seismographen. Die Linie machte einen deutlichen Schwenk, dann glitt die Nadel in ihre Position zurück. Demian rüttelte sachte an den beiden Kristallen, aber das brachte nichts. Schulterzuckend wandte er sich ab und schickte sich an, Plunkerts Wohnung zu verlassen.
Er hatte die Tür angelehnt gelassen, und just da, da er sie öffnete, sah er in das fassungslose Gesicht von Frieda Chämmerli, die – bewaffnet mit einem Korb voller Wäsche – vor der Tür stand. Der erleuchtete Demian reagierte so schnell, dass Frieda nicht die Spur der Scham des Ertappten auf seinem Gesicht las. Statt dessen wirkte

er ernsthaft besorgt.

„Wissen sie, was mit dem Herrn Plunkert ist?" fragte er anstelle einer Begrüssung. „Die Tür stand offen. Ich habe geklingelt und gerufen, aber niemand hat reagiert. Also bin ich rein – es könnte ihm ja was zugestossen sein, aber die Wohnung scheint leer."

„Nein", sagte Frieda langsam, „nein, ich habe nichts von Herrn Plunkert gehört." Ohne sich dessen bewusst zu sein, machte sie einen Schritt auf die Tür zu, und Grotz sah die Gier in ihren Augen. Nicht nur Neugierde, sondern das krankhafte Craving eines Päderasten, der unverhofft eine Stelle im Kindergarten in Aussicht hat. Sie senkte ihre Wäsche, noch nicht ganz bereit, sie hinzustellen. „Haben sie denn überall nachgesehen?" fragte sie scheinheilig. „Nein, bislang war ich nur im Wohnzimmer – oder was das auch immer ist." Und damit war der Damm endgültig gebrochen. Frieda stellte die Wäsche hin. „Ich war früher medizinische Praxisassistentin", sagte sie. Tatsächlich hatte sie lediglich die Buchhaltung des Dorfarztes erledigt und seine Praxis geputzt, bis auf die vier spektakulären Fälle, in denen sie assistiert hatte (weil halt sonst keiner da war). Der erleuchtete Demian brauchte keine faule Ausrede, um sich in Plunkerts Wohnung umzusehen, aber er fand die Vorstellung durchaus prickelnd, der alten Schachtel Zugang zu gewähren. Eine kleine Entweihung am Rande, kein magischer Angriff, sondern nur eine Verletzung der Privatsphäre. Wie der Streusel auf einem Kuchen: Grundsätzlich unnötig, und dennoch ein netter Zusatz, für manche gar das Tüpfelchen auf dem i. Ausserdem würde sie Spuren hinterlassen.

In einer einladenden Geste öffnete er weit die Tür.

Frieda hatte Plunkerts Wohnung in der Erwartung betreten, sogleich über irgend etwas Abartiges, Verstörendes, Sündiges oder anderweitig Unmoralisches zu stolpern. Vage hatte sie mit Schwulenpornos, offen herumliegenden Drogen oder mindestens einer gewaltigen Unordnung gerechnet - hätte sie gewusst, was für Gemälde Hansruedi Giger gemalt hatte, oder dass es so etwas wie SM-Möbel gab, dann hätte sie Plunkert genau so etwas unterstellt.

Nicht erwartet hatte sie den Ring auf dem Boden, gemalt mit weisser Farbe, gefüllt mit Zeichen, die Frieda gleichzeitig mit Astrologie und Fantasy-Filmen assoziierte. Beides waren Dinge, von denen sie nichts hielt.

„Was treibt der da bloss?" fragte sie, angeekelt und fasziniert zugleich.

„Okkultismus", antwortete Demian ruhig.

„Sie meinen, er betet den Teufel an?" Frieda war erz-reformiert, aber in diesem Moment hob sie unwillkürlich die Hand, um das Kreuz vor der Brust zu schlagen. Da sie längst vergessen hatte, wie man diesen Gestus genau vollführte, machte sie nur eine fahrige Kreisbewegung vor dem Oberkörper. Belustigt registrierte Demian, dass die alte Frau wahrhaftig entsetzt war.

„Möglich", sagte er, „sie wissen doch, womit er sein Geld verdient."

De facto wusste Frieda das nicht. Sie war nicht der Typ, der sich für das Paranormale interessierte. Den Namen Sebastian Fidelius Plunkert hatte sie erst geläufig, seit der Mann unter ihr eingezogen war, von seinen Büchern und von dem Ruf, den er in den entsprechenden Kreisen genoss, wusste sie nichts.

„Nein…", meinte sie daher zögerlich, „nein, als er sich vorgestellt hat, hat er seinen Beruf nicht erwähnt."

Demian lachte dreckig. Schwungvoll schritt er zu Plunkerts Büchergestell, wo im untersten, etwas verstaubten Regal die eigene Bibliographie des Mannes stand: knapp zwanzig Bücher, allesamt einschlägig. Er zog das mit dem Einband heraus, das am düstersten aussah: rote Schrift auf dunkelblauem Grund. Die Teufel von Betelgeuze, stand da plakativ auf dem Cover, und darunter in feinerer Schrift: Ausserirdische Besucher und ihr Einfluss auf die Weltreligionen.
„Betel-Goizä", hauchte Frieda, die auch von Astronomie keine Ahnung hatte. Das unbekannte Wort bekam aber zusammen mit den "Teufeln" und der roten Schrift einen infernalischen Beiklang. Es war die Art von Wort, wie es verrückte Neger, die Voodoo und schwarze Magie praktizierten, in mondlosen Mitternächten auf Friedhöfen blökten - zumindest in Friedas Welt, wo Worte, die nicht in ihrem Passivwortschatz waren und auch nicht von SVP oder PNOS benutzt wurden, ganz allgemein einen fragwürdigen Beigeschmack hatten. Fremdworte und fremde Worte, das war so was wie fremde Kulturen: grundsätzlich knapp akzeptabel, so lange es weit, weit weg von ihr war. Aber wenn man sich mit dem ausländischen Zeug einliess, musste man sich nicht wundern, wenn man dreckig wurde, Kriminellen zum Opfer fiel und das Ganze mit einer neuen Steuererhöhung bezahlen musste. Es gab schliesslich einen guten Grund, warum die Schweiz genau diese Form hatte! Gewisse Leute, Ideen und Worte gehörten einfach nicht in das Land hinein.

Missbilligend schaute sich Frieda in dem Raum um. Ihr Blick fiel auf eine Apparatur, die auf einem kleinen Tisch stand. Bergkristalle ragten aus ihr auf, Kupferspiralen

verbanden ein ominöses Oben mit einem nicht näher definierten Unten, und ein Seismographenschreiber stattete das Ding mit dem Touch von ernsthafter Wissenschaft aus.
Frieda trat an das Gerät und tippte mit dem Finger gegen die Halterung, die den Stift hielt, die eine kontinuierliche Krakellinie auf einen Papierstreifen zeichnete. Die Linie bekam einen Peak. Frieda tippte noch einmal dagegen, dieses Mal stärker. Die Linie schlug noch krasser aus.
Sie drückte auf eine der Kupferspiralen, in der Erwartung, dass sie mit einem „booing" wieder aufschnellen würde, aber es war eine Spirale, keine Feder, und Frieda drückte sie lediglich etwas zusammen.
Demian beobachtete sie amüsiert. Frieda fühlte sich ertappt. Plötzlich fiel ihr wieder ein, dass sie gerade in einer fremden Wohnung herumschnüffelte. Die ursprüngliche Ausrede, sich nur um Plunkert Sorgen zu machen, verlor mit jeder Sekunde an Glaubwürdigkeit – und Frieda brauchte diese Glaubwürdigkeit, vor allem sich selbst gegenüber. Sie war schliesslich eine brave Bürgerin, und grundloses Eindringen in fremde Wohnungen stand nicht zur Debatte.
„Er ist wohl nicht da", sagte sie lahm. „Hat vermutlich einfach vergessen, die Tür abzuschliessen. Sie wissen ja, wie solche Leute sind", schob sie hinterher.
„Natürlich", sagte Demian. Das Gewicht des Schlüssels lag in seiner Hosentasche, die angenehme Versicherung, jederzeit hierher zurück kehren zu können.
„Wir sollten gehen", sagte Frieda.
„Da haben sie recht, Frau Chämmerli."
Frieda watschelte Richtung Haustür, und Demian folgte ihr.
„Ich denke", sagte er dann langsam, als ob ihm die

Erkenntnis gerade erst gekommen wäre, „wir sollten ihm nichts davon sagen… er könnte alles falsch verstehen und uns des Hausfriedensbruchs bezichtigen. Und dann steht noch die Polizei vor der Tür, obwohl wir uns nur Sorgen gemacht haben."
Die Vorstellung, die Polizei käme ihretwegen, war fast zu viel für Frieda. Vor dem innern Auge sah sie, wie sie in Handschellen abgeführt wurde – vor den Augen der hämisch kichernden Glitter-Zwillinge und einer lachenden Aurora Holunder.
„Sie haben recht, sie haben recht", ächzte sie. Eilig verliess sie die Wohnung.
Demian schloss die Tür hinter ihnen beiden. Frieda hob ihre Wäschezaine wieder hoch. Offensichtlich hatte sie es verdammt eilig, vom Tatort weg zu kommen.
„Ich muss waschen", quiekte sie, und wuselte davon.
„Einen schönen Tag noch!", rief ihr Demian nach.
Als Frieda ausser Sicht war, schloss er die Tür ab und ging zurück in seine eigene Wohnung.

Eine halbe Stunde später kam Sebastian endlich vom Gassi-Gang nach Hause. Ohne sich gross darüber Gedanken zu machen, hatte er vorgehabt, den Hund danach wieder in Auroras Wohnung zu bringen. Aber jetzt, da er mit dem Tier vor ihrer Tür stand, kamen ihm Zweifel. Der Hund würde den ganzen Tag allein in der Wohnung hocken (Aurora hatte vergessen ihm zu sagen, dass der Hund tagsüber im Garten lag und eifrig die Verandatür bewachte), also beschloss Plunkert kurzum, den Hund mit hinauf zu sich zu nehmen (dass Warg dort genauso den ganzen Tag in einer Wohnung hocken würde, blendete er aus, gemäss dem Motto: Da ist das arme Tierchen nicht alleine).

Das „arme Tierchen" hatte einen Höllenspass. Erstmal galt es, neues Territorium zu erschnüffeln – ganze Räume voller Dinge, die noch nie eine Katze berührt hatte. Der Mensch, der sich mit seinem Rudelführer paarte, liess ihn gutmütig gewähren, während er sich um seine Nahrung kümmerte, mit dem üblichen Getöse, das für die Zweibeiner typisch schien. Dann aber begann sich das Tierchen, das für einen Hund unnatürlich nahe an einem Velociraptor war, zu langweilen... und das tat es auch kund.

Plunkert hatte sich gerade einen Kaffee aus der Maschine gelassen und sich ein schon etwas trockenes Weggli grosszügig mit Frischkäse beschmiert, als Warg zu jaulen begann. „Was ist denn los?" fragte Plunkert und erwartete einen Moment lang allen Ernstes eine Antwort. Warg jaulte weiter. Der Mensch vor ihm glotzte verständnislos auf ihn hinab, also brachte das nichts. Er begann zu bellen.

„Ach herrje", stöhnte Sebastian, der sich völlig überfordert fühlte, „was hast du denn?"

Hilflos riss er den Kühlschrank auf – und Warg verstummte.

„Hast du Hunger?"

Warg blickte ihn aufmerksam an. Sebastian, der immer noch nicht schlau wurde, schloss die Kühlschranktür. Warg stiess ein klagendes Jaulen aus. Sebastian öffnete die Tür wieder, Warg gab Ruhe.

„Was hab' ich denn für dich, Hundchen", murmelte Sebastian versonnen. Warg übernahm die Initiative, schob seinen grossen Kopf an Sebastians Hüfte vorbei und bewegte seine Nase langsam, aber zielstrebig auf die Quelle eines betörenden Duftes zu.

„Ja was willst du denn?" fragte Plunkert, während Warg

sich in aller Ruhe nahm, was er wollte: Ein angebrauchtes Pack Schinken.
Sebastian, der an die paranormalen Möglichkeiten telepathischer Kommunikation zwischen Mensch und Tier glaubte, war gerade mächtig stolz auf sich, weil die Gedankenübertragung zwischen ihm und dem Hund so gut funktioniert hatte.
Auch Warg war stolz auf sich: Er hatte Schinken.

Mit seinem Kaffee in der Hand liess Sebastian den Hund zufrieden in der Küche und ging in sein Büro. Er stellte die Tasse auf dem Schreibtisch ab und wandte sich dann routinemässig dem Ektomesser zu. Sein Herz machte einen Hüpfer.
Da waren zwei deutliche Peaks auf dem Papier, auf dem die empyreischen Schwingungen fest gehalten wurden. Eilig holte Sebastian sein Notebook, schloss es an den Ektomesser an und versuchte in der darauf folgenden Stunde, aus den Daten schlau zu werden. Es gab nämlich praktisch keine, und das, obwohl das Messgerät ausgeschlagen hatte wie noch nie.
Als er den Laptop aussteckte, sah er noch ein weiteres, paranormales Phänomen: Eine der Spiralen, die frei flottierende Energien sammeln und kanalisieren sollte, war merkwürdig gestaucht. Sebastian notierte sich das alles gewissenhaft. Er mochte es nicht verstehen, aber er war sich ziemlich sicher, einer grossen Sache auf der Spur zu sein. Bepone hatte sich gemeldet! Jetzt musste er nur noch verstehen, was er zu sagen hatte.

## 16. Schöner Fremder

Am nächsten Morgen musste der erleuchtete Demian fest stellen, dass er ein Problem hatte. Es bestand aus einem eklatanten Mangel an frischen Socken. Also packte er seinen Kram in seinen Koffer und verliess gegen Mittag das Haus.

Dafür, dass es schon Oktober war, war es ein sehr milder Tag. Frieda Chämmerli hatte ihre Daunenjacke aufgeknüpft und genoss den Föhn, der an ihrer Hochsteckfrisur zupfte. Heute war Mittwoch, der Wochentag, an dem sie traditionell alleine in der Innenstadt unterwegs war. Sie brach meistens am Vormittag zu ihrem Bummel auf und begann ihn jeweils damit, die Marktgasse hinauf zu schlendern. Die Schaufenster boten Waren feil, die sie nicht haben wollte, und die Strassen waren voller Leute, die sie nicht leiden konnte – zum Beispiel, weil sie jung, zufrieden, dunkelhäutig oder linksalternativ gekleidet waren. Um die Mittagszeit ging Frieda jeweils einkaufen. Ihr bevorzugtes Geschäft war eine kleine Migros-Filiale an jenem Punkt, wo sich Marktgasse und Oberer Graben trafen, und der Laden war von 12.15 bis 13.20 meistens gerangelt voll mit Gymnasiasten – eine herrliche Gelegenheit, sich über all die jungen Flegel aufzuregen! Frieda kaufte Taschentücher und ein Doppelpack Kleberollen und schlängelte sich durch den Pulk vor den drei Kassen, um sich vor zwei junge Mädchen zu drängeln. Sie warf den beiden einen empörten Blick zu und musterte ihre Sandwiches und Eistee-Flaschen mit einem herablassenden Starren. Die beiden Gören besassen die Frechheit, dies nicht zu bemerken, sondern setzten ihr heiteres Gespräch fort.

Nach diesem erfrischenden kleinen Ärgernis steuerte Frieda die Orell-Füssli-Filiale an, die sich unmittelbar neben der kleinen Migros befand. Sie hatte die vage Absicht, sich mit einer neuen Schnulze einzudecken. Die Geschichte vom Tierarzt und der verwitweten Wirtin war beinahe beendet, sie hatte das Zusammenkommen der beiden gestern Nacht gelesen und erwartete nun noch ein letztes Kapitel, in dem die Hochzeitsvorbereitungen thematisiert wurden; also musste neuer Stoff her. Sie schlenderte an den Auslagen der Bücher vorbei, liess ihren Blick über Cover schweifen, auf denen sich attraktive Paare vor dramatischen Landschaften anschmachteten. Nichts packte sie. Alles schien langweilig, ohne dass sie es überhaupt in die Finger nahm.
Unschlüssig sah sie sich im Laden um. Schräg hinter ihr stand ein Buch auf einem Stapel seiner Klone, das ihre Aufmerksamkeit fesselte. Ein gut aussehender Mann im Smoking lächelte sie an, während er ein blutiges Messer in der Hand hielt. Blut schien von den roten Buchstaben zu tröpfeln, in denen der Titel des Romans präsentiert wurde: Schöner Fremder.
Frieda schlenderte zur Thriller-Abteilung hinüber und griff sich das Ausstellungsexemplar. Etwas an dem hellblonden Covermodel erinnerte sie an Demian Grotz. Sie stellte sich Demian in dieser Pose vor, mit diesem Smoking, diesem Messer, diesem Lächeln. Unwillkürlich lächelte Frieda zurück.

Während sie das Buch bezahlte, schweiften ihre Gedanken zurück zu ihrem Mann. Und zu andern Männern, die lange, lange zurück lagen. Wie fast jedes Mädchen war die junge Frieda anfällig für den Topoi des Bad Boys gewesen. Aber die junge Frieda war ein anständiges und vernünftiges Mädel gewesen und geblieben. Sie hatte es dabei belassen, ein bisschen mit dem Feuer zu spielen, und dann schon recht bald den braven, seriösen Albert geheiratet. Manchmal, wenn die Helden ihrer Geschichten keine wohlsituierten Tierärzte, sondern wilde Piraten gewesen waren, hatte sie über alternative Verläufe ihres Lebens nachgedacht – und ob ihr Eheleben auch so langweilig geworden wäre, wenn sie damals die Einladung von Anton (dem man nachgesagt hatte, er habe Kontakte zu den Kommunisten im Osten) angenommen hätte.

Frieda war nicht die Einzige, die mit ihrer Ehe unzufrieden war. Sophia Grotz hatte sich gerade noch rechtzeitig in Stellung gebracht. Sie hatte die Armaturen in der Küche poliert, als sie den Schlüssel im Schloss gehört hatte. Schnell hatte sie das Polierzeug hingelegt und war ins Wohnzimmer geeilt, um sich dort, demonstrativ schwach, vor dem leise laufenden Fernseher zu positionieren. Sie zog sich die Decke über den Leib, während sie Demian die Treppe hinauf kommen hörte.
Als er eine fröhliche Begrüssung rief, schloss sie die Augen und tat, als schliefe sie tief, und als er sie endlich im Wohnzimmer fand, tat sie, als wäre sie gerade erst erwacht.
Demian entleerte seinen Koffer im Raum und redete dabei über Chicago. *Er gibt sich nicht einmal Mühe, richtig zu lügen,* dachte Sophia, *hör sich einer diese Plattitüden an.*
„Das Hotel war nett, aber das Wetter hätte besser sein können." Vager geht's ja kaum. Ihre Bitte, ihr Tee zu kochen, hatte Demian ebenso ignoriert wie ihre Frage nach einem Fiebermittel. Er hatte nur darauf hingewiesen, dass er gleich wieder weg müsse, dann war er in den

oberen Stock verschwunden, um seinen Koffer mit sauberen Kleidern zu füllen.
Sophia blieb liegen und simulierte weiter eine Grippe, bis Demian wieder zurück kam, sich lässig verabschiedete, und dann das Haus verliess. Sophia schlich zum Fenster und beobachtete, wie er die Strasse ansteuerte. Dann eilte sie in die Tiefgarage, setzte sich ins Auto und fuhr los.
Ihr Plan, Demian mit ihrem Wagen zu verfolgen, hatte einen Haken: Demian war zu Fuss unterwegs. Kaum, dass er um die Ecke gebogen war, rollte Sophia zur selben Ecke und sah noch, wie er Richtung Bushaltestelle ging. Sie fragte sich, warum er die öffentlichen Verkehrsmittel benutzte – Demian verachtete den ÖV – da hupte es auch schon hinter ihr. Sophia drehte sich um und sah den Audi hinter sich, mit einem genervt gestikulierenden Fahrer am Steuer.
„Überhol mich doch, du Arsch!", schrie sie und fuchtelte, selber überrascht von ihrer Aggression. Der Audi rollte links an ihr vorbei, der Fahrer tippte sich gegen die Stirn, als sie auf gleicher Höhe waren. Sophia zeigte ihm den Mittelfinger und brach ob ihrer Keckheit in schrilles Gelächter aus.
Der Audi fuhr an ihr vorbei, gleich darauf kam der Bus. Sie sah nicht, wie Demian einstieg, aber er stand nicht mehr an der Haltestelle, als der Bus abfuhr. Sophia folgte dem Bus.
Als er die nächste Haltestelle erreichte, überholte Sophia ihn, fuhr geradeaus und bog bei der ersten Gelegenheit links ab, nur um so schnell wie möglich wieder links abzubiegen. Ein drittes Mal links, und sie war wieder auf der Hauptstrasse. Sie beobachtete die vereinzelten Passanten. Demian war nicht dabei. Folglich war er immer

noch im Bus.

Das ermüdende Spiel wiederholte sie bei jeder Haltestelle.

An der Bushaltestelle Stadthaus sah sie gerade noch einen Schemen von Demian, als er endlich ausstieg. Sophia war froh – sie hatte schon befürchtet, dass er bis zum Bahnhof fuhr, und der hätte ihre Taktik gründlich durchkreuzt.

Hektisch sah sie sich nach einer Parksituation um und stellte den Wagen schliesslich völlig rechtswidrig hinter einige Büsche, die die Front des Hotel Blooms von der Strasse abtrennten. Von dem Platz aus konnte Demian den Wagen nicht sehen, sie ihn aber auch nicht. Also stieg sie aus und schloss ab. Der Gedanke an die Busse, die sie für diesen Stopp kriegen mochte, erheiterte sie.

Durch die Büsche beobachtete sie Demian. Ein Bus, mit einer weissen 1 auf schwarzem Grund, kam die Strasse herauf und hielt an der Haltestelle. Sophia lauerte, bis der Bus weg war, und tatsächlich war auch Demian nicht mehr da.

Sie stieg wieder in ihren BMW und war fast etwas enttäuscht, dass keine Politesse vorbei gekommen war, um sie zu büssen.

Sie folgte dem 1er Bus, der den Stadtkern verliess und Richtung Oberwinterthur zuckelte. Bei einer ihrer Runden, die sie ziehen musste, um nicht hinter dem Bus zu stehen, wenn er Halt machte, verfuhr sie sich und begann zu zittern und zu keuchen, bis sie wieder auf der Römerstrasse war. Sie versuchte, ihrer Panikattacke mit Atemübungen Herr zu werden, fuhr weiter die Strasse entlang und hielt nach dem Bus Ausschau. Als ein 1er an ihr vorbei rauschte, hatte Sophia keine Ahnung mehr, ob das tatsächlich der Bus war, dem sie folgte. Erst als sie

auf das Schild mit den grossen SWICA-Lettern zurollte, sah sie einen letzten schwarzen Zipfel von Demians Ledermantel.
Sophia bog scharf ab, damit er sie nicht sah, stellte den Wagen ohne zu zögern auf einem privaten Parkplatz ab und stieg aus.
Sie sah Demian gerade noch hinter einem Gebüsch verschwinden, dessen Üppigkeit gerade noch im erlaubten Rahmen lag. Hätten die Äste zwei Zentimenter weiter auf die Strasse hinaus geragt, so hätte der Grundstücksbesitzer eine Rüge erhalten - womöglich sogar eingeschrieben.
Sophia stieg wieder ins Auto und machte einige tiefe Atemzüge. Im Rückspiegel sah sie einen Mann, der sich ihr verärgert näherte – vermutlich um sie zusammen zu stauchen, weil sie auf dem falschen Platz parkte. Sie fuhr los und grinste ihn im Rückspiegel an.

Demian war gerade in die Seitenstrasse abgebogen, als er hinter sich seinen Namen rufen hörte. Er fuhr herum und sah Isabella, wie sie auf ihn zu geschritten kam. Sie schien unnatürlich klein, und automatisch wanderte sein Blick zu ihren Füssen. Zum ersten Mal sah er sie in flachen Schuhen.
„Ich hab gehört, dass eine halbe Stunde spazieren pro Tag einen Anti-Aging Effekt hat," sagte sie, als sie sah, dass er auf ihre Turnschuhe schaute, „also hab' ich Sportschuhe mit zur Arbeit genommen – man soll ja nicht in Highheels trainieren."
Demian konnte ob dieser Trivialität, verkündet mit dem Tonfall einer wichtigen Proklamation, nur noch stumm nicken.
„Und du?" fragte sie und berührte ihn zur Begrüssung

flüchtig am Arm, „Spaziergang bei dem schönen Wetter?"

Im Wagen beobachtete Sophia, wie Demian vertraut mit einer Frau sprach, die sie noch nie gesehen hatte. Das war per se nicht ungewöhnlich und auch kein Grund zur Eifersucht. Als die beiden dann neben einander weiter gingen, wurde Sophia mehr und mehr argwöhnisch, zumal die Unbekannte verdammt gut aussah. Die langen, schwarzen Locken fielen ihr elegant zusammengesteckt auf den Rücken. Unter den engen Jeans und dem farbenfrohen Shirt schien sich eine perfekte Figur zu verbergen, und der knallige, himbeerrote Lippenstift machte alles nur noch schlimmer. Sie atmete aus und schloss die Augen, wartete auf den emotionalen Schmerz – der nicht kam.
*Sei doch froh, dass du ihn so einfach los bist,* sagte die Stimme, auf die sie nie hörte. *Soll er mit der kleinen Schlampe glücklich werden.*
Sophias Schultern, die stets etwas hoch gezogen waren, fielen einige Zentimeter nach unten.
Sie schoss ein Foto und malte sich mit diebischer Freude aus, wie ihr Anwalt damit eine Scheidung zu ihren Gunsten erreichte. Die ganze Aktion war viel mehr Zeugnis von Sophias Verwirrung denn von einem aufkeimenden Widerstand, realistisch betrachtet hätten die blauen Flecken längst das 'Problem Demian' gelöst. Mochte sie jetzt noch so in Emanzipationsfantasien schwelgen, ihr Vorsatz, den Anwalt zu kontaktieren, würde im Laufe des Nachmittags zerbröseln. Wie jeder kleine Widerstandsfunke von dem Klumpen aus Erschöpfung und Wahnsinn und Angst erstickt wurde. Und dennoch: Sophia war in die Gänge gekommen. Und mit dem Foto

hatte sie nun einen Beweis, einen Anker in den Strudeln der Verwirrung. Egal was er ihr von seiner Geschäftsreise erzählen würde, sie wusste, dass er log.
Als sie zum Wagen zurück ging, lächelte sie.

## 17. Wirkung und Nebenwirkung

Tage verstrichen, bis sie zu Wochen zusammen kleisterten. Der Oktober dümpelte dem November entgegen. Endlich war es der 30. Oktober. Ein Tag vor den Halloween-Parties, hätte Isabella gesagt. Ein Tag vor Samhain, hätte Demian gesagt. Sebastian hätte mehr als eine historische Pointe zu Samhain und Halloween zum Besten geben können, Aurora hätte über diese Pointen gelacht, und Frieda Chämmerli wollte von diesem amerikanischen Unsinn nichts wissen. Sie war auch nicht völkisch genug, um mit Samhain etwas anzufangen – die Kelten der Antike waren ihr so fremd, dass sie schon beinahe wieder Ausländer waren. Ausser den Helvetiern, natürlich. Die waren in Ordnung.
Aber Friedas Ignoranz gegenüber dem langsamen Puls des Circle of Life hielt diesen nicht davon ab, das kalte Segment seines Jahreskreises zu präsentieren. Aurora und Demian hörten dieses Pulsieren, und reagierten völlig unterschiedlich darauf. Aurora machte die Topfpflanzen auf der Veranda winterfest und trug die zurück geschnittenen Geranien in den Keller.
Demian bereitete giftiges Essen zu. Er mochte Gifte. Sie hatten ihm zu seinem Startkapital verholfen, ihm seine Frau vorgestellt und ihn in Kontakt mit Bernd Trödler gebracht, der ihn seinerseits zum Ordensmitglied gemacht hatte. Gifte konnten alles bewirken und alles vernichten. Sie heilten oder verdarben. Sie machten süchtig oder erleuchtet. Alles eine Frage der Dosis.
Als das giftige Dessert soweit fertig war, deckte Demian die Schüssel mit Klarsichtfolie ab und stellte sie in den Kühlschrank. Er ging zurück in sein Zimmer und warf aus Gewohnheit einen Blick durch das Fenster. Im Park

stellte jemand ein grosses Zelt auf. Demian sah genauer hin, und erkannte einen der Männer im Park. Ein älterer Mann in teurem Anzug, der natürlich nicht selber das Zelt aufstellte, sondern delegierte und anwies, was genau zu tun sei. Unwillkürlich verzog Demian das Gesicht zu einer Fratze. Bei dem Mann im Park handelte es sich um keinen andern als Bernd Trödler. Derselbe Bernd, der ihn dem Orden - beziehungsweise Stähler - vorgestellt hatte. Demian schnaufte schwer. Dass Bernd im Park ein Zelt aufstellen liess, konnte eigentlich nur zwei Dinge bedeuten: erstens hatte man beschlossen, die alten Riten zu entweihen und auf den vorgegebenen Ort zu pfeifen. Und zweitens hatte man offenbar ihn, Demian, aus dem Orden geworfen.

Demian kochte vor Zorn, wandte sich um und wollte aus der Wohnung stürmen, um in den Park zu laufen und Bernd die eingebildete Fresse zu polieren - aber die Erleuchtung nahm Überhand.

*Gut für mich,* begriff Demian, und drehte sich wieder zum Fenster, um den Aufbau des Zeltes zu beobachten. *Ich bin den Orden tatsächlich so einfach los geworden. Stähler ist zu feige, um Anspruch auf das Schwert zu erheben. Alea jacta est - mein ist der Ruhm.*

Während sich Demian wieder einmal in seiner spirituellen Ekstase suhlte, hatte sich Sebastian Plunkert ergeben. Der triumphierender Sieger war Warg.

Der Hund hatte schnell begriffen, dass das neueste Rudelmitglied äusserst manipulierbar und nachgiebig war. Insbesondere lautes Bellen und kontinuierliches Jaulen führten schnell zu Wargs Zielen, die primär aus Schinken und Buddeln bestanden.

Die Folge war, dass sich Sebastian angewöhnt hatte,

seine Arbeit im Freien zu erledigen - auf einem extra dafür erstandenen Notebook. Er sass auf einer Bank am Waldrand, recherchierte für seinen neuesten Roman und hatte Warg an der langen Leine. So konnte der Hund im Umkreis von fünfzehn Metern selber entscheiden, was er tun wollte. Meistens wollte er graben.

Ab und zu kam er schwanzwedelnd angerannt, hechelte und fiepte - und wenn Sebastian dann nicht sofort ein Pack Schinken aufriss, begann er zu jaulen und zu kläffen, so dass sich Sebastian nicht mehr konzentrieren konnte. Sebastian machte sich eine Notiz, um Aurora auf das Problem anzusprechen. In ihrer Gegenwart verhielt sich der Hund eindeutig anders.


Das Stichwort der alternativen Verhaltensmuster bietet eine gute Überleitung zu Frieda Chämmerli. Auch sie benahm sich in letzter Zeit anders. Aber im Gegensatz zu Warg ging es hier nicht um Schinken. Friedas Innenwelt war komplexer - und deutlich verdrehter.

Das neue Buch 'Schöner Fremder' hatte sie in einem Zug durch gelesen. Es war ein Bestseller, spannend und mit einem befriedigenden Ende, aber das war es nicht gewesen, was Frieda so gepackt hatte. Es war das Blut gewesen. Und die Grausamkeit.

Der Thriller hatte ein Loch in Frieda gefüllt, das in den Jahren so subtil gewachsen war, dass sie es nicht bemerkt hatte. Anfangs war es nur ein Riss in ihrer Seele gewesen, der sich mit Intrigen und Gehässigkeiten temporär kitten liess. Doch mit diesen kleinen Gemeinheiten, die ohnehin nur kurzfristig geholfen hatten, hatte Frieda genau die Leute vergrault, die sie so dringend gebraucht hatte, um den Leerraum zu stopfen: Freundinnen hatten sich zurück gezogen, Verwandte meldeten sich nur noch an Feiertagen. Albert taugte schlecht als Füllung, denn er war passiv und desinteressiert. Man konnte ihn weder für Intrigen benutzen noch mit ihm zusammen etwas ausbaldowern.

Der Riss hatte mehr und mehr zu klaffen begonnen. Frieda behalf sich damit, Nachbarn und Fremde zu denunzieren, aber richtig helfen wollte das auch nicht. Doch nun hatte sie eine neue Quelle entdeckt, die den Abgrund füllen mochte: Die Grausamkeiten anderer Leute. Man konnte sie geniessen, ohne sich selbst in Gefahr zu bringen. Selbstverständlich war das Leid der Opfer um einiges prickelnder, wenn es mehr als blosse Fiktion war. Kaum, dass sie den Buchdeckel des Thrillers geschlossen hatte, hatte sich Frieda der True Crime-Darstellungen im Fernsehen angenommen. Albert Chämmerli musste hilflos zulassen, wie Frieda ihm die Fernbedienung weg nahm und durch die Privatkanäle zappte, um jedes Fitzelchen von Mord und Vergewaltigung in sich aufzusaugen. Am liebsten waren ihr die amerikanischen Formate. Aber auch das würde auf die Dauer nicht reichen. Frieda wollte mehr.

Gewiss, sie war nicht dumm, und sie war, was man gemeinhin „gut erzogen" nennt: gefangen in klar definierten Vorstellungen von „gesellschaftlich akzeptabel", „geht gar nicht" und „lass dich nicht erwischen". Schon als die ersten, abgrundtief dunklen Gedanken zu keimen begonnen hatten, wusste Frieda, dass sie in die Kategorie „geht gar nicht" gehörten, und egal, wie man es drehte und wendete, es liess sich kein „lass dich nicht erwischen" daraus machen. Nicht in ihrer Position. Wäre Frieda fünfzig Jahre jünger gewesen, so hätten sich ihre Wünsche vielleicht im Dienst einer Geheimpolizei oder einer nicht offiziell geführten Armeeinheit manifestie-

ren können – aber für eine alte Schweizerin gab es keine legalen Möglichkeiten. So blieb Frieda nur die Option, Dokus über Guantanamo und Kriegsgräuel zu schauen. Die Grausamkeit der Andern war wie ein Rinnsal, das den Riss kurz füllte. Und ihn dabei weiter aushöhlte.
Im Gegensatz zu den Abgründen in Frieda und Demian gab es bei Isabella eher seichteres Gewässer. Die junge Frau frisierte ihre letzte Kundin und unterhielt sich dabei über Belanglosigkeiten aus der Lifestyle-Rubrik, gewürzt mit Details aus der People-Sparte. Nach der Bezahlung - und dem Dank für das Trinkgeld - putzte Isabella ihren Arbeitsplatz und hatte dann, endlich, Feierabend.
Ihre Facebook-Startseite unterhielt sie, während der Bus sie nach Hause brachte, und der kurze Fussweg zwischen Haltestelle und Haus gab ihr einen Moment der Musse. Sie schlug die Jacke zurück, die sie ohnehin offen getragen hatte, und reckte den Kopf in die Sonne. Dafür, dass es Ende Oktober war, war es geradezu unanständig warm, Meteonews hatte von Rekordtemperaturen gesprochen. Isabella dachte bei solchen Nachrichten nicht an den Klimawandel. Sie freute sich über das Wetter, und sog mit dem Sonnenlicht gleichsam Glück ein.
Wie jemand, der literweise Wasser trinkt, bevor er sich anschickt, die Wüste zu betreten. Aber im Gegensatz zu dem, der die Wüste erkunden geht, wusste Isabella nicht, was ihr bevor stand.
Das Verhängnis kam über sie in Form eines euphorischen Demians. Er erzählte aufgedreht, dass er heute spontan seine neue Wohnung habe besichtigen können. „In den Archhöfen, gleich beim Bahnhof", juchzte er, und eröffnete ihr, er habe zur Feier des Tages ein Abendessen vorbereitet. Während er Isabella zum Tisch bugsierte, den er bereits gedeckt hatte - inklusive Kerzen und Blu-

mensträusschen - beschrieb er die Wohnung (er hatte sich Bilder im Internet angeschaut). Isabella kaufte ihm die Story, wonach er sich nach seinem Hausbrand blind auf alles beworben hatte, das gerade frei war, gutmütig ab und freute sich, dass Demians zukünftige Wohnung offenbar so genau seinen Träumen entsprach. Demian war so freudig und aufgedreht, dass Isabella gar nicht anders konnte, als sich an den Tisch zu setzen und sich von ihm bedienen zu lassen.
Das Mahl bestand aus Steak und Chicoree. Demian hatte vor allem die Salatsauce mit speziellen Ingredienzen versehen, und goss die Flüssigkeit extra nur tröpfchenweise auf einige Blätter, die er dann aber nicht ass. Zufrieden stellte er fest, dass Isabella beim Salat ziemlich zugriff und auch nicht an Sauce sparte.
Da er nicht sicher gewesen war, ob sie auch genug davon essen würde, hatte er auch beim Nachtisch ordentlich 'gewürzt'.
„Mein Lieblings-Dessert", sagte er grandios und holte die Schüssel aus dem Kühlschrank.
Isabella unterdrückte gerade noch den Impuls, ihr hübsches Näschen zu rümpfen. Demians Nachtisch sah geradezu unappetitlich gesund aus. Blaue und schwarze Beeren punktierten eine gelbliche Masse, die einen Bioladen-Geruch suggerierte. Doch sie wollte nicht unhöflich erscheinen, also schöpfte sie sich eine kleine Portion.
„Mal probieren", erklärte sie die winzige Menge, steckte einen Löffel in die Creme und führte ihn zum Mund.
Das Zeug war überraschend lecker. Oh, es schmeckte durchaus nach Bio, aber auf eine unaufdringliche Weise, die eher an Gourmetküche denn an - wie es Isabella für sich nannte - Neanderthalerfutter gemahnte.
Noch ehe sie ihre Schale ganz geleert hatte, schöpfte sie

nach.

„Das ist lecker", sagte sie, „was sind das nochmals für Beeren?"

„Brombeeren, Heidelbeeren, Tollkirsche...", zählte Demian betont langweilig auf.

Isabella starrte ihn einen Moment lang bestürzt an, dann warf sie den Kopf zurück und lachte ein raues Lachen. „Einen Moment lang hattest du mich", sagte sie, immer noch breit grinsend. „Nein, echt, was sind das für Beeren?"

Demian zwinkerte und schöpfte sich selbst eine Portion Tollkirschen an Büffelquark.

„Irgendwas exotisches?", spekulierte Isabella weiter.

Demian neigte lächelnd den Kopf, was man als Zustimmung werten konnte - oder als Ablehnung, aber Isabella entschied sich für Ersteres.

„Jedenfalls lecker", meinte sie, und schabte mit dem Löffel die Schale aus.

Zwölf Stunden später sollte Demian verblüfft aus dem Schlaf hochschrecken, weil er die Geräusche hörte, die Isabella jeden Morgen fabrizierte: Die Dusche, die Kaffeemaschine, und Isabellas Absätze, die durch die Wohnung klappern, während sie auf den letzten Drücker noch die tausend Dinge erledigen muss, die sie gestern Abend auf den Morgen verschoben hat. Demian ist nicht nur sehr gut darin, solche Geräusche auszublenden, er kann auch prima bei Lärm schlafen. An diesem Morgen aber sagte ihm der Lärm: *Dein Plan ist misslungen.* Von Null auf Hundert lag Demian mit offenen Augen im Bett und hörte, wie Isabella Türen knallte und mit Geschirr schepperte. *Sie dürfte gar nicht wach sein*, dachte er. *Und wenn wach, dann müsste sie benommen und fiebrig sein.*

Er schlüpfte aus dem Bett und tauschte das Pyjama-Oberteil gegen ein frisches T-Shirt, damit er wenigstens halbwegs präsentabel aussah. Er verliess das Zimmer, den Gang zum Badezimmer vorschützend, mit der festen Absicht Isabella über den Weg zu laufen, wenn möglich gar mit ihr zusammen zu prallen, um einen möglichst genauen Eindruck ihres Zustandes zu erhalten.
Die junge Frau wirkte tatsächlich nicht allzu fit. Sie hatte der atropinbedingten Blässe mit einem Übermass an Make Up beizukommen versucht, aber der Kaffee in ihrer Tasse bildete die winzigen Wellen eines Mini-Erdbebens, das das unmerkliche Zittern ihrer Finger auslöste, und auf ihrem Hals und ihrer Stirn glänzte ein feuchter Film.
„Geht es dir gut?", machte Demian auf besorgt.
Isabella, die sich seit dem Aufstehen schwindlig und benommen fühlte, drehte sich zu ihrem Mitbewohner um. Verschlafen und zerzaust stand er vor ihr, mit ehrlicher Anteilnahme im Gesicht.
„Seh ich so schlimm aus?", Sie lächelte schwach. „Hab schlecht geschlafen. Wirres Zeug geträumt."
Sie stürzte den Rest Kaffee hinunter und stellte die Tasse ab.
„Das wird schon", sie grinste schief. „Bis heute Abend."
„Ja", sagte Demian verblüfft, während sich Isabella die Handtasche griff und zur Tür ging. Sie schloss auf, zog ihren Schlüssel aus dem Schloss und liess ihn in die Handtasche fallen, während sie die Wohnung verliess.
„Tschü-hüs", brachte Demian noch hervor, sich gerade rechtzeitig daran erinnernd, dass seine Rolle hier ein bisschen schwul war.
Isabella schaffte es den Morgen hindurch so einigermas-

sen, fühlte sich aber je länger je mieser. Demians Drogencocktail hatte eine Nebenwirkung, die Demian selbst nicht geplant hatte: Isabellas Magen hatte kapituliert, und setzte mit der Verdauung immer wieder mal aus. So wurden giftige Beeren und psychoaktiver Salat nur schrittweise zersetzt, und genau so entfalteten sie ihre Wirkung: Wie eine Retardtablette.

Als Isabella um elf in eine Zigarettenpause ging, überlegte sie schon, ob sie früher nach Hause gehen sollte. Immerhin war Freitag, und sie hatte Frühschicht gehabt. Mit leichtem Zittern zog sie eine Zigarette aus der Packung, steckte sie zwischen die Lippen und liess das Feuerzeug klicken. Der erste Zug reichte, um ihren Zustand endgültig zu kippen.

Isabella warf die Zigarette Richtung Aschenbecher (sie traf nicht) und stürzte zur Toilette, wo sie sich übergab.

Zehn Minuten später ging sie auf zittrigen Beinen zu ihrer Chefin, der sie gar nicht erklären musste, dass sie krank war - man sah es ihr deutlich an.

Aus Angst, sich im Bus zu übergeben, war Isabella zu Fuss aufgebrochen. Die Schritte an der frischen Luft taten ihr gut, aber das Gefühl des Unwohlseins liess nicht wirklich nach. Isabella fühlte sich fiebrig und schien schlechter zu sehen. Die Übelkeit hatte etwas nachgelassen, wollte aber nicht ganz schwinden. Langsam ging Isabella die Stadthausstrasse entlang und redete sich selber gut zu. An der Kreuzung, die in die breite Passage des Oberen Grabens führte, fühlte sie sich endlich etwas besser. Sie ging weiter und befand, dass es ihr gut genug ging, um den Bus zu nehmen. Sicherheitshalber wollte sie noch eine Cola kaufen, um vor der Peinlichkeit und der Busse gefeit zu sein, die das Kotzen im Bus mit sich bringen würde.

Unter den Lettern „Stadtverwaltung" öffnete sich die verschachtelte Bauweise der Winterthurer Altstadt, und erlaubte den Durchgang zu einer Parallelstrasse, ohne den ganzen Häuserkomplex zu umrunden. Gleich nach diesem Durchgang sah Isabella die Filiale einer Supermarktkette und betrat sie, um eine kleine Flasche Coke zu kaufen.
Sie war kaum in dem Geschäft, als sich ihr Magen in einen harten Klumpen verwandelte. Der Krampf setzte sich sehr schnell nach unten fort.
Isabella zog die Luft tief in den Bauch und versuchte, ihr Gedärm zu beruhigen, aber das forderte vehement nach einem Abort.
Isabella sah sich um und fand einen jungen Mann, der Cerealien in ein Gestell beigte.
„Hallo, sorry", begann sie und fixierte ihn, als sie einen Schritt auf ihn zu machte. Der Mann - eigentlich fast noch ein Kind, er war deutlich jünger als Isabella - hob den Kopf und richtete sich auf. „Lehrling" stand auf dem Schild auf seiner Brust. „Darf ich mal eure Toilette benutzen?", fragte Isabella und versuchte, ihren Gesprächspartner zu fixieren. Es fiel ihr schwer.
„Ja, klar", sagte der Lehrling, „kommen sie."
Isabella schwankte ihm hinterher, durch eine Tür, die Treppe hinab, durch eine weitere Tür. Der Anblick des Lavabos versprach die bevorstehende Erlösung. Isabella stürzte durch die letzte Tür und knallte sie hinter sich zu. Sie sass kaum auf der Schüssel, da hörte sie eine wütende Stimme. Vage wurde ihr bewusst, dass sie kaum verstand, was da lamentiert wurde. Ein Mann war empört und machte seinen Gefühlen Luft. Isabella fühlte sich mit einem Mal eingesperrt von dieser Stimme, in diesem weiss gekachelten Kloraum.

Als sie aufstand, begann sich alles zu drehen, auf eine nicht unangenehme Weise. Isabella kicherte dümmlich und verliess den Raum, um sich die Hände zu waschen. Tatsächlich veranstaltete sie ein ziemliches Gespritze.
Die wütenden Worte kamen immer noch von draussen und störten Isabellas Flow. Die gekachelten Wände des Bades erinnerten sie an eine Nazi-Gaskammer, die sie einmal in einem Film gesehen hatte. *Raus hier,* dachte sie, *ich muss raus hier.*
Sie verliess die Toilette.
Draussen machte gerade der Filialleiter den Lehrling zur Schnecke, weil er eine Kundin auf das Mitarbeiterklo gelassen hatte.
„Und sie", blaffte er Isabella an, „was fällt ihnen ein? Haben sie zu Hause kein WC?"
„Doch", sagte Isabella mit einer Stimme, die ihr unnatürlich hoch vorkam, „aber das ist zu Hause." Der Filialleiter starrte sie an, der Lehrling blickte betreten zu Boden – und Isabella brach in raues Gelächter aus.
„Raus hier!", blökte der Filialleiter, „raus hier!" Er packte Isabella am Arm und zerrte sie mit sich. Sie lachte immer noch.
Der Filialleiter schloss – weiss Gott nicht zu unrecht – dass die Frau unter Drogen stand. Zusammen mit Isabellas aufgetakeltem Äusseren schloss er – völlig zu unrecht – dass sie sich prostituierte. So jemanden wollte er nicht im Laden haben. Er zerrte sie die Treppe hoch, während sie immer noch wie irre lachte, bugsierte sie unsanft zum Hinterausgang und setzte sie wieder auf die Strasse.
Als die Tür hinter ihr zu knallte, erwachte Isabella aus der krampfhaften Heiterkeit. Sie lehnte sich gegen die Hausmauer. Alles drehte sich, und sie fühlte sich unfähig, das eben Erlebte einzuordnen. Die erschrockenen

Augen des Lehrlings. Die verzerrte Fratze des Filialleiters. Ein derbes Lachen, das von kahlen Treppenwänden abprallte. Die Flasche Coke in ihrer Hand, von der sie sich nicht erinnern konnte, sie aus dem Regal genommen, geschweige denn bezahlt zu haben.
Mit einer kaum zu bewältigenden Kraftanstrengung drehte Isabella den Deckel auf und nahm einige Schlucke. Das Prickeln der Flüssigkeit brannte in ihrem rauen Hals.
*Ich muss nach Hause,* dachte sie, *mir geht's nicht gut.*
Sie wankte zur nächsten Bushaltestelle, liess sich auf eine Bank fallen. Den Kopf stützte sie in die Hände, und die Arme hatte sie wiederum auf den Oberschenkeln abgelegt, so dass sie in einer fast kauernden Haltung unter dem Plastikdach sass. Trübe beobachtete sie ein paar Kinder in Kostümen, die an der gegenüberliegenden Strassenseite entlang hüpften. *Ausgerechnet an Halloween krank,* dachte sie matt, *heut' Abend hät's ne Menge Parties gegeben.* Sie dachte an ihr sexy Ironman-Kostüm, das sie sich vor einigen Wochen bestellt hatte. *Ist ja schon bald wieder Fasnacht,* tröstete sie sich und spähte auf die Strasse, in der Hoffnung, der Bus möge endlich kommen.

Für Demian sollte dieser 31. Oktober ein ganz besonderer Tag werden. Wie immer, wenn er in letzter Zeit etwas nicht verstand, kam die Erleuchtung über ihn und erklärte ihm alles. So war es auch an diesem Morgen gewesen, als Isabella die Wohnung verlassen hatte. Demian hatte erkannt, dass dies hatte geschehen müssen, damit er Zeit für seine Ritualvorbereitungen hatte.
Da er selbst aber nur eine vage Ahnung davon hatte, was er heute Abend genau tun würde, waren diese Vorbereitungen stark von seinen Launen geprägt. Demian

legte sich erst nochmal ins Bett, um sich richtig auszuschlafen. Dann lief er nackt in der Wohnung herum und sang dazu eine Hymne, die ihm direkt aus der Akasha-Chronik gechannelt wurde. Danach trank er einen Kaffee und setzte sich dazu (immer noch nackt) auf den Wohnzimmerfussboden.
Als ihm langweilig wurde, begann er zu onanieren.
Natürlich kam Isabella just in diesem Moment nach Hause.
Sie sah schrecklich aus. Ihre Augen stierten mit riesigen Pupillen, feiner Schweiss glänzte auf ihrer Haut. Das verschmierte MakeUp liess sie noch abgehalfterter wirken. Sie hatte das Wohnzimmer betreten und starrte nun schwankend auf Demians Erektion. Als er aufstand, würgte sie einen Laut hervor.
„Jepp", sagte Demian vergnügt, trat auf sie zu und schlug ihr ohne Vorwarnung die Faust gegen die Schläfe.
Isabella ging zu Boden.

17. Die unerwartete Rückkehr

Ein Mann erwachte.
Er wusste nicht, wer er war.
Er wusste nicht, wo er war.
Er wusste streng genommen nicht einmal, dass ihm speiübel war. Als er sich erbrach, löste das Wort „kotzen" das erste Schimmern einer Dämmerung in seinem Bewusstsein aus. Der Morgen des Erwachens graute, und schickte sich an, ein verdammt trüber Tag zu werden.
Schritte. Geräusche. Der Mann konzentrierte sich. Er lag in einem Bett. Neben dem Bett stand eine Maschine. In seinem Handrücken steckte eine Infusion.
Eine Frau erschien in seinem Blickfeld. Mittleren Alters, das wasserstoffblonde Haar streng nach hinten gebunden. Ein kleines Goldkreuz um den Hals. Auf einem kleinen Schildchen über dem Herzen stand J. Fenner.
„Warum is' mir so schlecht?", lallte der Mann.
„Das könnten Entzugserscheinungen sein", sagte J. Fenner. „Wir haben sie zwar auf Methadon gesetzt, aber bei Polytoxikomanen wie ihnen-"
„So n Scheiss", möhnte der Mann.
„In ihrem Blut wurden Cannabis, Extasy und 2CB nachgewiesen."
„Ah was", monierte der Mann und hob abwehrend die Hände, „ich nehm nur Natur. Chemie macht kaputt!"
Die Antwort kam so reflexartig, als habe er sie schon unzählige Male gesagt, und mit ihr kamen Erinnerungen: Partyszenen, Lagerfeuer, eine Band, die im Stroboskop kurz aufleuchtet, und Gesichter. Freunde.
Frau Fenner liess ihm keine Zeit, die komatösen Gedanken zu wecken, sondern fuhr ihn an: „Ausserdem waren sie stark alkoholisiert – sie wären beinahe den Rheinfall

hinunter gestürzt. Mann, sie müssen ja einen Schutzengel haben. Die Rettungssanitäter, die sie geborgen haben, sagten, sie seien auf so einem schmalen Absatz aufgeschlagen." Sie hielt die Handflächen etwa 50cm auseinander.
Eine weitere Erinnerung drängte sich auf. Vage, weil er so betrunken gewesen war. Aber war da nicht ein Mann gewesen? Der hatte ihn doch überhaupt erst nach Neuhausen geschleift! Der Drecksack hatte ihm ein Bier nach dem andern spendiert, und ihm vermutlich was 'rein gekippt. Nur um ihn dann zu ermorden. Die Erkenntnis rastete ein, und mit der Wut erwachte Kurt Lahm erst richtig.
„So ein Wichser!", stiess er aus, und vor lauter Zorn kotzte er gleich noch mal. Es kam nur Galle, wie beim ersten Mal. Frau Fenner sah plötzlich etwas besorgt aus.
„Hören sie", stiess Kurt aus, „rufen sie die Bullen. Da hat mir so ein Arschloch das E und den andern Scheiss ins Bier geschüttet und mich dann übers Geländer vom Rheinfall gestossen. Echt jetzt." Er würgte erneut. „Kann ich was gegen das Gekotze haben?"
„Wenn sie wirklich keine Drogen nehmen, dann Erbrechen sie vermutlich wegen der Nebenwirkungen des Methadons."
„So 'n Scheiss", möhnte Kurt.
„Ja", sagte Frau Fenner schnippisch, „das sagten sie schon." Sie schloss die Augen und atmete langsam aus. „Ich hole ihnen etwas gegen die Übelkeit", sagte sie deutlich ruhiger. „Wenn sie sich besser fühlen – und das wird innert Minuten der Fall sein – sollten sie selber die Polizei rufen." Sie rauschte aus dem Raum.
Tatsächlich erinnerte sich Kurt kaum an genug, um eine brauchbare Beschreibung von Demian abzugeben. Dazu

kam, dass ihm der Name des Täters nicht mehr einfallen wollte. Die Polizei wusste nicht so recht, ob man ihm überhaupt glauben sollte. Auch die behandelnde Ärztin glaubte ihm nicht, als er ihr versicherte, es gehe ihm gut genug, um nach Hause zu gehen. Sie befand, dass er noch etwas zur Beobachtung bleiben müsse.

## 18. Kammerjäger Konrads Zelt

Der altehrwürdige und hochgeachtete, wenn auch ziemlich unbekannte, weil geheime Orden der blauen Begonie hatte ein Problem. Nun, eigentlich mehr als eines. Neben dem aktuellen Problem hatte er auch ein Nachwuchsproblem. Die jungen Vertreter künftiger Eliten schlossen sich lieber cooleren Geheimbünden wie den Freimaurern oder den frei kopulierenden Jüngern des Dionysos an, und man hatte eine Zeit lang die Politik verfolgt, einfach jeden Anwärter aufzunehmen. So hatte Bernd Trödler einen alten Kumpel mit in den Orden gebracht. Bernd hatte den Mann euphemistisch als Spezialist für diskrete Import-Export-Lösungen beschrieben, ein Code, den Stähler durchaus zu entschlüsseln wusste, und so beim Begriff „Dealer" landete. Auch ohne den kriminellen Hintergrund des Kerls zu kennen, hatte Stähler intuitiv begriffen, dass dieser Mann ein Problem werden konnte – aber abgesehen von dem Nachwuchsproblem hatten die Mitglieder des Ordens der blauen Begonie bisweilen einen Bedarf an diskreten Import-Export-Geschichten – und dabei ging es keineswegs um Drogen. Naja, meistens nicht.
Also hatte man diesen zwielichtigen Vogel, dessen einziger Leumund darin bestand, dass er mit Sophia Stolzone verlobt war, in den Orden aufgenommen. Die Rede war natürlich von Demian Grotz. Aber dann war Grotz stark genug gewesen, den Entzug durch zu ziehen (das allein hatte ihm Stählers Achtung eingebracht), und als er dann noch das kleine Vermögen seiner Frau zu einer stattlichen Summe vermehrt hatte, war ihm der Respekt des ganzen Ordens sicher gewesen. Demian mochte innerhalb der Ordenshierarchie eine sehr nied-

rige Position bekleiden, aber man schätzte sein unkonventionelles Vorgehen und seinen draufgängerischen Wagemut. Diese beiden Eigenschaften gingen, wie Stähler den andern häufig in Erinnerung rief, gern mit Wahnsinn einher. Rodderick Stähler hätte sehr davon profitiert, wenn er sich seinen eigenen Rat früher zu Herzen genommen hätte. Aber jetzt war die Katze aus dem Sack. Demian Grotz hatte endgültig sein Gesicht als unzurechnungsfähiger Psychopath gezeigt.

Abgesehen von dem durch das Nachwuchsproblem hervorgerufenen Problem namens Demian Grotz drückte der Schuh noch an einer dritten Stelle, die eng mit Demian zusammen hing. Der Orden hielt regelmässig Rituale ab. Das tun geheime Orden nun mal. Meistens war die Sache relativ profan. Man traf sich zu einem geheimen Zeitpunkt an einem geheimen Ort, nachdem man sich zuerst in sein Zeremonialoutfit geworfen hatte – fluchend, weil man sich in der Enge des Autos umziehen musste.

Sobald alle Mitglieder vollständig versammelt waren, stellte man sich im Kreis auf. Der Hohepriester, dessen Amt momentan kein anderer als Rodderick Stähler bekleidete, schwang den Weihrauchkessel und rezitierte die altehrwürdigen, heiligen Worte.

Rodderick hatte eine tolle Stimme. Mit so einer Stimme wurde sogar die Lesung von „Alle meine Entchen" episch. Gut möglich, dass Rodderick auch einen Text dieser Art vortrug, denn die modernen Generationen des Ordens verstanden die altehrwürdigen Worte nicht mehr. Die Liturgie war mehr als uralt, mehr als antik. Sie war prähistorisch. Sie war auf Papyrus geschrieben worden, als sich die Kultur vom Tontäfelchen verabschiedet hatte, sie waren auf Pergament gebannt worden, um in den Tiefen eines Klosterkellers verborgen zu liegen, in der Neuzeit belebt und auf Papier gedruckt und schliesslich als PDF abgespeichert worden. Die Bedeutung der geheimen Worte war übersetzt, umgedeutet, und schliesslich verloren gegangen. Übrig geblieben waren majestätische Silben, die von einer willkürlichen Interpunktion gegliedert waren. Durch sie war der Orden auch zu seinem derzeitigen Namen gekommen: Die ersten Worte der Inkarnation lauteten „Bloiu Bloiu Begoania Bringu...", was dann eben zu jenem Spitznamen geführt hatte.

Aber eben: Rodderick hatte eine tolle Stimme, und aus seinem Mund klangen die Worte wie ein altgehütetes Geheimnis, das sich jedem erschloss, der nur gut genug zuhörte.

Nach dem Teil mit dem Rezitieren und Weihrauch-Kessel-Schwenken kam die Huldigung an das ewig Weibliche. Ausgedeutscht lief es darauf hinaus, dass ein Pulk liebreizender junger Frauen die Runde belebte. Sie trugen symbollastigen Blumenschmuck und Plastikfrüchte im Haar, und sonst gar nichts. Die schönste von Ihnen legte sich dann vor den Hohepriester auf den Altar, und er zeichnete die altüberlieferten Symbole über ihr in die Luft. Ursprünglich hatte man dafür das heilige Schwert der Blauen Begonie verwendet, aber dieses war unauffindbar, seit 1903 der damalige Hohepriester Opfer einer Einbrecherbande geworden war. Also hatte man sich einen stylischen Ersatz beschafft, mit dem der Hohepriester von da an die Inkarnation einer längst vergessenen, aber unbestreitbar weiblichen Gottheit segnete. Danach taten die jungen Damen das, wofür sie bezahlt worden waren – es gab schliesslich gute Gründe, warum man für diese Art der heiligen

Zeremonie Sexworkerinnen statt Nonnen anwarb. Während man in der Regel relativ frei war, wo man diese Rituale abhielt, gab es alle hundert Jahre eine riesige Zeremonie, die sich über halb Europa erstreckte. Alle Ableger des Ordens machten mit – Dutzende von Zeremonialschwertern mussten zum exakten Zeitpunkt gehoben werden, um synchron die heiligen Symbole in die Luft zu schlagen. Das Ritual musste zudem genau auf den Knotenpunkten der Energielinien vollzogen werden, die sich über den ganzen Planeten erstreckten. Stonehenge, die sixtinische Kapelle, die rote Quelle in der Bretagne waren nur die bekanntesten dieser Knotenpunkte, Sonnen im tellurischen Sternenmeer, doch ein jedes Sternchen wollte mit einem kultischen Feuer belebt werden. Wurde das Ritual falsch oder unvollständig zelebriert, so würden fürchterliche Dinge geschehen. Die Prophezeiung, in der all dies geschrieben stand, drückte sich da nicht so klar aus, aber es war sicher, dass ein Verpatzen des Rituals Flutkatastrophen, Vulkanausbrüche, Meteoriteneinschläge und – am schlimmsten von allem – den finanziellen Ruin aller Ordensbrüder nach sich ziehen würde. Stähler war kein fanatisch Glaubender, aber mit solchen Dingen war nicht zu spassen, also war es das Beste, das Ritual einfach durchzuführen. Und genau hier trat das dritte Problem auf.
Der Ritualort war nicht mehr verfügbar. Statt dessen war man auf den Garten des eigentlichen Ortes ausgewichen. Bernd hatte Rodderick Stähler versichert, er würde ein 50m²-Zelt in angemessenem Dunkelrot aufstellen. Was nun hier vor Stähler auf dem Rasen stand, war allerhöchstens halb so gross und zu allem Übel auch noch lachsrosa. Bernd war das natürlich nirgends recht, aber jetzt konnte man auch nichts mehr machen. Wenigstens

hatte Bernd daran gedacht, ein Schild aufzustellen.
*KAMMERJÄGER KONRAD*
*Schädlingsbekämpfung - Kammerjäger - Tatortreinigung*
Das Ganze sah schon sehr unauffällig aus, befand Stähler - so unauffällig ein rosa Zelt eben sein konnte. Er warf einen Blick hinüber zu dem Haus, in dessen Garten der Park nahezu nahtlos über ging. Hatte Demian das Zelt gesehen? Hatte er begriffen, was es bedeutete?
Stähler fand es zunehmend schwierig, das frühere Ordensmitglied einzuschätzen. Ein normaler Mann hätte nachgefragt, hätte Stähler vielleicht mit einem spontanen Besuch in die Enge zu treiben versucht, hätte mit Geschenken diskret die Option einer noch grösseren Bestechung in den Raum gestellt. Nicht so Grotz - er ignorierte den Orden komplett. Er musste doch gemerkt haben, dass man ihn aus dem Mailverteiler genommen hatte, spätestens, als er keine Informationen bezüglich des neuen Ritualortes erhalten hatte. Stählers Blick fand und suchte die Villa, in die sich Grotz eingemietet hatte. Was mochte sich hinter dieser Denkmalschutzfassade wohl gerade abspielen?
Frieda Chämmerli stand zur Abwechslung mal nicht vor dem Fenster, sondern vor dem Spiegel. Das hatte sie schon lange nicht mehr getan. Oh, sie sah sich jeden Morgen darin, schliesslich wollte sicher gestellt werden, dass sie anständig aussah. Aber jetzt stand sie mit Augen vor dem Spiegel, die sie seit zwanzig Jahren nicht mehr in ihrem Gesicht hatte leuchten sehen. Wache, lebendige Augen, voller Feuer, Leidenschaft, Unsicherheit.
Vor über fünfzig Jahren war Frieda genau so vor dem Spiegel gestanden, hatte Kleid um Kleid anprobiert und sich gefragt, in welchem sie wohl am hübschesten aussähe. Jetzt, mit zweiundsiebzig, wusste sie, was ihr stand.

Und sie hätte alles dafür gegeben, noch einmal jung zu sein – jung genug zumindest, um in Demians Beuteschema zu passen.
Frieda war zu vernünftig und zu verkalkt, um wahrhaftig zu realisieren, was in ihr vorging. Hätte sie vor sich selber ehrlich sein müssen, so hätte sie vielleicht zugegeben, dass sie für den neuen Nachbarn schwärmte – mehr aber auch nicht. Wo kämen wir denn hin, wenn anständige Leute wie Frieda Chämmerli plötzlich für eine dumme kleine Liebelei alles hin schmeissen würden!
Doch hätte sich Frieda ernsthaft zwischen ihrem Mann und Demian entscheiden müssen… nun, die Wahrheit tritt gern erst im Konflikt offen zu Tage. Und in diesem moralischen Konflikt hätte sich die gute, bürgerliche Frieda gegen Anstand, Moral, Ehe und Bürgertum entschieden. Sie wäre mit Demian durchgebrannt.
Demian wusste das.
Frieda nicht.

Isabella lag zu Demians Füssen. Ohne sich gross zu beeilen ging er in sein Zimmer, holte eine getragene Jeans aus dem Plastiksack, in den er jeweils die Schmutzwäsche stopfte, und ging damit in die Küche. Er hatte keine Schere und auch gerade nichts grösseres als ein Taschenmesser zur Hand, aber in der Küche wusste er eine schöne, grosse Schere. Kurze Zeit später hatte sich Demians Designerjeans in einen zerschnittenen Fetzen und vier breite Streifen stabilen Stoffs verwandelt. Hervorragend geeignet, um Isabella damit zu fesseln. Die Erleuchtung hatte die Jeansstreifen vorgeschlagen, einen Herzschlag nachdem sich Demian gefragt hatte, wo Isabella wohl die Schnur aufbewahrte.
Die junge Frau war weggetreten, als er ihr die Hand-

gelenke hinter dem Rücken zusammen band. Als er sich daran machte, ihr die Knöchel ebenfalls zu fesseln, schien sie etwas aufzuwachen. Sie gab einen Laut von sich und wollte sich auf den Rücken rollen, doch Demian hielt sie fest.
„Isabella, dir geht's nicht gut", sagte er sanft, „lass die Sanitäter machen, die dich auf der Trage festbinden."
Isabella hörte diese Worte wie durch zähen Nebel. Sie liess sich sinken. Dann wies ihr Verstand sie darauf hin, dass man Bewusstlose nicht mit dem Gesicht nach unten auf Tragen fixierte. All ihre Willenskraft mobilisierend riss sie den Kopf in den Nacken und presste die Augen auf. Sie sah verschwommene Schlieren, in denen bunte Sternchen tanzten. Undeutlich bemerkte sie, wie ihr Speichel das Kinn hinunter rann. Sie versuchte sich auf den Rücken zu wälzen.
„Du gehörst wohl zu den ganz Zähen", sagte Demian. Die Faust, die gegen ihre Schläfe krachte, sah sie nicht. Sie ging einfach k.o.

Demian blickte auf sein Opfer hinab und ging das Ritual noch einmal Punkt für Punkt durch. Das Feuer. Die Litanei. Die Jungfrau. Das Schwert. Sex und Tod.
Ein vages Unbehagen nagte an ihm. Es war noch nicht ganz perfekt. Aber das würde es sein. Er verliess den Raum in der Absicht, die Toilette aufzusuchen, ehe er hinauf steigen würde, um das Schwert zu holen.

Frieda Chämmerli war damit fertig sich aufzubrezeln. Sie warf ihrem Spiegelbild einen letzten, heissen Blick zu, dann watschelte sie in den Flur, um ihre Sonntagsschuhe anzuziehen. Sie fühlte sich aufgekratzt und wollte den schönen Herbsttag nutzen, um ein wenig zu fla-

nieren. Mit Albert im Wohnzimmer vor dem Fernseher zu sitzen erschien ihr drückend und beengend.
Als ihr Blick in die offene Küche fiel, nahmen die Flausen in ihrem Kopf überhand. Schön in ihrem Blickfeld stand nämlich die Flasche Erdbeerlikör, die sie bei der Tombola der alljährlichen Feier des Turnvereins gewonnen hatte. Frieda hatte sie mehr zu Dekorationszwecken aufgestellt, mit der vagen Absicht, an einem besonderen Tag den Likör zu kosten. Nur war nie ein besonderer Tag gekommen, und weder Geburtstage noch Weihnachten schienen es wert gewesen zu sein. *Aber wenn nicht heute, wann dann?*
Frieda tanzte geradezu in die Küche, schnappte sich ein Gläschen und füllte es halb mit dem Likör.
Es schmeckte so lecker, dass sie gleich noch mal ein Glas trank.
Mit leichtem Herzen und rosigen Wangen rief sie in Richtung des Wohnzimmers: „Albert, ich geh kurz raus", dann schwang sie sich die Handtasche über die Schulter und verliess ihre Wohnung.

Demian zog gerade die Wohnungstür hinter sich zu. Er tat dies so leise, dass man auch ohne die Gummistopper keinen Laut gehört hatte. Er stieg einen Stock hoch, sah schon Plunkerts Tür, und just da kam ihm die alte Frau Chämmerli entgegen.

„Herr Grotz", rief sie ausgelassen, „was tun sie denn hier oben? Wollten sie mich besuchen kommen?" Noch ehe Demian etwas sagen konnte, war sie an ihn heran getreten und hatte sich bei ihm unter gehakt. Munter redete sie weiter: „Führen sie eine alte Dame zum Spaziergang aus? Ich dachte mir, ich muss das schöne Wetter noch

nutzen. Bald gibt's Schnee und es wird kalt und matschig. Aber jetzt kann man noch schön spazieren gehen."
Der erleuchtete Demian fühlte sich überrumpelt. Grundsätzlich war es nicht nur verständlich, sondern überaus begrüssenswert, dass ihn die alte Schachtel mit grossen glänzenden Telleraugen anhimmelte. Liebe war eine wertvolle Ressource und ein machtvoller Hebel im Getriebe der Manipulation. Aber spazieren gehen in der Herbstdämmerung? Wohl kaum. Allerdings sah sie nicht so aus, als würde sie sich so einfach abschütteln lassen.
„Ich wollte nach Herrn Plunkert sehen", sagte Demian.
„Ach ja", sagte Frieda und warf der Tür von Sebastians Wohnung einen gehässigen Blick zu, „vermutlich ist er bei seiner Freundin." Sie sprach das Wort aus, als wäre Aurora der Teufel persönlich.
„Er hat eine Freundin?" fragte Demian und bemühte sich, interessiert zu klingen und nicht, als sässe er auf glühenden Kohlen.
Er wusste, dass Plunkert nicht da war. Die Erleuchtung hatte es ihm gesagt (und die hatte es von seinem Unterbewusstsein, das keinen Pieps aus der Wohnung über ihm gehört hatte). Er wusste auch, dass der kleine Ufologe jeden Moment zurück kehren konnte - und er brauchte das Schwert.
Noch bevor er etwas tun konnte, hatte Frieda geklingelt. Nichts rührte sich hinter der Tür.
„Er ist nicht da", sagte Demian, „ich versuch's einfach später noch einmal." Frieda klingelte erneut. „Der ist bestimmt am Schlafen oder so." Behauptete sie. „Sie wissen ja, wie solche Leute sind." Demian ärgerte sich mehr und mehr. Er wollte Frieda abschütteln, dabei aber nicht unhöflich sein – gut möglich, dass er sie und ihre Zuwendung noch brauchte. Während er hier herum stand,

verstrich wertvolle Zeit, die er für die Ritualvorbereitung brauchte.
In diesem Moment klickte die Eingangstür einen Stock unter ihnen. Eine Kleinmädchenstimme quengelte.

Mibusha Chottopadhyay- Mchedlishvili hatte einen schrecklichen Tag gehabt. Er hatte damit begonnen, dass ihr Saju seinen alten Slime-Knetgummi hinten in den Ausschnitt gestopft hatte. Das Ding klebte an ihrer Haut, genau zwischen den Schulterblättern, wo sie schlecht hinkam, und es war eklig und voller undefinierbarer Bröckchen und Fussel. In der Schule hatte sie eine Rüge kassiert, weil sie ihre Hausaufgaben nicht sorgfältig genug gemacht hatte. Am Mittag war ihr die Schoko-Milch runter gefallen und Daniel (den alle Mädchen ihrer Klasse für ein Arschloch hielten) hatte ein dummes Lied darüber gedichtet, und Lisa, die blöde Nuss aus der Parallelklasse, hatte mitgesungen. Beim Sport am Nachmittag war sie hingefallen und hatte sich den Ellbogen aufgeschrammt, und als sie ob der Wunde zu Weinen begonnen hatte, hatte Daniel sich demonstrativ plärrend neben sie gestellt. Frau Huber, die Turnlehrerin, hatte nichts von all dem mit bekommen.
Die Siebenjährige war dementsprechend gereizt, als sie von ihrem Vater nach Hause gefahren wurde. Sie erklärte ihm, was ihr an Unrecht widerfahren war, und war mit ihrer Erzählung noch nicht zu Ende, als sie die Treppe zu ihrer Wohnung hoch stiegen. Im Treppenhaus stand die alte Frau Chämmerli, die immer was zu schimpfen hatte, neben einem Mann, den Mibusha nicht kannte.
„Grüezi", sagten die Beiden, beide mit demselben falschen Grinsen. Mibusha öffnete demonstrativ kommentarlos die Tür, während ihr Vater den Gruss erwi-

derte. Kaum hatte sie ihr Zuhause betreten, da lauerte ihr Bruder schon mit dem Slime in der Hand hinter der Tür – und die kleine Mibusha brach endgültig in hysterische Tränen aus. Ihr Vater reagierte mit einer Standpauke, die er seinem Sohn hielt, und schickte ihn hinaus in den Garten mit den Worten, er solle sich bis zum Abendessen abreagieren und aufhören, die Schwester zu ärgern.
Saju, der befand, dass er gar nichts falsch gemacht hatte, stapfte zornig aus der Wohnung und sah beschämt, wie die alte Frau Chämmerli (die ihm ständig mit der Polizei drohte) mit süffisanter Genugtuung seine Demütigung mit angesehen hatte. Sie lächelte süss und sagte: „Guten Abend, junger Mann." Saju knallte die Tür dermassen hinter sich zu, dass ihm ein Luftzug durchs Haar fuhr. Er zupfte an Friedas Rocksaum und wehte durch das Treppenhaus. Kaum merklich. Aber es reichte, um ganz sachte gegen die Wohnungstüren der Mieter zu drücken. Eigentlich wäre dieser Hauch viel zu schwach gewesen, um irgend eine Reaktion zu provozieren. Aber Isabellas Tür schloss nicht mehr richtig, seit sie die Gummistopper in den Rahmen geklebt hatte. Und so sprang die Falle aus dem Schloss, und die Tür glitt einige Zentimeter auf. Davon wussten weder Frieda noch Demian was. Aber Demians Gegenwart hielt Frieda davon ab, ihre übliche Garstigkeit an den Tag zu legen.
Statt dessen legte sie ihre Hand weich auf Demians Oberarm und hauchte: "Schwierige Familie hat er, dieser kleine Bub."

Isabella kämpfte verzweifelt darum, nicht das Bewusstsein zu verlieren. Wenn sie den Kopf zu sehr hob, drehte sich alles, also liess sie ihn unten. In flachen Atemzügen sog sie Luft ein. Sie wusste nicht, wie lange Demian schon fort war, und wie lange er weg bleiben würde. Sie musste irgendwie zur Tür, und dort in den Gang hinaus, und dort um Hilfe schreien - so gut man mit einem Knebel eben schreien konnte. Wenigstens die alte Chämmerli musste es hören, und wenn sie ihr schon nicht half, würde sie die Polizei verständigen. Zudem konnte Isabella vermutlich den Flur entlang rutschen, und dann bei Aurora Holunder klingeln. Isabella robbte vorwärts. Ihr war speiübel. Sie riss den Mund auf und sog Luft an dem Jeans vorbei, doch es half nichts. Alles drehte sich und wurde schwarz. Die Übelkeit obsiegte. Galle und Cola schossen nach oben und prallten gegen den Knebel. Isabella schluckte reflexartig und erbrach sich vor lauter Ekel gleich noch einmal. Ein Laut drang aus der Tiefe ihres Brustkorbs, eine Mischung aus verzweifeltem Würgen und verhustetem Weinen.

Saju Chottopadhyay- Mchedlishvili hatte das Erdgeschoss erreicht. Er war immer noch ziemlich angepisst, weil er sich ungerecht behandelt fühlte. Ein Geräusch riss ihn aus seinem Selbstmitleid. Es klang, als würde jemand gerade ersticken und dabei heulen.
Der Laut kam hinter der angelehnten Tür hervor, aus der Wohnung, wo die Glitter-Zwillinge wohnten.

Saju stiess die Tür leicht auf, trat aber nicht in die Wohnung – wenn er hier draussen blieb, würde er sich zur Not noch raus reden können. Sein Blick fiel auf eine Frau, die am Boden lag. Es war die schwarzhaarige der beiden Schwestern (die blonde hatte er ohnehin schon länger nicht mehr gesehen). Ihre Hände waren mit blauem Stoff auf den Rücken gebunden, so eng, dass sie bereits violett angelaufen waren.
Unter verschwitzten schwarzen Locken blitzten blaue

Augen zu ihm auf.
Saju tat das einzig Logische in dieser Situation: Er zückte sein Handy und begann zu filmen.
Isabella hmmte ihn zornig an.
„Ist das so eine SadoMaso-Geschichte?" fragte Saju neugierig. „So wie in Shades of Grey? Der Film war vielleicht scheisse..."
Isabella stiess ein hysterisches Röhren aus und würgte.
Allmählich dämmerte es auch dem präpubertären Saju, dass diese Situation hier nicht unter „sexy" lief. Sein Blick fiel wieder auf Isabellas geschwollene Hände, ihre zusammengebundenen Füsse. Die Laufmasche in der Strumpfsocke, unter der sich eine Schürfwunde rot abzeichnete. Sie war entstanden, als sich Isabella gegen Demian gewehrt hatte und mit ihrem Fuss dem Reissverschluss seines Stiefels entlang geschrammt war.
„Sagen Sie mal", sagte Saju, das Handy immer noch auf Isabella gerichtet, „ist das so eine Art Geisel-Drama?"
Isabella versuchte, ein Ja zu hwmummen. Vor lauter Inbrunst würgte sie noch einmal.
„Scheisse", sagte Saju ehrfürchtig, bückte sich und zog den Streifen Jeans von Isabellas Kopf, der den Knebel im Mund fixiert hatte.
Isabella spuckte vollgekotzte Jeans aus.
„Hilf mir", ächzte sie, „schneid mir die Fesseln durch und ruf die Bullen."
„Ja, ja", sagte Saju atemlos, „Fesseln durchschneiden." Wild blickte er sich um, als müsste eine Schere in seiner Nähe liegen.
„Küche. Messer.", ächzte Isabella. Ihr Hals war so geschwollen, dass sie kaum reden konnte. Saju stürzte los, und Isabella hoffte, dass sie frei war, bevor Demian zurück kam.

## 18. Jungfrau und Schwert

Frieda Chämmerli stand Demian im Weg. Wortwörtlich. Sie versperrte ihm den Weg zur Treppe und laberte ihn mit unwichtigen Details über die Chotthopadhyays zu. Er überlegte, wie er sie höflich abschütteln konnte. Er musste das verdammte Schwert holen. Unwillkürlich blickte er zu Plunkerts Tür.
Frieda hatte die Augen nicht von Demian gelöst, und sein Blick war ihr nicht entgangen. Er schien ein übermässiges Interesse an diesem Plunkert zu haben – aber warum nur? Herr Demian Grotz war offensichtlich ein anständiger Bürger, während dieser Plunkert... selbst in Gedanken benutzte Frieda die drei Pünktchen. Sie liessen alles offen, von 'schwul' bis 'Satanist'. Und dann begriff sie. Grotz war kurz nach Plunkert eingezogen. Nun beobachtete er ihn. Das konnte doch nur heissen, dass auch Demian ein Agent war, oder? Wahrscheinlich arbeitete Demian für die Schweiz, während Plunkert einen Angriff aus dem Ausland personifizierte. Friedas Herz machte einen Satz.
„Kommen sie, Herr Grotz", flötete sie und hakte sich bei ihm unter, „bringen sie eine Dame nach unten? Die Herbstluft ist herrlich."
Demian blieb kaum eine Wahl, als mit der alten Schachtel die Treppe hinunter zu steigen. Er öffnete ihr die Haustür und machte eine kleine, schelmische Verbeugung, als sie hinaus schritt.
„Tut mir leid, ich habe leider keine Zeit zum Spazieren", sagte er galant und schloss die Tür, noch ehe sie etwas sagen konnte.
Er hob grüssend die Hand und verschwand dann schnell in seiner Wohnung.

Kaum war er drinnen, überkam ihn die Erleuchtung und teilte ihm mit, dass etwas geschehen war.
Sein Blick fiel zum Wohnzimmer, das nur mit einem Vorhang aus dünnen Metallfäden vom Flur abgetrennt war. Da war ein Kind - der verdammte Nachbarsbengel! Er stand über Isabella und säbelte mit einem Rüstmesser an ihren Fesseln herum.
Demian bewegte sich lautlos und schier unnatürlich schnell. Saju hatte gerade Zeit zu bemerken, dass jemand die Wohnung betreten hatte, da war der Mann auch schon auf ihn zugestürzt. Er packte ihn am Hals, hob ihn hoch und drückte so zu, dass Saju keine Luft mehr bekam.
Und auch nicht schreien konnte.
Dann wurde alles schwarz.

Im Kantonsspital Schaffhausen hatte sich Kurt Lahm inzwischen durchgesetzt. Nun ja, eigentlich nicht, aber das Pflegepersonal war den nörgelnden jungen Mann leid, und ausserdem brauchte man das Bett. Also wurde Kurt entlassen, und er konnte seine wenigen Habseligkeiten in Empfang nehmen. Sie bestanden aus den Kleidern, die er am Abend des Mordversuchs getragen hatte, seinem Handy, das den Sturz nicht überlebt hatte, und seinem Portemonnaie. Wie üblich war da nicht allzuviel drin - jedenfalls kaum Geld - aber Kurt fand etwas anderes. Eine Visitenkarte, die man in vier Teile gefaltet hatte. Ein Viertel war heraus gerissen worden, Zeugnis davon, dass man zu später Stunde einen Jointfilter gebraucht hatte. Auf der Karte stand in gediegenen Lettern: "Demian Grotz. Fachmann für IT-Sicherheit – Safety - Analytics - Solutions", und darunter eine Handynummer. Kurt starrte auf diese Karte, und endlich dämmerte ihm, was er da in der Hand hielt. Er wirbelte herum und blaffte den nächstbesten Pfleger an: „Hey Sie, rufen sie die Bullen nochmal. Jetzt hab ich was als Beweis."

Isabellas Welt war immer noch von Schwindel und Übelkeit dominiert. Manchmal setzte ihr Denken aus, überflutet von Farben und Mustern. Dann wieder verkrampfte sich ihr ganzer Körper und sie würgte Galle hoch. Saju lag auf ihr, schlaff und regungslos. Sein Gewicht auf ihrem Rumpf war wie ein Beweis, eine Bestätigung, dass das nicht nur ein Albtraum war, dass sie nicht auf dem Boden eines Clubs lag, weil ihr jemand etwas in den Drink gekippt hatte. Ihr neuer Mitbewohner hatte gerade den Nachbarsjungen erwürgt und sie vergiftet. Sie blickte zu dem Mann auf, der sich unscharf vor der Zimmerdecke abzeichnete. Sein Anblick verschwamm mal mehr, mal weniger. Den Irrsinn in seinen Augen sah sie trotzdem.
„Das macht auch alles viel mehr Sinn so", sagte Demian, als hätte er gerade etwas erklärt – was er nicht getan hatte. „Du warst schon immer eine miserable Jungfrau", er trat nach Isabella, „da ist der kleine Pisser gerade im richtigen Moment aufgetaucht." Er schloss die Augen und legte den Kopf in den Nacken. „Alles fügt sich zusammen."
Er lächelte schrecklich auf Isabella hinab.
„Bleib liegen. Ich bin gleich wieder da." Dieses Mal schloss er die Tür hinter sich, als er die Wohnung verliess.
Isabella begann sich zu winden. Das Gewicht des Jungen lag auf ihr und schränkte ihre Bewegungen zusätzlich ein. Sie musste aus dieser Wohnung raus, irgendwie um

Hilfe rufen.

Demian hatte inzwischen die Treppe hinter sich gebracht und Sebastians leere Wohnung betreten. Er ging in dessen Arbeitsraum und trat an die Vitrine mit dem Schwert heran. Irgendwie musste sich das Ding doch öffnen lassen. Demian besah sich den Glaskasten von allen Seiten, dann liess er die Augen ziellos durch den Raum schweifen - die Erleuchtung würde ihm schon sagen, wie er die Vitrine auf bekam. Da fiel sein Blick auf etwas, was ihm bislang entgangen war.

Gleich neben Plunkerts Schreibtisch, halb verdeckt durch den Bildschirm des Computers, war eine Pinnwand an der Wand befestigt. Und mitten darauf prangte, mit einem Smiley ins Lächerliche gezogen, sein Fluch. Demian konnte es kaum glauben. Der blöde kleine Pisser verspottete ihn, indem er seinen Zauber zum Zentrum einer dämlichen Fratze gemacht hatte - der Pin war die Nase in dem belämmert wirkenden Gesicht.

Demian trat an die Pinnwand, schäumend vor Wut. Und nun wusste er auch, wie er das Schwert aus der Vitrine bekam: Mit einem zornigen Röhren stiess er den Glaskasten um.

Isabella hatte sich unter dem bewusstlosen Nachbarsjungen hervor gewunden und robbte über den Wohnzimmerboden Richtung Tür, als sie aus der Wohnung über sich ein lautes Splittern hörte. Es klang, als hätte jemand eine Kiste voller Gläser fallen gelassen.

Offenbar war dieser Plunkert zu Hause. Isabella kreischte durch den Knebel, so laut sie es vermochte, und erschrak ob der Schwäche ihrer Stimme. Unmöglich konnte sie jemand ausserhalb der Wohnung gehört haben. Sie kroch weiter, auf den Vorhang aus Metallfäden zu, der das Wohnzimmer vom Flur abgrenzte. Sie schob den Kopf

zwischen den silbernen Strängen hindurch und fragte sich schon, wie sie mit den Händen auf dem Rücken die Tür aufkriegen sollte, da wurde die Falle hinunter gedrückt.
Demian trat ein, warf einen nachsichtigen Blick auf Isabella und schloss die Tür hinter sich ab.
Er hielt ein Schwert in der Hand. Selbst in ihrem Zustand stockte Isabella kurz der Atem, als sie die ganzen Edelsteine sah. Einen gedankenlosen Moment glotzte sie auf Rubine und Smaragde. Ihr atropinbenebeltes Gehirn liess den Blick auf Demians Knöchel wandern. Blut glänzte rot darauf, passend zu den Rubinen. Feine Glassplitter glitzerten auf seiner so schön bunt geschundenen Haut, wie kleine Brillanten.
Und dann, endlich, fiel ihr ein, dass Schwerter gefährliche Waffen waren.
Und dass ein Irrer mit einem Schwert vor ihr stand.

# 19. Kammerjäger-Party

Sebastian dämmerte in ein glückliches Erwachen hinein. Allmählich schoben sich Wölkchen von Realität in sein wohliges, postkoitales Nickerchen. Die Typen aus CSI, die gerade ein wichtiges Folienschnipselchen gefunden hatten. Wargs Krallen auf dem Fussboden, als er durch das Wohnzimmer trottete. Das weiche Sofa unter ihm, die warme Decke auf ihm. Der kühle Windhauch, der über sein Gesicht strich, liess ihn die Augen öffnen. Warg hatte mit der Schnauze die angelehnte Verandatür aufgedrückt und schritt nun hinaus, der Holzperlenvorhang glitt ein bisschen mit ihm mit, ehe er sich von dem massigen schwarzen Hundeleib teilen liess. Auroras Schmuck klingelte nahe an seinem Kopf, aber ausserhalb seines Blickfelds. Er wandte sich nach seiner Freundin um. Sie sass im Schneidersitz auf dem Sofa, seine Tiefe voll ausnutzend, und hatte einen Teller vor sich. Darin hatte sie Tabak auf einem langen Papierstreifen ausgebreitet und bröselte gerade etwas Roten Marok darauf, als Hexe lautlos in den Raum schritt. Sebastian fühlte gleichzeitig vage Enttäuschung und Erleichterung bei ihrem Anblick. Der kleine, unvernünftige Teil in ihm, der Power Metal Lyrics mochte und auf König Artus' Rückkehr wartete, hatte irgendwie darauf gehofft, Aurora eines schönen Vollmondnachts dabei zu ertappen, wie sie sich in die schwarze Katze verwandelte. Aber nun stolzierte das Tier auf die Frau zu, rieb den Kopf an ihrem Schienbein und wandte sich dann Plunkert zu. Die Teile seiner Persönlichkeit, die vernünftig und erwachsen waren, fühlten sich erleichtert. Der Gedanke, dass Aurora und Hexe ein und dieselbe Per-

son waren, hatte etwas unangenehm zoophiles gehabt. Als er sich nach vorne neigte, um sie zu kraulen, glitt der Garten in sein Blickfeld, und so auch das Zelt, das seit wenigen Tagen dort stand. Licht fiel heraus auf den Rasen. „Was treiben die bloss in dem Zelt im Garten?", fragte er laut, mehr zu sich selbst als an Aurora gewandt. „Schädlingsbekämpfung", meinte sie geistesabwesend, aber Sebastian war jetzt stutzig geworden. „Um diese Uhrzeit?"
„Stimmt eigentlich", pflichtete sie bei, und rollte ein Stückchen dicken Papiers zu einem Filter zusammen. „Wobei, was soll der Kammerjäger denn sonst da drin tun, ausser diese Käfer zu vernichten? Wilde Parties feiern? Wie stimmig, in dem ollen Zelt."
Hexe sprang auf Sebastians Schoss und forderte seine ganze Aufmerksamkeit, indem sie ihre Stirn gegen seine Nase rammte. Laut schnurrend tappte sie auf seinen Oberschenkeln herum und drückte mit jedem Tritt die Krallen heraus. Auch wenn Sebastian noch nichts davon wusste: Aurora lag mit ihrer rein rhetorischen Vermutung ziemlich nahe an der Wahrheit. In dem Zelt ging es gerade hoch her.

Die nackte Schönheit lag vor Rodderick Stähler auf dem Altar, der kurz zuvor noch ein handelsüblicher Festtisch gewesem war, ehe man ihn mit schwarzem Einweg-Tischtuch bedeckt hatte. Die Frau war an Armen, Beinen und Hals mit Efeuranken an dem Tisch fixiert. Rodderick Stähler stand über ihr, das Ritualschwert theatralisch erhoben.
Stähler war sich ziemlich sicher, dass das Ritual im Laufe der Jahrhunderte Wandel durchlaufen hatte. Aus einem Blutopfer, das das Entfernen eines Herzens einer Jung-

frau beinhaltete, wurde der Ritus, einer jungen Frau ein Herz auf die Brust zu legen. Da man die Sache gerne unauffällig und diskret hielt, besorgte man sich das Herz vom Metzger. Das Ritualschwert hatte ein Ordensbruder vor einigen Jahrzehnten aus Amerika mitgebracht. Damals hatte es noch kein Internet gegeben, wo sich LARP-Waffen bestellen liessen, und dementsprechend exotisch war das Stück mit seiner flammenförmigen Klinge und den roten Swarovsky-Rubinen gewesen. Jetzt war es nur noch billiger Tand, und das nicht nur, weil jede Dungeons and Dragons-Seite opulentere Schwerter anbot. Demian hatte das Original gefunden. Das echte Ritualschwert. In Plunkerts Wohnung. So nah und doch so unerreichbar.

*Konzentrier dich,* sagte er zu sich selber. Er hob die Heilige Schrift – 18 pt Times New Roman auf einem dicken Papier, das mit seiner Sepia-Färbung Pergament imitierte – und begann zu lesen. Seine Stimme, tief und angenehm, füllte das Zelt, ein Heiligtum, geschaffen aus reinem Bariton, ein Schlaflied im unteren Frequenzbereich, das selbst Stähler selber einlullte.

Bis eine Frau einen lauten, unfeinen Fluch ausstiess. Stähler verstand nicht was sie sagte, er war der Sprache nicht mächtig, aber es war unüberhörbar ein Schimpfwort.

Einen Moment lang war sein Denken wie erfroren, dann riss er den Blick von seiner Litanei. Vor ihm lag das Opfermädchen auf dem Altar, mit Efeuranken gefesselt, das Rinderherz auf ihrem Bauch. Und über ihr, die Vorderpfoten auf ihrem blossen Unterleib, stand ER.
Der Inkarnierte.
Der Leibhaftige!
In Gestalt eines riesigen schwarzen Hundes.

Stähler fiel beinahe in Ohnmacht. Doch dann riss ihn das Geschrei des Opfermädchens in die Wirklichkeit zurück: „Nehmt den Scheiss-Köter da weg, davon war keine Rede. Ich treibs nicht mit nem Tier, ihr perversen alten Säcke, bindet mich los oder ich werd euch nachher die Bullen auf den Hals hetzen!" Sie zerrte an den Ranken und konnte sich schliesslich befreien. Sie spuckte ein gifitges Wort in ihrer Muttersprache in Stählers Richtung, stolzierte in den hinteren Teil des Zeltes, packte das bisschen an Kleidung, das sie dabei hatte und rauschte aus dem Zelt.

„Schatz", sagte Sebastian gedehnt, während er gebannt aus dem Fenster starrte, „da ist eine nackte Frau im Garten."
Aurora richtete sich auf und spähte ebenfalls in den nächtlichen Garten. Tatsächlich war da eine junge Frau mit blonder Lockenmähne und üppiger Silikonbrust, die sich gerade ein Kleidchen überstreifte, das aus nichts als roten Pailletten zu bestehen schien.
„Ich glaube", sagte Sebastian, während die Frau in ihre neongelben Highheels stieg, „das ist eine Bordsteinschwalbe."
„Bordsteinschwalbe!", prustete Aurora.
„Wieso, wie nennst du die Vertreterinnen des horizontalen Gewerbes?"
„Nutten."
Er sah sie überrascht an. „Ist das nicht ein wenig... abfällig?"
Nun blickte Aurora überrascht. „Wieso? Ich habe grosse Achtung vor diesen Frauen – und Männern. Sie machen einen Job, der mich innert Tagen zerbrechen würde, und sie leisten einen wichtigen gesellschaftlichen Beitrag."

Sebastian zog die Brauen hoch. „Sex gegen Geld?"
„Die Möglichkeit, Perversionen legal und ungefährlich auszuleben. Ich denke, dass wir ohne Nutten", sie sprach das Wort geradezu genüsslich aus, „weitaus mehr Sexualstraftaten hätten."
Die Dame im Garten hatte inzwischen ein Handy gezückt und an ihr Ohr gehalten.
„Sollen wir ihr helfen?", fragte Plunkert.
„Sie sieht nicht aus, als ob sie Hilfe bräuchte. Die Frage sollte eher lauten: Was tut sie im Garten? Es sah aus, als wäre sie nackt aus dem Schädlingsbekämpfungs-Zelt gekommen."
Warg trottete aus dem Zelt, im Maul etwas, das wie ein Organ aussah.
„Scheisse!", schrie Aurora, sprang auf und rannte im Morgenrock und barfuss in den Garten. Sebastian hörte, wie sie draussen nach dem Hund rief.
„Warg, aus!" Unglücklich liess Warg seinen Fund fallen.
„Scheisse", fluchte Aurora noch einmal. Sebastian warf sich einen Pullover über, stieg in seine Trainerhose und tappte barfuss auf die Veranda hinaus. „Ist das ein Rinderherz?", fragte Aurora laut.
„Schatz?", fragte er hinter ihr und sah ihren flammenden Blick, als sie sich umdrehte. „Die spinnen doch wohl!", schimpfte sie. „Meinetwegen können sie in dem Zelt treiben, was sie wollen, aber was fällt denen ein, meinem Hund einfach so was zu geben?" Sie schäumte und stapfte zurück in ihre Wohnung. „Schuhe", motzte sie, und Sebastian, der ebenfalls nicht barfuss in den Park wollte, eilte ihr hinterher. Er holte nicht nur seine Schuhe, sondern steckte auch sein Handy ein, das auf dem Couchtisch gelegen hatte.
Kaum, dass das Opfermädchen die Fliege gemacht hatte,

und er draussen empörte Stimmen gehört hatte, war Rodderick Stähler klar geworden, dass jetzt höchste Eile geboten war.

Er befahl, still und leise das Zelt zu räumen.

„Warg, AUS!!" schrie eine Frauenstimme vor dem Zelt.

Aurora hatte wieder die Veranda erreicht und sofort gesehen, dass ihr Hund ihre kurze Unaufmerksamkeit genutzt hatte. Als er das Herz bei ihrem ersten Befehl fallen gelassen hatte, hatte sie es ihm nicht weg genommen, und kaum, dass sie schimpfend ins Haus geeilt war, hatte er weiter daran herum gekaut.

„AUS!!!" brüllte sie, und Warg liess das Organ enttäuscht auf den Boden fallen. „Es könnte vergiftet sein", stöhnte Aurora, „es gibt genügend dumme Arschlöcher, die solche Köder auslegen." Im Sturmschritt peilte sie das Zelt an. Sebastian rannte hinter ihr her.

„Warg!", rief er auf dem Weg. Was auch immer in dem Zelt war (abgesehen von Bordsteinschwalben und Organen), er würde nicht zulassen, dass Aurora der potentiellen Gefahr allein gegenüber trat. Aber vielleicht wollte er ihr auch nicht gegenübertreten, und Warg konnte es mit einer kleinen Armee aufnehmen.

Aurora erreichte das Zelt just in dem Moment, da die Klappe aufgerissen wurde. Ein Mann war heraus getreten und blickte Aurora entgegen.

„Was tun sie da?", fragte sie scharf.

„Schädlingsbekämpfung", sagte der Mann.

„Und was hat die nackte Frau in ihrem Zelt gemacht?", Der Mann sah sie an, er wirkte ernsthaft interessiert. „Da war eine nackte Frau? Muss ich wohl leider verpasst haben."

Aurora klappte der Mund auf, Sebastian zog die Brauen hoch. Der Kerl log offensichtlich - er hatte die Frau selbst aus dem Zelt kommen sehen, aber sein Gesicht zeigte nichts als aufrichtige, unschuldige Neugier. „Wie sah sie denn aus?", fragte er, „abgesehen davon, dass sie keine Kleider anhatte?"

Sebastian besah sich den Mann genauer. Er wirkte alt genug, um schon pensioniert zu sein. Er trug eine Brille mit Goldrändern und einen schweren, protzigen Siegelring am Finger. Alles in allem wirkte er nicht wie ein Kammerjäger.

„Und wie ist mein Hund an dieses Rinderherz gekommen?", wollte Aurora wissen.

„Das war meines. Ich wollte es nach der Arbeit kochen. Er hat es gestohlen." Er blickte Aurora streng an. „Sie schulden mir ein Abendessen, gute Frau."

„Wollen sie mich eigentlich verarschen?", fauchte Aurora, und der Mann klappte empört den Mund auf, aber Aurora drosch weiter und fing an zu lamentieren, dass man fremden Hunden keine Dinge geben solle.

*Jetzt oder nie,* dachte Sebastian, und machte so energisch einen Schritt vorwärts, dass er geradezu an dem Mann vorbei sprang. Er riss die Zeltplane auf und war drinnen, ehe ihn der Mann aufhalten konnte.

Ihm bot sich ein Bild für die Götter. In dem Zelt waren ein Dutzend Männer und fast doppelt so viele Frauen. Manche waren gerade dabei, sich umzuziehen, andere standen in etwas herum, das wie dunkelblaue Nachthemden aussah. Die meisten hatten Sebastians Auftauchen noch gar nicht bemerkt, aber jetzt begriffen mehr und mehr, dass ein Fremder das Zelt betreten hatte. Wie eine Welle breitete sich eine peinliche Starre aus. Einer nach dem andern bemerkte Sebastian und hielt in seinem Tun inne. Nur die Frauen schienen sich nicht an ihm zu stören. Sebastian fiel auf, dass sie alle jung und

sehr schön waren. Sein Blick glitt durch den Raum. Am oberen Ende des Zeltes stand ein Festtisch, mit schwarzem Papp-Tischtuch bezogen, mit Plastik-Efeu umrankt. Ein grosser, golden lackierter Kerzenleuchter stand an der linken oberen Ecke des Tisches, und rechts von dem Tisch lag ein ebensolcher Leuchter auf dem Boden. Die Kerze auf dem Tisch brannte noch, die am Boden war ausgelöscht. Links und rechts von dem Tisch standen zwei Flipcharts, auf denen rote Symbole auf blauem Grund prangten. Plunkert erkannte eines der Zeichen als Triskele und konnte es der keltischen Mythologie zuweisen. Zusammen mit den Kerzen, den nachthemdartigen Roben und den Plastikblumen im Haar der Mädchen sprach die Einrichtung des Zeltes eine überdeutliche Sprache.
„Das ist ja entzückend!", rief er aus, tastete über die Taschen seiner Hose und fand sein Handy. Er machte einige Fotos, dann begann er zu filmen.
„Was für ein Ritual haben sie denn hier zelebriert?" fragte er enthusiastisch. „Sind sie ein Druidenorden?"
Ein Mann schälte sich aus der Gruppe der erstarrten Kultisten. Er war gross und schlank, mit weissem Haar und einem Faltenmuster im Gesicht, das ihm den Anschein eines charismatischen Machers gab. Vom Charisma war angesichts seines autoritären Gehabes aber überhaupt nichts spürbar.
„Wer sind sie und was tun sie hier?", raunzte er Sebastian an. „Sie haben sich widerrechtlich Zutritt zu einer privaten Veranstaltung verschafft!"
„Ich kenne sie", quiekte Plunkert begeistert. „Sie sind Rodderick Stähler, oder? Sie waren erst neulich im Fernsehen. Die Tagesschau hat sie interviewt, irgendwas mit der Eurokrise und Waffenproduktionen, oder?"

„Raus hier!", raunzte Stähler und zeigte auf die Zeltplane. „Na schön", sagte Sebastian, mit einem so kalten Tonfall, wie man ihn selten von ihm hörte. Er beendete die Aufnahme und leitete das Video per Mail weiter. Dann startete er eine neue Aufnahme.
„Sie haben vorhin gefragt, wer ich bin", sagte er und blickte Stähler offen in die Augen. „Mein Name ist Sebastian Fidelius Plunkert." Stähler sagte nichts, aber Sebastian sah, dass sein Name ein kleiner Schock für ihn war.
„Falls sie jetzt denken, ich würde über das hier", er machte eine Geste, die das gesamte Zelt mit einschloss, „ein Buch schreiben, dann haben sie recht." Stähler öffnete den Mund, aber Sebastian redete weiter, hart und fordernd. „Aber ich gebe ihnen die Möglichkeit, mitzubestimmen, was in dem Buch stehen wird. Sie können mir ein Interview geben, und ich werde ihren Namen ändern. Oder sie bleiben intransparent, worauf ich mein Buch auf Mutmassungen stützen werde. Ich möchte sie übrigens noch dahingehend informieren, dass ich soeben ein Video, auf dem sie gut zu erkennen sind, verschickt habe. Momentan liegt der Film unter anderem im Posteingang der SEPP – der Stiftung zur Erforschung Paranormaler Phänomene. Wenn ich jetzt spurlos verschwinde oder tot am Strassenrand auftauche, dann wird man sich fragen, warum ich kurz vor meinem Ableben so etwas verschickt habe."
Stähler wand sich. Der kleine Mistkerl hatte ihn in der Hand. Plunkert ein Interview zu geben schien die harmloseste Lösung des Problems – er würde gewiss keine Geheimnisse ausplaudern, sondern dem kleinen Wichser gerade genug Informationen liefern, damit dieser ihm glaubte. Er würde ihn so weit von der Wahrheit weg locken, dass der Orden der blauen Begonie auch weiter-

hin geheim blieb. Aber trotzdem: Er, Rodderick Stähler, hatte sich erwischen lassen! Das war ihm seit Jahren nicht mehr passiert, und er hasste das Gefühl.

„Schön", schnauzte er Sebastian an, „aber sicher nicht jetzt. Sie stören einen privaten Anlass, Herr Plunkert. Wenn sie ein Interview wollen, melden sie sich nächste Woche bei meinem Sekretär. Er war drauf und dran, noch etwas hintan zu hängen wie „wenn das Video auf youtube landet, hänge ich ihnen eine Klage wegen Kindsmissbrauchs an, sowas werden sie nie wieder los, selbst wenn sie frei gesprochen werden", aber Plunkert hatte immer noch das Smartphone in der Hand, und demnach war es kein guter Moment, um Drohungen auszusprechen. Wie um diesen Gedanken zu bestätigen schob sich ein riesiger schwarzer Hund durch die Plane des Zelteingangs.

„Ich muss sie jetzt inständig bitten, zu gehen", polterte Stähler. Sebastian verkniff sich ein grimmiges Lächeln und sagte statt dessen höflich: „Guten Abend. Sie hören von mir, Herr Stähler." Er wandte sich um, sah den Hund im Zelteingang stehen und sagte fröhlich: „Warg! Feiner Junge." Dann zog er schleunigst ab.

Als er die Zeltplane aufdrückte, konnte Aurora einen Blick ins Innere werfen.

„Schädlingsbekämpfung, was?", fauchte sie.

„Sie sollten gehen", sagte der Mann, der immer noch vor dem Zelt stand. Plunkert fixierte ihn. „Sie auch. Das soll keine Drohung sein, sondern ein guter Rat: im obersten Stock dieses Hauses lebt eine Frau, die wegen jeder Kleinigkeit die Polizei anruft. Und eine Prostituierte, die sich hier im Garten anzieht..." Er liess den Satz offen. Der Mann zog die Brauen hoch.

„Einen schönen Abend noch", sagte er und griff beiläufig

nach Auroras Hand, um sie zum Haus zurück zu bewegen.
Aurora spielte mit, bis sie die Verandatür hinter sich geschlossen hatte.
„Was sollte das alles?", wollte sie wissen.
Sebastian liess sich auf das Sofa fallen und atmete schwer aus.
„Ich hab gerade Rodderick Stähler erpresst."
„Du hast was? Wart mal, DEN Rodderick Stähler? Der mit den Rüstungsexporten?"
„Genau den."
„Warum denn? Spinnst du? Was hatte der überhaupt in dem Kammerjäger-Zelt zu schaffen? Es sah aus wie so eine Art… nun ja…" Sie wusste nicht, wie sie den Satz beenden sollte, und flüchtete sich in eine Frage: „Ist der bei den Freimaurern oder so was?"
„Wohl eher sowas. Ich weiss es nicht." Sebastian sah zu Aurora auf. Die roten Locken waren zerzaust, die Wangen vor Kälte und Aufregung gerötet. Der weisse Bademantel war verrutscht, so dass er die Schulter und den jadegrünen Träger des Negligees frei gab. Sie sah zum Anbeissen aus. „Ich habe die Zeichen dieses Ordens nicht erkannt, aber ich hab das Ganze gefilmt und die Datei weiter geleitet - und ihn damit erpresst. Er wird mir ein Interview geben."
Aurora brach in lautes Lachen aus.
„Das schreit nach einem Drink!", rief sie.
Kurze Zeit später traf schäumender Prosecco auf Erdbeerlikör und füllte ein Glas mit rosa Geprickel. Sebastian hatte dankend abgelehnt, dafür aber zu einem Bier ja gesagt.
Die beiden fläzten sich zurück aufs Sofa, stiessen an und beobachteten durch das Fenster, wie Männer und Frauen

in kleinen, unauffälligen Grüppchen das Zelt verliessen. Dazu malten sie sich lachend aus, was nun in Stähler vorging, und wie Frieda Chämmerli zwei Stockwerke über ihnen Amok lief.

Zumindest in dem Punkt irrten sie sich. Frieda war immer noch am Flanieren. Auf ihrem Bummel war sie an einem Stand mit Glühwein vorbei gekommen. Normalerweise mied sie solche Versuchungen, aber die beiden Shots Eierlikör machten sie nachgiebig. Also trank sie drei ganze Becher - für sie eine ziemliche Menge - und langweilte alle andern an dem Stand mit belanglosen, gehässigen Pointen über Alberts Trägheit. Aber allmählich brach die Dämmerung herein, und Frieda kriegte kalte Füsse. Sie war schon beinahe auf dem Weg nach Hause.

## 19. Suche nach Saju

Isabella Glitter tauchte aus verworrenen Albträumen in eine Wirklichkeit auf, die es mit jedem Nachtmahr aufnehmen konnte. Kerzen flackerten überall, seltsam verzerrt durch ihre verschobene Wahrnehmung. Sie pulsierten und irisierten. Isabella hatte einmal Psilos konsumiert (da ihr die Erfahrung nicht gefallen hatte, war es bei dem einen Mal geblieben) und erkannte, dass die zerfliessende Realität vermutlich einer psychoaktiven Substanz geschuldet war. Seltsamerweise beruhigte sie die Erkenntnis. Es gab dem Schrecken einen Namen, und das Versprechen, dass der Horrortrip in einigen Stunden vorbei sein würde - wenn sie dann noch lebte. Unter halb offenen Lidern schielte sie im Raum umher. Alles schwankte und waberte, aber sie sah genug, um Demian zu erkennen. Er sass nackt im Lotussitz auf dem Boden. Gesicht und Brust glänzten rot - sie wusste, dass es nicht ihr Blut war. Am Rande ihres Gesichtsfelds sah sie den Nachbarsjungen liegen. Er bewegte sich nicht. Einen Moment lang fragte sie sich, ob sie sich das alles nur einbildete - *jemand hat mir was in den Drink gekippt, und jetzt liege ich am Boden eines Clubs und halluziniere. Aber wer sollte sowas tun?* Die Antwort kam unverzüglich: *Demian. Und ich liege nicht auf einer Tanzfläche. Ich liege auf dem Boden des Wohnzimmers, und Demian hat ein verdammtes Schwert vor sich liegen.* Sie versuchte, sich leise zu bewegen, und stellte fest, dass es nicht ging. Wie Demian sie auch immer gefesselt hatte, sie war ziemlich immobil. Ihr Rücken drückte an eine Stange, die Handgelenke, Hals und Knöchel gleichermassen fixierte. Isabella konnte nur noch die Knie auseinander klappen. Oder anders formuliert: Die Beine spreizen. Als sie be-

griff, was ihr bevor stand, überschwemmte sie die Panik. Ihre Sicht wurde dunkel, und die Schatten erwachten zum Leben, bekamen Fratzen und glühende Zähne.
*Dreh jetzt nicht durch,* sagte sie sich und versuchte ruhig zu atmen. *Noch ist nicht alles verloren. Er ist ein gefährlicher Irrer, aber vermutlich ist er genau so stoned wie ich. Wenn ich Glück hab, kann ich mich befreien und an ihm vorbei schleichen, ohne dass er aus dieser komischen Trance erwacht.* Sie begann, leise an ihren Fesseln zu zerren. Sie waren dick und zäh und klebten auf ihrer Haut, und Isabella musste unwillkürlich an Panzertape denken. Sie zog und zerrte, und brachte schliesslich eine kleine Veränderung zustande, die es ihr erlaubte, mit einem Fingernagel an dem Klebeband zu schaben. Isabella war nicht gläubig, aber jetzt betete sie - zu allen ihr bekannten Gottheiten gleichzeitig - und dankte ihnen für ihre Nailstylistin. Sie hatte Isabella zu langen, spitzen Krallen überredet.

In der andern Erdgeschoss-Wohnung ging es deutlich entspannter zu. Sebastian und Aurora hatten sich beide unter dieselbe Wolldecke gemummelt und plauderten gemütlich, während sie ihre Getränke genossen.
Plötzlich klingelte es, und noch ehe die beiden mehr tun konnten, als sich anzusehen, klingelte es noch einmal. Warg schreckte mit einem erschrockenen Kläffen hoch. Jemand begann, Sturm zu klingeln.
„Ja ja, was ist denn?", brummelte Aurora, während sie zur Tür ging. Ihre Worte gingen im ununterbrochenen Lärm der Türglocke unter.
Sabi Chottopadhyay- Mchedlishvili stand vor der Tür. Die Frau wirkte völlig aufgelöst.
„Haben Sie meinen Sohn gesehen?", fragte sie übergangs-

los. „Saju. Zwölf Jahre alt, fast so dunkelhäutig wie ich. Er hat eine grüne Jacke an..." Sie brach ab und begann zu weinen.

„Er ist einfach verschwunden", klagte Sabi. „Mein Mann sagt, er habe ihn kurz vor dem Abendessen in den Garten geschickt – die Kinder haben gestritten."

„Nein", sagte Aurora, „tut mir leid."

„Ich helfe suchen", sagte Sebastian, der hinter Aurora zur Tür gegangen war und das Gespräch mitgehört hatte. Er trat an seiner Freundin vorbei. „Ich hole nur schnell meine Jacke. Und eine Taschenlampe."

Warg, der das Ganze beobachtet hatte, stand auf. Er wusste nicht, was vor sich ging, aber der Mann, der seit neuestem Teil seines Rudels war, schickte sich an, hinauf zu steigen. An den hoch gelegenen Ort, wo es Schinken gab. In Wargs Universum war das gleichbeutend mit „Ich kriege Schinken."

Schwanzwedelnd rannte er Sebastian hinterher.

Der erleuchtete Demian öffnete die Augen. Seine Opfer lagen vor ihm. Der Junge bewegte sich nicht, offensichtlich war er noch immer bewusstlos. Die Frau dagegen zuckte. Allem Anschein nach versuchte sie, die Fesseln um ihre Handgelenke zu lösen, die er hinter ihrem Rücken an einen Besenstiel geklebt hatte. Nun, das konnte sie noch lange versuchen. Er lächelte grimmig, als er aufstand. Der Plan war relativ einfach: Töte die Jungfrau, schände die Prinzessin, rufe den Drachen. Aber niemand hatte je gesagt, dass die Prinzessin intakt sein musste. Demian kicherte ob der Vorstellung, Isabella vor dem Sex das Schwert in den Bauch zu rammen. Die Wunde würde sie nicht töten, aber den Geschlechtsverkehr um Längen interessanter gestalten. Er stand auf, griff das Heft der Klinge und trat auf Isabella zu. Sie sah ihn an,

nicht ansatzweise so benebelt, wie sie hätte sein müssen. Nun, das machte jetzt auch nichts mehr. Was ihr bevor stand, war auch ohne Halluzinogen schlimm genug. Er stellte sich breitbeinig über sie, das Heft mit beiden Händen umklammert, legte den Kopf in den Nacken, schloss die Augen und rammte die Spitze nach unten. Ein eigenartig gummiges Gefühl war die Folge, als hätte er das Schwert in etwas zähes und elastisches gestochen. Gleichzeitig zu dem Rückstoss hatte er Isabellas Schrei gehört, dumpf durch den Knebel. Er blickte der Klinge entlang nach unten. Da war kein Blut. Er stiess wieder zu, Isabella schrie und zuckte, da sie sich nicht krümmen konnte, aber die Schwertspitze drang nicht in sie ein.
„Hol mich der Teufel", stiess Demian aus, presste die Schwertspitze auf ihren Bauch und verlagerte sein Gewicht darauf. Isabella kreischte und wand sich. Ihr Schrei überdeckte das Splittern von Holz, als der Besenstiel in Kniehöhe brach. Demian stiess noch einmal zu, aber ernsthaft verletzt schien sie nicht. Demian hob die Klinge und fuhr mit dem Daumen über die Schneide. Das verdammte Ding war stumpfer als stumpf. Er blickte auf Isabella hinunter. Auf ihrem Bauch bildete sich bereits ein riesiger Bluterguss, die Spitze hatte tiefe Kratzer hinterlassen, aber eine offene Wunde war nicht zu sehen.
„Keine Sorge", sagte er freundlich, „du wirst nicht lange genug leben, um an einer inneren Blutung zu krepieren."
Er liess seinen Blick durch den Raum schweifen und sah das Messer, das Saju aus der Küche geholt hatte, um Isabellas Fesseln aufzutrennen. Es war ein kleines Rüstmesser, die Klinge gute 10 cm lang und geriffelt. Kein gutes Ritualmesser, befand er, aber gewiss würde er in der Küche etwas anständiges finden.

Sebastian hatte das erste Obergeschoss erreicht und stand nun vor seiner Wohnung. Er steckte den Schlüssel ins Türschloss und ruckelte einen Moment vergeblich daran, bis er reflexartig die Falle hinunter drückte. Die Tür war offen gewesen.
*Seltsam,* dachte er und trat ein.
Das Gefühl, dass etwas nicht stimmte, war übermächtig. Einen Moment lang versuchte er, die vage Empfindung in Worte zu fassen, dann begriff er: das Licht war irgendwie anders.
Zögernd und eher aufs Geratewohl betrat er sein Wohnzimmer. Sofort sah er den Quell seines Argwohns. Die Vitrine, in der er sein Schwert aufgestellt hatte, lag am Boden. Was vom metallgerahmten Glasgehäuse noch übrig war, war von einem Netz feiner Splitter überzogen. Einer der beiden Spots, der das Schwert beleuchtet hatte, war zerbrochen. Der andere warf sein Licht gegen die weisse Wand, die die Helligkeit reflektierte.

Sebastian trat näher an den Scherbenhaufen. Das Schwert war weg, das sah er auf den ersten Augenblick. Vom unteren Stockwerk erklang Geschrei. Sebastian zuckte zusammen, doch dann fiel ihm Sabi Chottopadhyay-Mchedlishvili wieder ein. Bestimmt war sie es gewesen, die geschrien hatte. Er richtete sein Augenmerk wieder auf die Scherben vor ihm.
Es sah aus, als hätte jemand mit voller Wucht gegen eine der Seitenwände geschlagen. Die Scheibe war zerbrochen, die Vitrine gestürzt.
Sebastian starrte auf die Scherben und begriff nicht, was er sah. Dann begann sein Gehirn zu arbeiten. War es Zufall, dass der Diebstahl mit dem Verschwinden des Nachbarsjungen zusammen hing? Hatte der Junge das

Schwert gestohlen und war damit geflohen? Das erschien ihm irgendwie unwahrscheinlich. Er hatte Saju einmal mit andern Kindern im Garten spielen gesehen und traute ihm dieses Mass an Kriminalität schlicht nicht zu. *Aber vielleicht hat Saju den Dieb gesehen?*
Das machte schon eher Sinn. Sebastian fiel ein, dass er sein Handy bei Aurora unten liegen gelassen hatte. Er machte auf dem Absatz kehrt und eilte aus der Wohnung, um die Polizei zu verständigen und Sajus Eltern von seinem Verdacht zu erzählen.
Im Erdgeschoss traf er auf die aufgelöste Sabi. Die Mutter des Jungen drückte wie verrückt auf den Klingelknopf der Glitter-Zwillinge.
„Da ist doch jemand hinter der Tür", jammerte sie, „ich habe vorhin eine Männerstimme gehört. Und eine Frau hat geschrien." Sie klopfte rabiat gegen das Türblatt und schrie: „Hilfe, Notfall!" Gleich darauf begann sie, wieder Sturm zu läuten.
Der erleuchtete Demian fühlte sich durch diesen Lärm ungemein gestört. Er hatte ein prima Messer gefunden und war damit auf dem Weg zurück ins Wohnzimmer gewesen, als das Klingeln eingesetzt hatte. Wie erstarrt hatte er verharrt um zu warten, bis der Störenfried sich zurückzog. Aber das Klingeln hörte nicht auf, und wurde von Klopfen und hysterischem Geschrei begleitet. Es war wohl unabdingbar, die Tür zu öffnen. Rasch sah er sich um. Er stand zwischen Küche und Wohnzimmer, gleich bei der Tür. Allerdings konnte er die Tür jetzt nicht öffnen: Erstens war er nackt, und in seiner Hand war ein grosses Messer. (Dass er sich vorher Sajus Blut an den Leib geschmiert hatte, war ihm nicht mehr präsent.) Und zweitens sah man von der Wohnungstür aus ins Wohnzimmer, und dort lagen die Schlampe und das Nachbarsgör. Isa-

bella hatte die Stubentür durch einen schicken Vorhang aus Metallfäden ersetzt, der nicht genug Sichtschutz bot. Lautlos schlich Demian an der klingelnden Tür vorbei ins Wohnzimmer, um sich anzuziehen.

In diesem Moment kam Frieda Chämmerli von ihrem Spaziergang zurück. Schon als sie die Tür öffnete, erkannte sie, wie dringend sie gebraucht wurde. Offenbar fand im Erdgeschoss gerade ein Tumult statt. Die Mutter der Ausländerfamilie aus dem ersten Stock trommelte und klingelte gegen die Tür der Glitter-Zwillinge. Daneben stand die Holunder mit ihrem Köter, der natürlich nicht angeleint war, und Plunkert, der eigentlich für Ruhe und Ordnung hätte sorgen müssen, stand einfach daneben und blickte wie ein begossener Pudel aus der Wäsche.

„Was ist hier los?", fragte Frieda herrisch.

„Mein Kind", greinte Sabi, „mein Saju! Er ist verschwunden."

„Haben sie die Polizei informiert?", raunzte Frieda sie an. „Ja," sagte Sabi, „aber-"

„Nichts aber", fiel ihr Frieda ins Wort, „wir sind hier in der Schweiz, hier funktioniert der Rechtsstaat. Integrieren sie sich gefälligst und benehmen sie sich."

„Integrieren?" heulte Sabi (die in Basel aufgewachsen war), „MEIN SOHN IST VERSCHWUNDEN!"

„Ja", sagte Frieda giftig, „so sind sie halt, die Ausländer."

Sabi ignorierte sie und hämmerte gegen die Tür. „Ich höre doch, dass sich da jemand bewegt", rief sie gegen das Türblatt. „Saju, bist du da?" Ihre Stimme überschlug sich.

Sebastian fiel indes wieder die Sache mit dem geraubten Schwert ein. Er warf Aurora einen bedeutungsschwangeren Blick zu, und sagte dann laut: „Sie haben recht,

Frau Chämmerli, hier im Treppenhaus können wir nichts tun." Ein weiterer Blick zu Aurora, und er wandte sich um, um die Treppe zu seiner Wohnung hinauf zu gehen. Wie er gehofft hatte, schloss sie sich an, und Warg trottete hinterher.

Frieda fixierte Sabi finster, aber diese liess sich nicht einschüchtern und klingelte weiter Sturm. „Ich höre doch, dass da jemand ist", jammerte sie. Frieda rümpfte die Nase. „Wenn man diesen Lärm bei mir oben in der Wohnung hört, ist das eine Ruhestörung und ich rufe die Polizei." Sabi ignorierte sie, und Frieda schritt empört davon.

Demian hatte Isabella noch einmal bewusstlos geschlagen, und sie dann an jenen Punkt geschleift, der von der Wohnungstür aus im toten Winkel lag. Über den Jungen hatte er eine Decke geworfen – sie war gerade gross genug für das Kind. Danach hatte er sich hastig in Jeans und Pullover gestürzt, leise vor sich hin fluchend, weil das Geklingel einfach nicht aufhören wollte.
Er öffnete die Tür.
Sabi stiess einen Schrei aus und vergass einen Moment die Sorge um ihren Sohn.
„Geht es ihnen gut?", fragte sie, den Blick erschrocken auf sein Gesicht gerichtet.
Unwillkürlich fuhr Demians Hand an den Punkt, auf den sie starrte. Seine Fingerkuppen berührten klebriges Blut.
„Jaja", sagte er, „nur eine kleine Platzwunde. Ich habe ein Gestell zusammen geschraubt, und dabei hat es einen Unfall gegeben." Demian sprach so schnell, dass Sabi wie eingelullt wurde. „Das oberste Regalbrett hat sich gelöst,

just als ich die letzte Schraube anbringen wollte. Sie kennen diese Regalsysteme mit den beiden Latten links und rechts, wo man die Bretter erst dazwischen klemmt und dann fest schraubt? Sehen schick aus, aber sind wirklich mühsam zum zusammenbauen. Und da ist mir das Regalbrett voll mit der Ecke gegen den Kopf geknallt. Hab vor Schreck aufgeschrien! Sie wissen ja, wie das mit Platzwunden am Kopf ist, die bluten wie verrückt. Kann ich ihnen helfen?"
Sabi schien wie aus einem Traum zu erwachen. „Was? Nein...." Dann erst realisierte sie. „Haben sie meinen Sohn gesehen? Saju, zwölf Jahre alt, dunkle Haut. Wir vermissen ihn seit Stunden."
„Tut mir leid", sagte Demian, „nein." Dann kam ihm ein hämischer Gedanke. „Haben sie schon in dem Kammerjägerzelt im Park nachgesehen? Vielleicht hat der Junge dort eine Chemikalie eingeatmet und das Bewusstsein verloren."
„Nein, im Zelt war ich noch nicht", ächzte Sabi, „danke." Sie rannte davon.
„Immer gern", rief ihr Demian nach, dann schloss er die Tür und drehte achtsam den Schlüssel um – nicht dass sie wieder ungebeten aufsprang.
Der Schrei, den Sabi Chottopadhyay- Mchedlishvili beim Anblick von Demians blutverschmiertem Gesicht ausgestossen hatte, war bis zu Frieda Chämmerli empor gehallt, die den zweiten Stock noch nicht ganz erreicht hatte. Sie schnappte schon nach Luft, doch da wurden ihre Züge weich, denn es war Demian, den sie antworten hörte. Seine Worte wurden vom Hall im Treppenhaus zerwuschelt, aber seine Stimme war unverkennbar in Friedas Ohren. Sie machte rechtsum kehrt und stieg die Treppen wieder hinunter.

## 20. DIE WAHREN GESICHTER

Aurora stand im selben Moment vor der zersplitterten Vitrine und bestätigte Sebastian in seiner Ansicht, dass Saju das Schwert wohl kaum gestohlen hatte – aber dass es einen Zusammenhang zwischen dem Verschwinden der beiden geben mochte.

Nach kurzer Beratung beschlossen sie, erst Sajus Eltern zu informieren, ehe sie die Polizei riefen. Sie klingelten, aber niemand öffnete (Mibusha, die aufgedreht vor dem Fernseher sass und mit ihren Barbies einen Entführungsfall spielte, war bei dem Klingeln hoch geschreckt. Mama und Papa hatten ihr eingeschärft, dass nur sie beide einen Schlüssel hatten - und dass Mibusha auf gar keinen Fall die Tür öffnen dürfe. Mibusha legte ihre Puppen nieder und schlich zu ihrem Baby-Bruder. Er schlief, und Mibusha setzte sich lautlos neben seine Krippe, um ihn gegen allfällig eindringende Kidnapper zu verteidigen).

Demian hatte seinen Pullover wieder ausgezogen und seine Jeans abgestreift. Sein Blick fiel auf das Durcheinander, das er hatte anrichten müssen, um seine Aktivitäten geheim zu halten: Der Junge unter der Decke, in der Mitte eines Kreises, den er mit dem Blut des Kindes gezeichnet hatte. Isabella in der Ecke. Als er sie in den toten Winkel geschleift hatte, hatte er den Blutkreis verwischt – das war nicht weiter tragisch, aber es störte seinen Sinn für Ästhetik.

Er trat zu Isabella. „Alles deine Schuld", zischte er und trat sie gegen den Oberschenkel. Sie blieb reglos liegen, auch als er sie zurück in den Kreis schleifte.

Der Tritt hatte Isabella aus ihrer Ohnmacht zurück geholt, aber richtig bei Bewusstsein war sie nicht. In ihrem

Kopf pochte und summte es, als sie es wieder klingeln hörte. Demian zischte einen Fluch und wandte sich ab, um sich erneut anzuziehen.

Seine Gegenwart, zusammen mit den Schmerzen, dem Blutgeruch und dem Gefühl, gefesselt zu sein, pushten ihren Kreislauf. Die Panik weckte sie mehr, als Demians Tritte es gekonnt hatten.

*Der Besenstiel hinter meinem Rücken ist gebrochen. Und er hat es nicht gemerkt.* Wieder zerrte sie an den Fesseln, und hörte eine schrill-vergnügte Stimme. Frieda Chämmerli. Isabella war sich nicht sicher, ob sie sich das jetzt einbildete, aber konnte es sein, dass die alte Frau ein wenig lallte?

Oh ja, Frieda war mehr als beschwipst. Als Demian sie abwimmeln wollte und dabei die Hände hob, legte sie ihre Handflächen auf die seinen, stiess ein glockenhelles Jungmädchen-Lachen aus und machte einen quirligen Tanzschritt. Dieser beinhaltete eine Drehung und einen Ausfallschritt, und ehe sich's Demian versah, stand er vor seiner eigenen Wohnungstür, und Frieda im Flur der Glitter-Zwillinge.

Heiter sah sie sich um. „Sie wohnen sehr modern, Herr Grotz", sagte sie vergnügt.

„Frau Chämmerli, bitte, ich bin beschäftigt."

Aber sie hörte gar nicht auf ihn, sah sich um, besah sich den Vorhang, der den Flur vom Wohnzimmer trennte - und dann sah sie natürlich, was auf dem Wohnzimmerboden lag.

„Grundgütiger!" entfuhr es ihr, und sie betrat den Raum. Der Blutkreis war bis zur Unkenntlichkeit verwischt, und Demian hatte die Kerzen noch nicht um den Kreis herum aufgestellt - sie standen aber auf dem Couchtisch bereit. Der okkulte Charakter der Szene mochte

sich Frieda nicht erschliessen, aber da lagen zwei Personen am Boden - eine davon ein Kind. Unwillkürlich fiel Frieda wieder das Cover von 'Schöner Fremder' ein. Der blauäugige Blonde. Dieses Raubtierlächeln. Dieses Messer. Frieda fühlte sich so lebendig wie niemals zuvor in ihren zweiundsiebzig Jahren.
„Herr Grotz", sagte Frieda und sah ihm gerade in die Augen, "ich weiss nicht, was sie da genau tun, aber ich sehe, dass sie es mit einem Negerbuben und einer Stricherin tun." Sie lächelte ein abgründiges Lächeln.
Isabella konnte kaum glauben, was sie da hörte. Demian auch nicht. Er hatte vom ersten Moment an gewusst, dass Frieda ihn nicht verpfeifen würde - man musste nicht erleuchtet sein um zu bemerken, dass die alte Schachtel heillos verliebt war. Aber diese Erklärung übertraf all seine Erwartungen. Und sie lieferte ihm auf dem Silbertablett eine Rettung, besser als jede Notlüge, die ihm durch den Kopf geschossen war.
„Ich wusste, dass sie das Herz am rechten Fleck haben, Frau Chämmerli", sagte er zwinkernd. „Ich kann mich doch auf ihre Diskretion verlassen?"
„Sicher, sicher", beeilte sich Frieda zu sagen. Demian hörte etwas Angst in ihrer Stimme - und ihm kamen Zweifel an ihrer Verschwiegenheit.
Isabella indes begriff nicht ganz, was zwischen den beiden vorging. Aber es lenkte sie ab. Jetzt, da sie ein wenig Spielraum mit den Händen hatte, konnte sie den Besenstil packen und nach unten ziehen. Es würgte sie dabei, und sie riss sich Haare aus, aber ab und zu fühlte sie die Stange etwas nach unten rutschen. Es war kein Panzertape, begriff sie plötzlich. Es war zäh und klebte, aber es gab nach, zerfaserte, konnte vielleicht sogar reissen.

Demian trat über das Rüstmesser hinweg, das auf dem Boden lag, seit er es Saju entrissen hatte. Mit beiden Händen griff er nach Friedas rechter Hand und hob sie sanft, beinahe bis zu seinen Lippen. Frieda musste den Kopf in den Nacken legen, um ihm in die Augen zu sehen. Schmelzend konstatierte sie, dass er über einen Kopf grösser war als sie.
*Reiss dich zusammen, Friedhelmine!* befahl sie sich, und lächelte süss.
Demian griff nach ihrer Hand und legte einen weichen Kuss auf ihre Knöchel.
„Jetzt ist nicht der richtige Zeitpunkt für uns, Frieda", sagte er rau, und Frau Chämmerli fiel beinahe in Ohnmacht. Demian beugte sich zu ihr hinunter, und Frieda schloss die Augen und öffnete leicht die Lippen. Sie wusste nicht, dass schräg hinter ihr das Küchenmesser lag. Und dass Demian keineswegs vorhatte, eine Zeugin entkommen zu lassen.
Demian wollte sich blitzschnell an Frieda vorbei bücken, sie packen und ihr die Kehle durchschneiden. Die Alte würde keine Zeit zum Schreien haben. Doch just in dem Moment, da Demian zu der Bewegung ansetzen wollte, klickte ein Schlüssel im Türschloss.
Jemand schloss die Wohnung auf.
Jemand, der einen Schlüssel hatte. Demian, Frieda, und sogar Isabella auf dem Boden starrten zur Tür. Frieda reagierte als einzige: Während die Tür aufschwang, trat sie in den toten Winkel, so dass der Hereintretende sie nicht gleich sehen würde.

Kurt Lahm hatte vor gehabt, sich mit einem Bier und einem Joint vor den Fernseher zu fläzen. Als er nach Hause kam, sah er Isabella mit aufgerissenem Shirt ge-

fesselt auf dem Boden liegen und vor ihr einen Mann mit dem Rücken zu ihm stehen. „Also echt", möhnte er zur Begrüssung, „könnt ihr das nicht in deinem Zimmer machen?" Demian drehte sich um. Sein Gesicht war so verzerrt und blutverschmiert, dass Kurt ihn im ersten Moment nicht erkannte.
„Echt jetzt, geht in Isas Zimmer zum poppen", sagte Kurt und wollte das Sofa ansteuern, wo er die Fernbedienung liegen sah. Da erst fiel sein Blick auf Saju.
„Ne", stiess er aus, und dann gleich noch einmal: „NE!" Angewidert blickte er Isabella an, die – gefesselt und geknebelt – mit den Augen rollte, um ihm ein Zeichen zu geben. „Ne!" sagte er noch mal, „das hätt ich jetzt echt nicht gedacht, Isa. Dass du so abartig bist. Das mit dem Kind da ist jetzt echt einfach zu hart." Kurt atmete schwer aus. So sehr er auch gerne ideologische Reden gegen Staat und Polizei schwang – die vermeintliche Pädophilie galt es zu melden. Er machte einen Schritt rückwärts und wandte sich der Tür zu. „Das ist so abartig, dass ich echt die Bullen rufen muss."
„Ich denke nicht", sagte Demian kalt. Der Klang dieser Stimme liess es in Kurts Gedächtnis klicken.
Er drehte sich zu dem Mann hin und stiess ein entsetztes Quieken aus, als er das riesige Messer in seiner Hand sah. Demian stürzte vorwärts und stach zu. Frieda japste begeistert auf und schlug sich danach verlegen die Hand auf den Mund, als wäre ihr öffentlich ein Rülpserchen entschlüpft. Kurt klappte zusammen, Demian packte sein Haar, riss seinen Kopf zurück und schnitt ihm die Kehle durch.
*Er bringt uns alle um,* begriff Isabella wieder. *Einen nach dem andern, und einige von uns wird er vielleicht noch vergewaltigen und foltern.* In Panik riss sie an der Stange,

und endlich war ihr Hals frei. Sie schob die Stange nach unten, zwischen den Fesseln ihrer Handgelenke hindurch. Jetzt waren nur noch ihre Beine zusammen gebunden. Eine eiskalte Ruhe überkam sie. Isabella sah plötzlich alles schärfer, nahm mehr Sinneseindrücke auf einmal wahr. Der gebrochene Besenstiel zwischen ihren Fingern, das Klebeband, das lose genug war, damit sie die Hände ein bisschen spreizen konnte. Die letzten 10 cm Besenstiel an ihren Knöcheln, fixiert mit zerrissenen Jeans und braunem Paketklebeband. Demian, der vielleicht anderthalb Meter von ihr entfernt stand. Abgelenkt durch Kurts Tod. Das riesige Küchenmesser in seiner Hand. Das kleine Rüstmesser auf dem Boden. Der Boden: Parkett. Altes Holz. Frieda Chämmerli: die euphorische Zuschauerin. Viel zu begierig darauf zu sehen, was nun passieren würde, als dass sie eingreifen würde.
Isabella reagierte instinktiv in dem Moment, da sie begriff. Sie krümmte sich und zog die Beine eng an den Körper, so dass sie die gefesselten Arme über den Hintern streifen konnte. In derselben Bewegung umklammerte sie den gesplitterten Besenstiel, warf sich vorwärts und rammte ihn Demian zwischen die Beine. Sie traf die Genitalregion nicht ganz, da sich Demian im letzten Moment weg zu drehen versuchte. Aber der Besen stach in seinen Unterbauch, und Demian klappte gurgelnd zusammen.
Unwillkürlich machte Frieda einen Schritt auf Demian zu.
LSD und Psychocylobin rauschten in Isabellas Bewusstsein hoch, nahmen ihr die Angst und brachten sie auf Ideen, die sie sonst nie gedacht - und schon gar nicht umgesetzt - hätte.
„Ich habe eine Bombe," kreischte sie Richtung Tür, „ich

bin beim IS!" Jetzt kam sie richtig in Fahrt: „Der Nachbarsjunge ist hier bei mir, ich bring ihn um, wenn dem IS nicht sofort eine Million überwiesen wird!"
Aus dem Gang hörte sie Getrampel. Die Tür barst auf. Sabi hatte sich dagegen geworfen, mit der Absicht, sie aufzubrechen. Da Kurt hinter sich nicht abgeschlossen hatte, und Isabellas Tür aufgrund der Gummistopper nicht richtig schloss, war das Ergebnis dementsprechend spektakulär: Sabi flog wie eine Kanonenkugel durch den Raum und stürzte zu ihrem Sohn. Sie rammte Frieda beiseite, die gegen eine Sofaecke stürzte und auf den Boden fiel. Während sich die Mutter über ihr Kind warf, taumelte Isabella an ihr vorbei und auf den Hausflur hinaus. Dort stiess sie beinahe mit Warg zusammen. Plunkert und die Holunder eilten ihr entgegen.
„Demian", stöhnte Isabella und deutete auf die Tür, „völlig irre! Er hat Kurt umgebracht. Und vielleicht auch den Jungen. Er hat ein verdammtes Schwert." Sie ächzte und musste sich an der Wand abstützen. Aurora und Sebastian starrten sie mit offenen Mündern an.
„Ruft jetzt endlich mal einer die Bullen?" greinte sie. Demian wankte aus der Wohnung hinaus, Isabella stiess ein schrilles Kreischen aus, machte einen Sprung Richtung Haustür, riss sie auf und rannte in die Nacht hinaus. Demian antwortete mit einem verstörten Krächzlaut und machte reflexartig einen Satz rückwärts in die Wohnung. Er rammte die Tür zu. Nach Sabis Einbruch schloss sie gar nicht mehr. Drinnen erschollen die heiseren Worte einer Frau in grösstem Zorn, untermalt von Gerumpel und Getrampel.
„Warg! Fuss!" sagte Aurora und stiess die Tür zu Isabellas Wohnung wieder auf. Sebastian blieb so dicht hinter ihr wie es eben ging, ohne ihr auf die Fersen zu treten.

Ein kurzes Stückchen Flur führte zu einem Vorhang aus Metallfäden, hinter dem eine Frau energisch befahl, jemand solle etwas fallen lassen.

Wargs Schnauze teilte den Vorhang, als er den Raum betrat. Sabi stand über ihrem Sohn, in der einen Hand das grosse Küchenmesser, an dem noch Kurts Blut klebte. Demian stand ihr lauernd gegenüber, in der Hand das kleine Rüstmesser. Auf dem Boden lag Frau Chämmerli mit schmerzverzerrtem Gesicht und presste die Hände auf eine Seite der Hüfte.

Sebastian, der den Raum als letzter betrat, brauchte einen Moment, um zu begreifen, dass der Mann mit dem Messer kein anderer war als der Kerl, der bei Bepones Beerdigung so ausgerastet war - und ihm danach den Fluch an die Brust gepinnt hatte. Dann sah er sein Schwert auf dem Boden liegen.

„He!", stiess er aus, „mein Schwert! Sie haben es gestohlen!" Es waren diese Worte, die den erleuchteten Demian von seiner Feindin los rissen. Die Schwarze Frau hatte sich zwischen ihn und sein Opfer gestellt. Es war nichts Ungewöhnliches, dass die Mächte der Dunkelheit versuchten, die Pläne der Lichtbringer zu vereiteln. Und wie oft in solchen Situationen schickten die Mächte des Guten ihre Helfer, um den Lichtbringer zum Sieg zu führen. Die Weisse Frau hatte die Bühne betreten. Ihr Haar war eine rote Flamme, ihre Hand ruhte auf dem Kopf eines Wolfsdämons, und hinter ihr ging ihr Sklave. Der erleuchtete Demian neigte den Kopf vor der Göttin. Der Dämon unter ihrer Hand grollte, aber natürlich würde er Demian nicht angreifen. Die Weisse Dame würde nicht erlauben, dass ihr Beschützer einen so wichtigen Verbündeten wie ihn verletzte. Der Sklave bückte sich und hob das Schwert. Demian begriff:

Sie würde es segnen und ihm dann geben, auf dass es geschärft und geschliffen sein Werk vollenden konnte.
Er warf das Messer weg und streckte selig lächelnd die Hände aus.
Sebastian knallte ihm die Klinge mit voller Wucht auf den Kopf. Einen Moment blieb der blutverschmierte Mann einfach reglos stehen, mit einem dümmlichen Grinsen, irrem Glanz in den Augen und empfangend ausgestreckten Händen, dann klappten seine Knie nach vorn und landeten auf dem Boden, während sein Körper aufrecht blieb, immer noch stupide grinsend, als erwarte er nächstens den Ritterschlag.
Sebastian wuselte um Demian herum, hob das Schwert, bis die Spitze nach oben zeigte, und rammte ihm den Knauf so heftig gegen den Schädel, wie es nur ging.
Demian ging zu Boden.
Warg blickte zu Sebastian hoch und gab ein anerkennendes Schnauben von sich.
Aurora hatte sich über Kurt gebeugt und drückte mit beiden Händen die Wunde an seinem Hals zu. Sebastian war sich nicht sicher, ob das noch half, für ihn sah Kurt ziemlich tot aus. „Er lebt noch", stiess sie aus, aber es klang nicht wahnsinnig überzeugt, „jedenfalls ist er noch warm. Ruf einen Krankenwagen."
Sabi, die sich um ihren Sohn kümmerte, hatte bereits ihr Handy gezückt. Plunkert ging an Demians reglosem Körper vorbei und kniete sich neben den beiden hin. Der Junge hatte einen Bluterguss am Kopf, aber er atmete. *Wenigstens lebt das Kind*, dachte er, und ging traurig zu Aurora hinüber, die neben Kurt kniete. Während Sabi telefonierte, setzte er sich neben Aurora und legte ihr einen Arm um die Schultern. Warg trottete zu ihnen hinüber und schnüffelte aufgeregt an Kurts Blut.

„Lass das", sagte Aurora schwach.
Frieda hielt es für das Beste, vorerst einfach mal die Klappe zu halten. Sie hätte sich zwar gern darüber beschwert, dass man sich nicht um sie kümmerte, aber wenn sie Aufmerksamkeit auf sich zöge, dann würden Fragen wie „was hatten sie überhaupt in dieser Wohnung zu suchen?" aufkommen. Frieda war schlau genug, um abzuwarten, wie sich die Sache entwickelte.
Zur selben Zeit rannte Isabella durch den Park und brabbelte dabei panisch vor sich hin. Bilder verfolgten sie, Messer tanzten ihr hinterher, und die Bäume sahen allesamt aus wie der rote Schlitz in Kurts Hals. Ein Licht hüpfte auf sie zu, ein heiseres Sirren sang im Wind. In einem kurzen Moment der Klarheit begriff sie, dass es Nikoloz Chottopadhyay-Mchedlishvili war, der nach seinem Sohn rief, und mit der Taschenlampenfunktion seines Handys im Park herum leuchtete. Dann eroberte das LSD sich seinen Raum zurück. Isabella sprintete vorwärts, direkt auf Nikoloz zu, und riss ihm das Telefon aus der Hand. „Ihr Sohn ist in meiner Wohnung", rief sie ihm zu, dann drückte sie den Notfallbutton auf dem Sperrbildschirm und hielt sich das Handy ans Ohr.
„Ich hocke hier auf 10 Kilo C14", röhrte sie in das Mikrofon. Vermutlich half es, dass ihre Stimme ziemlich irre klang und gerade so heiser war, dass der Beamte am andern Ende der Leitung nicht erkennen konnte, ob er mit einem Mann oder mit einer Frau sprach. „Ich jage die ganze verdammte Liegenschaft in die Luft, und den Park gleich mit, ausser, sie überweisen eine Million an den IS." Das hatte schon einmal funktioniert, Isabella steigerte sich immer mehr rein, verlor die Kontrolle. „Jihaaaaaaad!" blökte sie ins Telefon. „Überweist dem IS eine Million, oder alle hier drinnen sterben!" Dann

warf sie das Handy von sich und liess sich auf den Boden sinken. Sie drehte sich auf den Rücken und betrachtete die Sterne über sich. Ein Lächeln spreizte ihre Lippen, und sie beglückwünschte sich zu ihrem genialen Einfall. Sagte man nicht auch Frauen in Selbstverteidigungskursen, sie sollten „Feuer" statt „Hilfe" rufen? Die Substanzen, die ihr Demian untergejubelt hatte, entfalteten hier und jetzt, fernab der Gefahr, eine ganz neue Wirkung.
Isabella schwebte im siebten chemischen Himmel.

In der Wohnung im Erdgeschoss presste Aurora immer noch die Wunde an Kurts Hals zusammen. Saju war inzwischen wieder so weit beisammen, dass er dazu ansetzen konnte, seiner Mutter zu erklären, dass es ihm gut gehe - da er aber kaum mehr als ein heiseres Flüstern hervor brachte, wurde sein Protest allgemein ignoriert. Sein Vater und seine beiden kleinen Geschwister hatten sich um ihn gruppiert. Mibusha, die sich zuerst wenig Sorgen um den Bruder gemacht hatte, war in schrille Tränen ausgebrochen, als sie seine Wunden gesehen hatte, so dass sich Nikoloz mit den beiden Kindern auf das Sofa zurück gezogen hatte - das Baby war das einzige Familienmitglied, das ruhig und gelassen geblieben war. Keiner bemerkte, dass Demian sich regte. Dann geschah alles gleichzeitig. Warg stiess einen zornigen Kläffer aus, Demian kam auf die Beine und stolperte vorwärts. Völlig überrumpelt starrte Sebastian ihm nach. Grotz bewegte sich unsicher, aber nichts desto trotz schnell. Erst als er ausser Sicht war, kam Sebastian auf die Füsse.
„Warg", sagte er, aber der Hund liess sich demonstrativ neben Aurora nieder. Einen wagemutigen Moment sah sich Sebastian selber, wie er mit Schwert und Messer

dem Bösewicht nachsetzte und ihn zur Strecke brachte. Aber Sebastian war ein vernünftiger Mensch. Ein Eierkopf, der das Leben schätzte. Und manchmal auch ein kleiner Feigling. Er dachte an die Polizei, die bereits auf dem Weg war, und beschloss, die Profis ihre Arbeit machen zu lassen.

## 20. Sonderkommando Pärkli

Die Mitglieder der Spezialeinheit rasten gerade in Kastenwägen auf die alte Villa zu. Parkieren konnten sie nicht, weil der Krankenwagen die Zufahrt zum Parkplatz versperrte.
Während sich die Grenadiere noch berieten, trugen die Sanitäter schon die erste Person aus dem Haus: Ein Kind, umschwirrt von seiner Familie. Der Vater ging mit einem Baby auf dem Rücken neben den Sanitätern, die Mutter hielt ein heulendes kleines Mädchen davon ab, zu dem Jungen auf die Bahre zu klettern.
Zur selben Zeit hatte eine zweite Einheit an Grenadieren das Grundstück von der hinteren Seite her erreicht und das Zelt im Park umstellt. Kurz darauf wurde konstatiert, dass das Zelt bis auf einen Festtisch komplett leer war.
Vor dem Haus versuchte sich der Leiter der Sondereinheit Pärkli immer noch einen Reim zu machen. Ein Mann trat aus dem Haus. Er war klein, etwas pummelig und hatte etwas von einem verstörten Eierkopf. Er sah absolut nicht nach einer Gefahr aus, eher nach einem besorgten Nachbarn. Tatsächlich trat er umsichtig beiseite auf den Rasen, um einem Sanitäter-Duo Platz zu machen, die eine weitere Bahre trugen. Ihnen folgte eine Frau, die einen riesigen schwarzen Wolfshund an der Leine führte. Die beiden traten weg vom Haus, auf den Rasen neben den Eierkopf, und beobachteten die Szenerie. Als der Hund im Garten zu graben anfing, gab die Frau einen Befehl, und er hockte sich mit hängenden Ohren hin. Der Leiter der Sonderoperation, Hansueli Büffel, war ein erfahrener und fähiger Polizist. Die Show war vorbei, soviel war ihm intuitiv klar gewesen. Mit dem Paar im Garten, das Musse hatte, auf den Hund

zu achten, hatte er einen handfesten Indikator. Er öffnete die Wagentür.

Während er aus dem Wagen sprang, wurde eine dritte Bahre aus dem Haus getragen. Neben ihr ging ein alter Mann, und auf ihr lag eine rüstige Seniorin, aus deren Mund ein Strom von Anweisungen floss. Der Mann neben ihr nickte nur hin und wieder stumm. Hansueli Büffel befand, dass diese Frau fit genug für eine Aussage war. Er trat auf die letzte Bahre zu.

Noch ehe er den Mund zu einer Frage öffnen konnte, kam ihm Frieda zuvor: „Ich weiss nichts", quiekte sie, „es ging alles so schnell."

Büffel blickte streng auf sie hinab. „Was ging schnell?"

„Ich weiss nicht", sagte Frieda noch einmal. Büffel spürte, dass sie log. Dann deutete sie jäh auf den Mann, der auf dem Rasen stand, und rief: „Der da, der Herr Plunkert, der hat Herrn Grotz mit einem Schwert niedergeschlagen."

„Mit einem Schwert?", echote Büffel.

„Ja, und der Hund von Frau Holunder war nicht an der Leine – sie war auch im Raum." Ihre Stimme wurde gehässig. „Sie sollten die beiden fragen. Die wissen sicher mehr." Sie liess sich auf die Bahre zurück sinken und schloss in einer erschöpften Geste die Augen. „Ich habe mir die Hüfte gebrochen", jammerte sie, „als diese Leute aus dem ersten Stock einfach rein gerannt sind. Ich habe gar nichts gemacht."

Büffel wollte noch etwas fragen, aber die Sanitäter beförderten gerade die Bahre in den Krankenwagen. „Pardon", sagte derjenige, der sie hinten führte, betont, und Büffel musste beiseite treten.

Sein Funkgerät knackte. Büffel hielt es sich ans Ohr. Offenbar hatte man in dem Park hinter dem Haus die Person gefunden, die die Bombendrohung gemacht hatte. Es handelte sich um eine Frau unter Drogeneinfluss, die sofort zugegeben hatte, einen falschen Alarm ausgelöst zu haben. Sie erzählte eine wilde Story von einem Mann, der sich unter falschem Namen bei ihr eingemietet hatte, sie unter Drogen gesetzt hatte, und ihr und einem Jungen namens Saju erhebliche Verletzungen zugefügt hatte.

Demian drückte sich in den Schatten. Er hatte gerade aus der Wohnung fliehen wollen, da hatte er das blaue Flackern einer Sirene gesehen. Ob Krankenwagen oder Polizei war ihm einerlei, er wollte keinem der beiden in die Hände fallen. Also hatte er einen Haken geschlagen und den einzigen Fluchtweg gewählt, der ihm eingefallen war: hinunter in die Waschküche. Nun hörte er aus dem Erdgeschoss über sich Gerumpel und Stimmen. So wie es klang, war die Ambulanz vor der Polizei eingetroffen. Aber die Bullen würden jeden Moment hier sein.
Demian schlich in den Raum, wo die Waschmaschine und der Tumbler standen. Er hatte sich richtig erinnert, da war ein kleines Fenster, das in einen Schacht mündete, der mit einem Gitter abgedeckt war - hinter dem Haus. Es führte geradewegs in den Park und bot so die Möglichkeit zur Flucht.
So leise wie möglich öffnete Demian das Fenster, das doch verdammt schmal war, und zwängte sich hindurch. Er hob die Hände und drückte das Gitter nach oben.
Es bewegte sich keinen Mucks. Demian klaubte sein Smartphone aus der Tasche (und pries in Gedanken die Erleuchtung, die alles so eingefädelt hatte, dass er angezogen gewesen war, als Plunkert die Wohnung gestürmt hatte), um die Taschenlampenfunktion zu betätigen. Der Bildschirm war gesprungen, vermutlich war er da-

rauf gestürzt, als Plunkert ihm das Schwert auf den Kopf gehauen hatte. Er konnte das Licht nicht mit einem Swipe herbei rufen, entriegelte das Handy mühsam, da er einzelne Knöpfe mehrfach drücken musste, und musste im fahlen Licht des Displays das Gitter absuchen. Es war an zwei Stellen mit einem kleinen Haken gesichert. Demian löste die Haken, klemmte sich das Handy vorsichtig zwischen die Zähne und schob das Gitter beiseite.
So leise wie möglich kletterte er aus dem Schacht.
Der Lichtstrahl einer Taschenlampe rammte seine Augen. Gleichzeitig begann das Handy zwischen seinen Zähnen zu vibrieren.
Grotz erstarrte mitten in der Bewegung. Das Handy klingelte immer noch, und Demian unterdrückte den Impuls, mit den Zähnen zu knirschen. Die leichte Druckveränderung reichte, um das Telefon abzunehmen.
Die Person am andern Ende der Leitung schrie so laut, dass Büffel jedes Wort verstand: „Du Arschloch!" kreischte eine Frauenstimme. „Ich will die Scheidung! Ich habe deine Taschen durchsucht - all die Drogen und falschen Visitenkarten! Was treibst du bloss hinter meinem Rücken? Und die Polizei ist hier, und fragt mich, was du in der Nacht von zwanzigsten Juli getrieben hast! Du stehst unter Mordverdacht, du Wichser! Und ich zeige dich an, du kranker Pisser! Für den Hieb in den Bauch, und den blauen Fleck über der rechten Niere."

Hansueli Büffel zog interessiert die Brauen hoch. Erst jetzt fiel Demian auf, dass der Polizist fast so gross war wie er selbst - und dazu noch um einiges breiter. Ausserdem hatte er seine Waffe fast lässig auf ihn gerichtet.
„Sie sollten aus diesem Loch heraus steigen", sagte der

Polizist ruhig, „und mit uns auf den Posten kommen. Wir hätten da ein paar Fragen."
Demian fühlte, wie ihn sämtliche Kraft verliess. Die Macht der Erleuchtung verstummte mit einem kläglichen Wimmern. Er sackte zurück in den Schacht.

## 21. Weihnachtszauber

Die Schrecken von Halloween waren überstanden. Das Wetter war sich immer noch nicht sicher, ob es sich der Jahreszeit entsprechend präsentieren wollte. Dafür drapierte sich der Winter märchenhaft in den Schaufenstern der Geschäfte. Kürbisse und Hexen waren verschwunden, und hatten Platz gemacht für glitzernd weissen Plastikschnee und bunte Geschenke. Auch wenn erst November war, die Marktgasse tat, als stünde Weihnachten unmittelbar vor der Tür.
Demian Grotz bekam davon nichts mit. Dafür gab es zwei Gründe. Einerseits war er dermassen mit Medikamenten vollgepumpt, dass ihm das Denken ohnehin sehr schwer fiel. Und andererseits gab es keine Weihnachtsbäume in der Gummizelle der Psychiatrie. Hätte er noch denken können, dann wäre ihm aufgefallen, dass Sophia ihn nie besucht hatte. Oder er hätte sich Sorgen gemacht, weil er unmittelbar vor der Einweisung in die geschlossene Klinik einige höchst unangenehme Stunden auf dem Polizeiposten verbracht hatte. Stunden voller Fragen, die er nicht beantworten wollte, voller Fotos, zu denen er sich nicht äussern konnte. Die Erleuchtung hatte ihn verlassen. Was blieb, war der nackte Wahnsinn, versunken in den Zaubertränken der Pharmaindustrie.

Dafür weihnachtete es um Frieda Chämmerli herum schwer. Sie lag immer noch im Spital, denn in ihrem Alter heilte eine gebrochene Hüfte ziemlich langsam. Albert kam sie zwar ab und zu besuchen, aber meistens war Frieda allein mit ihrem Fernseher. Dieser schüttete sie mit Schokoladenwerbung und süssen Glockenklängen, mit Weihnachtsmännern und glänzenden Kinderaugen zu. Eigentlich mochte Frieda die Weihnachtszeit. Aber jetzt war ihr das Herz schwer.

Frieda litt an Liebeskummer.

Einmal, ein einziges Mal hatte sie ihren Mut zusammen gerafft, bei der Auskunft angerufen und nach der Nummer eines Demian Grotz gefragt. Als sie die so in Erfahrung gebrachte Telefonnummer eingetippt hatte, hatte ihr Herz vor Aufregung geflattert. Aber dann hatte eine Frau den Hörer abgenommen. Eine aufgestellte, jung klingende Stimme, die sich fröhlich als Sophia Grotz vorgestellt hatte.

„Entschuldigung, falsch verbunden", hatte Frieda genuschelt, und das Telefon aufgehängt. Dann war sie zurück in ihr Kissen gesunken, und hatte sich der Erkenntnis hin gegeben, dass Demian verheiratet war, es die ganze Zeit gewesen war. Die Frau am Telefon hatte so vergnügt geklungen, und automatisch hatte sich in Friedas innerem Auge ein Bild von einer glücklichen Schönheit manifestiert, die an Demians Seite in einem Sportwagen durch die Landschaft brauste und von ihm teuren Designerschmuck geschenkt kam.

Das war vor zwei Tagen gewesen. Und seit diesem Moment suhlte sich Frieda in ihrem Selbstmitleid. Dazu kam die vage Angst vor dem Gesetz. Frieda war sich nicht sicher, wie illegal ihr Verhalten gewesen war, und sie traute sich nicht, jemanden zu fragen.

Also lag sie da, hatte Sorgen und Kummer und hasste alle andern im Spital, während draussen, in ganz Winterthur, Kunstschnee auf die Präsentationsflächen der Läden rieselte, Chöre feierliche Hymnen übten und Kinder ihre Eltern mit langen Wunschlisten nervten.

Sebastian seinerseits hatte an diesem Morgen die volle Dröhnung an Vorweihnacht abgekriegt. Er hatte mit Warg einen langen Spaziergang durch die Winterthurer Altstadt gemacht und war gegen Mittag nach Hause zurück gekehrt, mit der Absicht, an seinem neuen Buch zu arbeiten. Aber er hatte kaum einen vernünftigen Satz zustande gebracht, denn er war sehr müde und dementsprechend unkonzentriert. Am gestrigen Tag hatte er Rodderick Stähler interviewt. Wie erwartet, hatte der alte Mann nicht wirklich geheimes Wissen preis gegeben, sondern war auf Plattitüden und Gemeinplätze ausgewichen. Das meiste hatte geklungen, als habe er es 1:1 vom Wikipedia-Artikel über die Freimaurer zitiert. Trotzdem hatte er Plunkert Material geliefert. Kopien von alten Holzschnitten, Fotografien von Ritualutensilien. Genug Ausgangsbasis für ein weiteres Buch, das wohl kaum mit grossen Enthüllungen würde aufwarten können – aber immerhin. Buch ist Buch.
Sebastian hatte bis spät in die Nacht Roddericks Material sortiert, und war dann ins Bett gegangen – Auroras Bett, wohlgemerkt.
Keine vier Stunden später hatte ihn Auroras Wecker aus dem Schlaf gerissen, und Warg und Hexe hatten nicht zugelassen, dass er weiter schlummerte.
Jetzt quälte er sich dank der fünften Tasse Kaffee durch den Tag, versuchte zu schreiben, und starrte doch nur aus dem Fenster.
Saju war im Garten, und mit ihm einige seiner Freunde. Sie spielten Ritualmord – das taten sie des öftern, seit Saju aus dem Krankenhaus entlassen worden war. Sebastian seufzte. Das Spiel schien ihm so morbide, grausam, re-traumatisierend... aber die Kinder hatten offenbar einen Heidenspass. Meistens war es Saju, der

die pompöse Plastikklinge führte. Seine kleine Schwester, in den Stöckelschuhen ihrer Mutter, mimte die gefesselte Isabella.
Sein Mailaccount gab mit einem Pling zu verstehen, dass eine Nachricht eingetroffen war. Plunkert öffnete sie und fand mehrere Links von Kurt.
Er hatte den jungen Mann besucht, kaum dass der wieder ansprechbar war, und die beiden hatten schnell ihre gemeinsamen Interessen entdeckt: Kurt war das, was Plunkert einen spirituell Suchenden nannte. Er war offen für praktisch jede Idee, zog bereitwillig jede Verschwörungstheorie in Betracht, und war den Möglichkeiten der Psychonautik nicht abgeneigt. Sebastian hatte ihn als Assistenten eingestellt. Die SEPP brauchte jemanden, der das Internet nach neuen Hinweisen auf erforschungswürdige Mysterien durchforstete. Hätte Isabella davon gewusst, sie hätte sich an den Kopf gefasst.

Aber Isabella wusste nichts davon - nicht zuletzt, weil Plunkert Kurt geholfen hatte, eine neue Wohnung zu finden, und der junge Mann so endgültig aus ihrem Leben verschwunden war. Ausserdem stand sie gerade am Flughafen, und starrte durch die Scheibe, hinter der die Neuankömmlinge auf den Zoll zustromten.
Anabella hatte, kaum dass sie mit Isabella geskypet hatte, einen Flug nach Hause gebucht. Die schwachen Prosteste der Zwillingsschwester hatte sie ignoriert. „Du brauchst mich", hatte sie wütend geraunzt, „wie willst du mit deiner Verletzung überhaupt den Haushalt schmeissen? Du bist ja eh krank geschrieben, und ich kenn dich: wenn du zuhause rum liegst, rauchst du nur eine Kippe nach der andern! Das schadet dem Heilungsprozess!"
Drei Tage, nachdem Isabella aus dem Krankenhaus ent-

lassen worden war, ging Anabellas Flug. Und nun stand Isabella vor der Glasscheibe, starrte hindurch und suchte unter den Ankömmlingen nach dem blonden Lockenkopf ihrer Schwester.
Und endlich, endlich tauchte sie auf.
Früher hatten die Leute gewitzelt, dass man die Glitter-Zwillinge unterscheiden könne, weil Isabella in einen Farbtopf gefallen war. Jetzt war ein weiterer Unterschied deutlich: Anabella sah nicht mehr nur aus wie die ungeschminkte, ungefärbte Isabella, sondern auch wie eine pummelige Version ihrer Schwester.
Isabella zog fragend eine Augenbraue hoch, als sie Anabella beobachtete, wie sie mit ihrem Gepäck den Zoll ansteuerte. Die Schwester verschwand für einige Minuten aus ihrem Sichtfeld – und dann trat Anabella endlich durch die Schranke.
Anabella fand den Anblick ihrer Schwester ihrerseits ungewohnt. Isabella war die Stylingqueen, die Laute, die Glamouröse, und nicht zuletzt – dank der Absätze – auch die Grössere.
Was da vor ihr stand, war ein Schatten ihrer Schwester. Die Kapuze eines Sweaters hoch geschlagen, das Gesicht so stark geschminkt, dass Anabella auf zwanzig Meter Entfernung erkennen konnte, wie blass ihre Schwester unter dem Make-Up sein musste. Ihre stolze Körperhaltung war leicht gebeugt. Isabella hatte ihr sogar Selfies vom Spital geschickt, aber die sarkastischen Nachrichten hatten ein schlechtes Bild vermittelt. Isabella war verwundet. Und das nicht nur körperlich.
Als Anabella näher kam, erkannte Isabella an der unreinen Haut, wie sich Anabella das Übergewicht eingebrockt hatte: mit Junk Food. Ausserdem hatte sie ihre Frisur schleifen lassen, die Wimpern nicht nachgefärbt,

und die Brauen waren auch nicht gezupft. Insgeheim war sie froh über die vernachlässigte Erscheinung. Sie würde viel zu tun haben, um aus der Schwester wieder den blonden Engel zu machen - und die Ablenkung konnte sie gut gebrauchen.

Anabella sah das Rot in Isabellas Augen, Tränenspuren, die kein MakeUp hatte verdecken können. Sie sah den lausigen Zopf, der unter der Kapuze hervor lugte. Als sie vor der Schwester stand, liess sie den Griff des Rollkoffers los.

In einer vollkommen synchronen Bewegung traten die Zwillinge je einen Schritt vor und fielen sich in die Arme. Beide schlossen gleichzeitig die Augen. Beide sogen den Geruch der andern ein – die eine schmeckte Desinfektionsmittel, Haarspray, vetrauten Parfümgeruch und kalten Zigarettenrauch. Die andere roch den chemisch anmutenden Mief des Fliegers, verbunden mit einem fremden Waschmittelgeruch, und ebenfalls kalten Zigarettenrauch.

Gleichzeitig verzogen sich ihre Münder zu einem sarkastischen Grinsen. Gleichzeitig öffneten sie die Lippen. In einem perfekt synchronen Chor sagten sie beide: „Mein Gott, du siehst ja vielleicht scheisse aus." Und beide lachten über die Worte der andern, ein absolut identisches Schmunzeln, das rau und sexy geklungen hätte, hätten sie beide einen Tick lauter gelacht.

Anabella löste sich aus der Umarmung und griff wieder nach ihrem Koffer. Isabella rückte automatisch die Handtasche zurecht.

Dann schlenderten sie Seite an Seite davon. Es brauchte keine Verständigung, um die nächste Flughafenbar anzusteuern. Isabella wusste, dass Anabella durstig war, und Ana wusste, dass Isa Lust auf einen Kaffee hatte. Sie setzten sich auf zwei Hocker an einer Bar, bestellten, und liessen die Augen über den grossen Weihnachtsbaum schweifen, der unweit der Bar eine Ecke des Flughafens zierte. Als ihre Getränke serviert wurden, lästerten sie beide bereits inbrünstig über die Farben der Christbaumkugeln.